Flüstern des Waldes

Leah Wattenberg

Impressum

ISBN: 978-3-8192-7606-4

Text: Leah Wattenberg
Verlag: BoD · Books on Demand GmbH,
Überseering 33, 22297 Hamburg, bod@bod.de
Druck: Libri Plureos GmbH, Friedensallee 273,
22763 Hamburg

Herausgeber: Leah Wattenberg
               leah@wattenberg-schreibt.de

worte.von.leah

Prolog

Es wird erzählt, dass vor der Zeit der Könige, vor dem ersten Lied der Bäume und dem Erwachen der Sterne, die Welt noch im Einklang war. In jenen Tagen gab es kein Licht und keine Dunkelheit, kein Oben und kein Unten – nur das endlose Zwielicht, in dem das erste Volk wanderte.

Sie waren die Kinder der Schöpfung, geboren aus dem Atem der Götter, geformt aus reinem Licht und tiefster Finsternis. Keine Trennung lag zwischen ihnen, kein Unterschied in ihren Herzen. Sie wandelten durch Wälder aus Silber und über Felder aus fließendem Sternenstaub. Ihr Gesang war die Sprache des Universums, ihr Geist eine Brücke zwischen den Welten.

Ihre Körper waren nicht fest wie die der Sterblichen, sondern wandelbar wie Nebel und Flamme. Sie konnten sich formen, flüstern und durch Gedanken sprechen. Ihr Lachen ließ Blumen blühen, ihre Trauer ließ Flüsse anschwellen. Die Welt selbst war ihr Kind, und sie liebten sie mit ungeteilter Seele.

Doch Harmonie kann nicht ewig währen.

Eines Tages stieg die Sonne zum ersten Mal über den Rand der Welt. Ihr Licht war hell und klar, es durchbrach den ewigen Dämmerzustand. Einige des alten Volkes wandten ihre Gesichter voller Ehrfurcht dem goldenen Schein zu. Sie spürten die Wärme auf ihrer Haut, das Brennen der Reinheit in ihren Adern. Sie nannten sich die Lichtelfen, und sie priesen die

Sonne als neue Mutter ihrer Seelen.

Doch nicht alle ertrugen das Licht. Für die anderen war es eine Wunde, ein Schnitt durch ihre Essenz. Sie suchten Zuflucht im Schatten der Berge, in den Nebeln der Nacht. Das Dunkel wurde zu ihrem Mantel, die Sterne zu ihren Gefährten. Sie nannten sich die Schattenelfen, und sie hüllten sich in die Stille der verborgenen Wege.

Die Götter sahen diese Teilung und fürchteten sie. Denn sie wussten: Licht und Schatten gehörten zusammen. Doch die Kinder der Schöpfung hatten begonnen, sich selbst als getrennt zu sehen – und was einmal geteilt war, konnte nicht mehr so leicht vereint werden.

Zunächst hielten die Völker Abstand, beobachteten einander aus der Ferne. Doch mit der Zeit wuchs aus Distanz Misstrauen, aus Misstrauen Angst, aus Angst Hass.

Die Lichtelfen sagten: „Unsere Brüder haben sich vom Pfad des Göttlichen abgewandt. Sie fürchten das Licht, weil es ihre Schuld offenbart."

Die Schattenelfen sagten: „Unsere Schwestern haben sich von der Wahrheit losgesagt. Sie beten die Sonne an, doch vergessen, dass es die Dunkelheit war, die sie gebar."

So wurden aus Geschwistern Fremde. Und aus Fremden wurden Feinde.

Niemand weiß, wer zuerst nach dem Schwert griff. Manche sagen, es war ein Lichtelf, geblendet von seinem eigenen Stolz, der das erste Blut vergoss.

Andere erzählen, es sei ein Schattenelf gewesen, getrieben von seiner Wut, der den ersten Schlag führte. Doch eines ist sicher: Als das erste Herz stillstand, bebte die Welt.

Die Erde riss auf, die Bäume schwiegen, die Sterne verblassten. Die Götter, die bis dahin nur beobachtet hatten, wussten: Die Teilung war endgültig.

Mit Tränen aus Sternenstaub und Atem aus Sturm erschufen sie eine Grenze, eine unsichtbare Wunde in der Welt. Die Lichtelfen wurden an den Tag gebunden, die Schattenelfen an die Nacht. Nie wieder sollten sie gemeinsam wandeln. Nie wieder sollten sie eins sein. Der Himmel selbst wurde ihr Richter. Der Tag wurde den Lichtelfen gegeben – hell, klar, unbarmherzig in seiner Wahrheit. Die Nacht gehörte den Schattenelfen – tief, endlos, flüsternd mit vergessenen Stimmen. Wo das Licht erstrahlte, konnte die Dunkelheit nicht bestehen. Wo die Nacht fiel, verblasste das Licht.

So erzählt es die Legende.

Doch Legenden sind nur Worte im Wind – und der Wind flüstert manchmal die Wahrheit.

Denn es heißt, dass eines Tages zwei Seelen geboren werden, die diese alte Wunde heilen können. Zwei Herzen, die das Echo jener ersten Zeit in sich tragen. Zwei Wesen, die beweisen werden, dass Licht und Schatten nie Feinde waren – sondern Liebende, die einander verloren haben.

Und wenn dieser Tag kommt, werden die Götter erneut weinen. Doch dieses Mal aus Freude.

Der goldene Käfig

Die Morgensonne tauchte die schimmernden Türme von Vaeloria in goldene Strahlen, während sich die ersten Lichtelfen auf den Straßen versammelten. Die Luft war erfüllt von den süßen Düften blühender Ilyria-Bäume, deren Blütenblätter in der Brise tanzten wie goldener Staub. Vögel mit schimmernden Federn sangen auf den Dachfirsten, und die Stufen der weißen Marmortempel glänzten, als wären sie aus gefrorenem Licht geformt.

Doch so wunderschön ihre Heimat auch war – Lyria fühlte sich darin wie eine Gefangene.

Sie stand auf einem der hohen Balkone des Palastes, ihre Hände auf das kühle Geländer gelegt, und beobachtete, wie das Leben erwachte. Unten eilten Diener geschäftig umher, um das große Fest der Sonnenwende vorzubereiten. Es war das wichtigste Fest der Lichtelfen – ein Tag, an dem ihre Verbundenheit mit der Sonne gefeiert wurde, der Sieg des Lichts über die Dunkelheit.

Ein Tag, an dem sie offiziell als Faelans zukünftige Gemahlin vorgestellt werden würde.

Lyria schloss die Augen. Sie wusste, dass sie sich glücklich schätzen sollte. Faelan war ein angesehener Krieger, hochgeboren, stark, ehrenhaft. Ihre Verbindung würde ihr Volk vereinen und ihre Familie ehren.

Doch warum fühlte es sich an, als würden unsichtbare Ketten ihre Seele fesseln?

„Lyria?"

Die sanfte, doch bestimmte Stimme ihrer Mutter riss sie aus ihren Gedanken.

Lady Seloriae trat aus den Schatten der Tür. Ihr langes, seidenes Gewand schimmerte im Sonnenlicht, und ihre silberblonden Locken waren kunstvoll geflochten. Sie war das Ebenbild einer Lichtelfen-Dame – erhaben, würdevoll, makellos.

„Du solltest dich langsam für das Fest bereitmachen." Ihre Stimme war ruhig, aber in ihren bernsteinfarbenen Augen lag ein Hauch von Strenge.

Lyria zwang sich zu einem Lächeln. „Natürlich, Mutter."

Lady Seloriae trat näher und legte sanft eine Hand an Lyrias Wange. „Ich weiß, dass du Angst hast, mein Kind. Eine Verbindung wie diese ist eine große Verantwortung. Aber Faelan ist ein guter Mann. Er wird dich ehren."

„Ehren." Das Wort klang in Lyrias Gedanken hohl. Sie wollte nicht nur geehrt werden. Sie wollte gesehen werden. Gefühlt werden.

Doch sie wusste, dass ihre Mutter ihre Zweifel nicht verstehen würde. Niemand in Vaeloria würde es.

Die Hallen des Palastes waren aus weißem Stein, geziert mit goldenen Reliefs und leuchtenden Edelsteinen, die von innen heraus strahlten. Magische Fackeln brannten an den Wänden, ohne zu flackern. Im großen Saal wartete Faelan.

Er stand inmitten der Ratsmitglieder und hochrangigen Krieger, in eine feine Gewandung gekleidet, die seine breite Statur betonte. Seine Haare, so hell wie gefrorenes Feuer, waren im Nacken zusammengebunden, und in seinen Augen lag der ruhige Stolz eines Mannes, der seinen Platz in der Welt kannte.

Als er Lyria sah, trat er auf sie zu.

„Es ist eine Freude, dich zu sehen, meine zukünftige Frau."

Er nahm sanft ihre Hand, seine Finger warm und fest. Er war stark, eine Verkörperung der Disziplin und Reinheit, für die die Lichtelfen standen.

Lyria erwiderte seine Berührung, doch in ihr war nur Leere.

„Ich bin geehrt, Faelan." Ihre Worte klangen hohl in ihren eigenen Ohren.

Er betrachtete sie mit durchdringendem Blick. „Bald wird unser Bündnis besiegelt. Gemeinsam werden wir Vaeloria stärken."

Lyria nickte, doch ihr Herz fühlte sich an, als würde es in einen Käfig gesperrt.

Um sie herum begannen sich die anderen Lichtelfen zu unterhalten, Pläne für das Fest wurden besprochen, Musik erklang in der Ferne. Und dann –

Ein Zittern.

Es war kaum mehr als ein Flüstern. Ein leiser Hauch, der für den Bruchteil eines Moments durch die Luft strich.

Lyria fröstelte.

Es fühlte sich an, als wäre ein Schatten durch das makellose Licht von Vaeloria geglitten.

Sie hob den Blick, sah sich unauffällig um. Doch nichts hatte sich verändert.

Und doch … etwas war da gewesen.

Ein Echo. Eine Berührung, die nicht von dieser Welt war. Ein leises, dunkles Flüstern in den Tiefen ihrer

Seele.

Aber was? Sie presste die Hände gegen ihre Arme, versuchte, das Gefühl abzuschütteln.

„Ist alles in Ordnung?" Faelans Stimme klang besorgt.

Lyria riss sich zusammen und zwang sich zu einem Lächeln. „Ja, alles ist in Ordnung."

Doch tief in ihrem Inneren wusste sie, dass es eine Lüge war.

Etwas hatte sich verändert.

Sie konnte nur noch nicht sagen, was es war.

Lyria versuchte, das merkwürdige Gefühl abzuschütteln, während sich die Feierlichkeiten in Vaeloria weiter entfalteten. Die großen Hallen des Palastes füllten sich mit Musik und Stimmen, und überall leuchteten die goldenen Laternen, die nur während der Sonnenwendfeste entzündet wurden.

Doch obwohl sie von Lachen und Gesprächen umgeben war, spürte sie eine Einsamkeit, die sie nicht benennen konnte.

„Lyria, kommst du?"

Sie blinzelte und bemerkte, dass ihre Mutter sie erwartungsvoll ansah. Neben ihr stand Faelan, seine Haltung aufrecht, seine Augen ruhig – und doch lag darin ein Funken Erwartung, der sie beunruhigte.

„Natürlich," antwortete sie hastig und setzte sich mit den anderen an die lange Tafel im großen Festsaal.

Hier, unter den Kronleuchtern aus geflochtenem Sonnenlicht, sollte sie sich geehrt fühlen. Die edelsten Lichtelfen des Reiches saßen an ihrer Seite, ihre feinen Gewänder schimmerten wie flüssiges Gold.

Bedienstete reichten kristallene Kelche mit Nektar,

während Musikanten auf harfenähnlichen Instrumenten spielten.

Und doch spürte sie eine Schwere in der Brust.

Während Faelan und ihr Vater über die Grenzen von Vaeloria und neue Schutzmaßnahmen sprachen, drifteten ihre Gedanken ab. Ihre Finger strichen gedankenverloren über das Muster der Tischdecke, ihr Blick verlor sich in den tanzenden Lichtern der magischen Kerzen.

Was war dieses Gefühl gewesen?

Es war nicht nur eine Einbildung. Es war echt.

Ein Flüstern, ein Schatten, ein kaum wahrnehmbarer Hauch von etwas ... Anderem.

„Du bist sehr still heute, Lyria."

Die Stimme ihres Vaters ließ sie aufschrecken. König Vaelthoren, Herrscher von Vaeloria, saß an der Stirnseite des Tisches. Seine Präsenz war unübersehbar – eine Gestalt von außergewöhnlicher Schönheit und Würde, mit Haaren wie reines Licht und Augen, die alles durchschauten.

Lyria senkte den Blick. „Ich bin nur müde, Vater. Die Vorbereitungen für das Fest waren anstrengend."

Vaelthoren musterte sie einen Moment, dann nickte er knapp. „Das verstehe ich. Doch es ist wichtig, dass du dich zeigst. Heute ist der Beginn deines neuen Lebens."

Sein Ton war sanft, aber unmissverständlich. Pflicht. Gehorsam. Ehre.

Lyria presste die Lippen aufeinander und nickte. „Ja, Vater."

Doch in ihrem Inneren schrie etwas auf.

Später am Abend wurde der große Platz von Vaeloria mit tanzenden Lichtkugeln erhellt. Die Zeremonie der Sonnenwende stand bevor. Es war der Höhepunkt des Festes – ein heiliger Moment, in dem das Licht gefeiert wurde und jeder an die Reinheit seines Herzens erinnert wurde.

Lyria stand neben Faelan, als ihr Vater die heilige Flamme in den Händen hielt. Die versammelten Lichtelfen neigten ehrfürchtig die Köpfe, während er sprach.

„Das Licht führt uns, das Licht eint uns. Möge es ewig brennen und unsere Seelen erhellen."

Mit diesen Worten ließ er die Flamme in die steinerne Schale in der Mitte des Platzes fallen. Ein goldener Schein breitete sich aus, hüllte den Platz in ein sanftes Leuchten.

Applaus brandete auf, Stimmen erhoben sich zu Gesängen, und Lyria wusste: Jetzt war der Moment gekommen, in dem sie als Faelans zukünftige Gemahlin geehrt werden würde.

Ein Diener trat vor und überreichte ihr eine filigrane goldene Kette, das Symbol ihrer bevorstehenden Verbindung. Es war ein Moment von großer Bedeutung.

Doch als sie nach der Kette griff, geschah es erneut. Ein Schauer.

Ein Schatten, so flüchtig, dass sie nicht sagen konnte, ob er echt war oder nur eine Einbildung. Ein eisiger Hauch, der für den Bruchteil einer Sekunde durch die Wärme des Platzes strich.

Lyrias Atem stockte.

Sie hob ruckartig den Kopf, ihr Blick flog über die Menge. Nichts.

Nur Lichtelfen, tanzend, lachend, singend.

Und doch war es da gewesen. Ein dunkles Echo.

Etwas – oder jemand – hatte sie beobachtet.

Ihr Herz begann schneller zu schlagen, und ein seltsames Kribbeln breitete sich in ihren Fingerspitzen aus.

„Lyria?" Faelans Stimme klang neben ihr, doch sie nahm sie kaum wahr.

Sie wusste nicht, was gerade geschehen war. Aber eines wusste sie sicher:

Etwas in Vaeloria war nicht so makellos, wie es schien.

Und sie hatte das unbestreitbare Gefühl, dass dies erst der Anfang war.

Lyria stand wie erstarrt, die goldene Kette in ihrer Hand. Das Licht der Zeremonie umhüllte sie, warme Magie summte in der Luft, doch in ihr war nur Kälte.

Sie zwang sich, den Blick zu senken und den goldenen Reif um ihr Handgelenk zu legen. Die Menge applaudierte, als Faelan seine Hand auf ihre legte – eine Geste der Verbundenheit, der Pflicht.

Doch in ihrem Inneren fühlte sie nur ein flüchtendes Herz, das gegen die Wände ihres goldenen Käfigs schlug.

Später in dieser Nacht, als die Feierlichkeiten allmählich verklangen, zog sich Lyria in ihre Gemächer zurück. Die feinen Stoffe ihres Kleides raschelten leise, während sie durch die silbernen Gänge des Palastes schritt.

Sie sehnte sich nach Stille. Nach Antworten.

Als sie die großen Fenstertüren zu ihrem Balkon öffnete, schlug ihr die kühle Nachtluft entgegen.

Vaeloria lag unter ihr, erleuchtet von magischen Laternen, die wie schwebende Sterne in der Dunkelheit leuchteten.

Sie legte eine Hand auf ihr Brustbein. Das Gefühl, das sie auf dem Fest überfallen hatte, war noch immer da – diese flüchtige Berührung von Dunkelheit, dieses ungreifbare Echo.

„Was war das …?" murmelte sie leise.

Die Lichtelfen glaubten an Harmonie, an Reinheit. An die Unantastbarkeit ihres Reiches. Doch zum ersten Mal in ihrem Leben hatte Lyria das Gefühl, dass nicht alles so unbefleckt war, wie es schien.

Ein leiser Windhauch fuhr durch ihr Haar, ließ ihre feine Robe erzittern.

Und dann – Ein Flüstern.

So leise, dass es fast nur Einbildung sein konnte.

Aber es war da.

Lyria drehte sich ruckartig um, ihr Herz raste. Ihre Augen huschten über die dunklen Säulen des Balkons, über die Schatten, die der Mond warf.

Nichts.

Aber sie spürte es. Etwas beobachtete sie.

Etwas lauerte in den Grenzen ihrer Welt.

Ihre Finger krallten sich in den kalten Stein des Geländers. War es eine dunkle Präsenz? Oder nur ihr eigener Zweifel, der in der Nacht Gestalt annahm?

Sie presste die Lippen aufeinander und schloss kurz die Augen.

Morgen würde sie mit ihrem Vater sprechen. Vielleicht

konnte er ihr erklären, was es mit diesem Gefühl auf sich hatte.

Doch tief in ihrem Inneren wusste sie bereits:

Niemand in Vaeloria würde ihr die Wahrheit sagen.

In dieser Nacht schlief Lyria unruhig.

Sie träumte von flackerndem Licht, von einem dichten Wald, in dem die Schatten tanzten. Von einem kalten, dunklen Blick, der durch sie hindurchzusehen schien.

Ein Hauch von Rauch und Stahl.

Eine Stimme, die sie nicht verstand – und doch spürte sie die Bedeutung jeder Silbe tief in ihrer Seele.

Sie versuchte, die Worte zu greifen, die Schatten zu durchbrechen, aber je näher sie kam, desto weiter entfernte sich alles.

Und dann – ein Schlag ihres Herzens, so laut, dass sie davon erwachte.

Lyria riss die Augen auf. Ihr Körper war schweißnass, ihr Atem ging unregelmäßig.

Aber das war nicht das Schlimmste.

Das Schlimmste war, dass das Gefühl nicht verschwunden war.

Es war jetzt stärker als zuvor.

Die ersten Sonnenstrahlen fielen sanft durch die hohen Fenster von Lyrias Gemach und ließen das filigrane Muster auf den weißen Vorhängen schimmern. Der vertraute Duft von blühendem Silberlavendel erfüllte die Luft – beruhigend, vertraut, doch heute konnte er das Unbehagen in ihrer Brust nicht vertreiben.

Lyria saß vor ihrem Spiegel, während ihre Zofe ihr Haar in kunstvolle Flechtungen legte. Normalerweise genoss sie die morgendlichen Rituale, die sanften Hände, die durch ihr Haar glitten, die Ruhe, bevor der Tag begann.

Doch heute lastete etwas Schweres auf ihr.

Das Flüstern aus der letzten Nacht. Der Traum, der sich so real angefühlt hatte.

Sie schloss für einen Moment die Augen, atmete tief durch.

Es war nur ein Traum.

Sie durfte sich nicht von Schatten leiten lassen. Sie war eine Lichtelfe, dazu bestimmt, Vaeloria zu dienen – nicht, sich von dunklen Fantasien in die Irre führen zu lassen.

Ein Klopfen ließ sie zusammenzucken.

Noch bevor sie antworten konnte, flog die Tür auf, und zwei kleine, lachende Gestalten stürmten in ihr Gemach.

„Tante Lyria!"

Ihre Nichten Elora und Maëlys – die Töchter ihres ältesten Bruders – rannten mit strahlenden Gesichtern auf sie zu. Elora, die Ältere, hatte bereits die anmutige Erscheinung einer jungen Lichtelfe, während Maëlys noch mit ungezähmten Locken und unbändiger Energie durch den Palast tollte.

Lyria zwang sich zu einem Lächeln.

„Ihr seid ja früh wach," sagte sie sanft und öffnete ihre Arme, um die beiden Kinder zu empfangen.

„Wir konnten nicht schlafen! Heute kommt doch der Barde in die Bibliothek, um neue Geschichten zu erzählen!" rief Maëlys aufgeregt.

Elora zog an Lyrias Hand. „Kommst du mit? Bitte?"

Lyria spürte, wie die Dunkelheit in ihren Gedanken einen Moment lang nachließ. Ja. Geschichten.

Geschichten hatten sie als Kind immer getröstet, hatten sie in ferne Welten getragen, in denen alles möglich war.

Und vielleicht … war es genau das, was sie jetzt brauchte.

„Natürlich," sagte sie und erhob sich. „Lasst uns in die Bibliothek gehen."

Die große Bibliothek von Vaeloria war ein heiliger Ort. Regale aus hellem Mondholz ragten bis unter die gewölbte Decke, in die kunstvolle Muster aus Lichtmagie eingearbeitet waren. Tausende von Büchern, Schriftrollen und Kristalltafeln ruhten in diesem Raum, behütet von Gelehrten und Bewahrern des Wissens.

Lyria ließ ihren Blick über die unzähligen Werke schweifen. Ihre Finger glitten sanft über die Einbände der alten Bücher, die Geschichten von Heldentaten, verlorenen Königreichen und uralter Magie enthielten. Sie nahm einen schmalen Band aus dem Regal – "Die Legende der zwei Monde" – eines ihrer Lieblingswerke aus Kindertagen.

Die Mädchen setzten sich erwartungsvoll zu ihren Füßen auf ein weiches Kissen, während sie das Buch aufschlug.

„Vor langer Zeit," begann sie, „gab es zwei Monde am Himmel. Der eine leuchtete golden und schenkte den Wesen dieser Welt Licht und Wärme. Der andere war silbern und bewachte die Träume, die in der Dunkelheit geboren wurden …"

Während sie las, merkte sie, wie die Enge in ihrer Brust sich löste. Die Worte lenkten sie ab, hielten sie fest, gaben ihr Halt.

Doch als sie weiter las, spürte sie plötzlich … etwas.

Ein seltsames Kribbeln in den Fingern, ein leises Echo in der Luft.

Ihr Blick flog zu den uralten Schriftzeichen auf der Seite.

Für einen Moment verschwammen die goldenen Buchstaben. Sie schienen sich zu verändern, zu flüstern, als würden sie in einer Sprache sprechen, die sie nicht verstand.

Ihr Atem stockte.

Das war nicht normal.

Sie schlug das Buch abrupt zu.

„Tante Lyria?" fragte Elora leise.

„Es … es ist nichts." Lyria zwang sich zu einem Lächeln. „Ich glaube, ich bin nur etwas müde."

Die Mädchen schienen enttäuscht, doch sagten nichts.

Lyria legte das Buch zurück ins Regal – doch als ihre Finger es losließen, blieb das unruhige Kribbeln in ihrer Haut zurück.

Etwas stimmte nicht.

Sie hatte das Gefühl, dass sie gerade eine Grenze berührt hatte.

Eine Grenze zwischen dem, was sie kannte – und dem, was sie nicht verstehen sollte.

Und das beunruhigte sie mehr als alles andere.

Lyria zog ihren Umhang enger um die Schultern, während sie den schmalen Pfad hinab in den Wald folgte. Nach der seltsamen Begebenheit in der Bibliothek hatte sie das Gefühl, dass die Mauern des Palastes sie erdrückten.

Sie brauchte frische Luft. Freiheit.

Lyria kniete im feuchten Gras des Palasthofes, die Fingerspitzen sanft in die Erde gedrückt. Der Morgen lag noch kühl über den Gärten, ein zarter Nebelschleier schwebte über den Beeten, und das erste Licht der Sonne tauchte alles in einen goldenen Schimmer. Sie atmete tief ein, spürte den erdigen Duft des Bodens, das leise Summen der Insekten – das Leben, das unter ihren Händen schlummerte.

Mit geschlossenen Augen konzentrierte sie sich, ließ ihre Magie durch ihre Adern fließen, sanft wie ein Flüstern. Die Wärme sammelte sich in ihren Handflächen, breitete sich aus, und langsam begann die Erde zu pulsieren.

Ein erstes zartes Grün schob sich aus dem Boden, noch klein und verletzlich. Lyria vertiefte ihre Verbindung, lenkte die Energie der Sonne und des Wassers durch sich hindurch, wie ein Kanal, der das Leben nährte. Die Pflanze wuchs weiter, die Blätter entfalteten sich, eine Knospe bildete sich an der Spitze des Stiels. Ein Lächeln huschte über ihre Lippen, als sich die ersten Blütenblätter öffneten – sanftes Blau, wie der Himmel an einem Sommermorgen.

„Beeindruckend", erklang eine Stimme hinter ihr. Lyria fuhr erschrocken herum. Faelan stand am Rand des Gartens, die Arme locker vor der Brust verschränkt, das Licht spiegelte sich in seinem blonden Haar. Seine grünen Augen ruhten auf ihr – neugierig, vielleicht ein wenig amüsiert.

„Ich wusste nicht, dass du deine Magie so gezielt einsetzen kannst." Lyria strich sich eine Haarsträhne hinters Ohr und versuchte, die plötzliche Nervosität zu ignorieren, die seine Nähe in ihr auslöste. „Es ist nichts Besonderes. Ich helfe nur ein wenig nach."

Faelan trat näher, betrachtete die Blume vor ihr. „Nichts Besonderes? Die meisten Lichtelfen können ihre Magie nicht ohne ein Ritual nutzen. Du tust es mit bloßen Händen." Lyria erwiderte nichts. Ihre Magie war schon immer anders gewesen. Instinktiver. Sie spürte die Natur auf eine Weise, die sie anderen nie ganz erklären konnte – als würde sie mit ihr sprechen, als wäre sie Teil eines größeren Ganzen.

Faelan beugte sich hinunter und berührte die Blütenblätter vorsichtig. „Und wie lange hält das?"

„Solange die Natur es will", antwortete sie leise. Ein kühler Windhauch strich über den Garten, ließ die Blume sanft erzittern. Lyria spürte den Moment, in dem sich das Gleichgewicht wieder einstellte, ihre Magie sich zurückzog und die Pflanze nun auf sich allein gestellt war. Sie war gewachsen, weil sie es ihr erlaubt hatte – doch nun musste sie sich selbst behaupten, genau wie Lyria es irgendwann tun musste.

Faelan richtete sich wieder auf. „Kommst du? Dein Vater wird bald nach dir fragen."

Lyria zögerte. Für einen Moment wollte sie einfach hier bleiben, in der Stille des Gartens, weit weg von den Pflichten, die auf ihr lasteten. Doch sie wusste, dass es keinen Sinn hatte, sich zu verstecken.

Sie strich ein letztes Mal über die Blütenblätter und erhob sich dann. „Gleich, ich brauche noch eine Weile."

Die hohen Bäume von Vaeloria ragten über ihr auf, ihre Blätter schimmerten in goldenen und silbernen Tönen – ein Anblick, der sie seit ihrer Kindheit beruhigt hatte.

Hier draußen gab es keine Verpflichtungen, keine fragenden Blicke ihres Vaters, keine stummen Erwartungen von Faelan.

Nur das Rauschen des Windes und den Duft der Erde nach dem Morgentau.

Je tiefer sie in den Wald ging, desto ruhiger wurde ihr Herz. Die Dunkelheit, die sie in der Nacht gespürt hatte, schien hier nicht existent. Der Wald war friedlich, voller Licht und Leben.

Lyria legte eine Hand auf den Stamm einer alten Sternenbirke, fühlte die sanfte, warme Energie in ihrem Inneren pulsieren.

„Ich sehe Gespenster," murmelte sie leise zu sich selbst.

Doch als sie weiterging, zog ein leises Winseln ihre Aufmerksamkeit auf sich.

Lyria hielt inne. Ihre feinen Ohren zuckten, als sie dem Geräusch folgte.

Zwischen den moosbedeckten Wurzeln eines umgestürzten Baumes lag ein kleiner, schimmernder Fellball – kaum größer als ihre Hände. Das Geschöpf zuckte leicht, sein silbrig-weißes Fell glänzte im Sonnenlicht, als es den Kopf hob und sie mit großen, fast leuchtenden silberfarbenen Augen ansah.

Ein Mondfuchs.

Lyria sog scharf die Luft ein. Diese seltenen Wesen waren scheu, fast nie zeigten sie sich den Lichtelfen – und doch lag dieser kleine Welpe jetzt hier, allein, verlassen, zitternd.

„Oh, du Armer," flüsterte sie und ging langsam in die Hocke. Der Welpe wich nicht zurück. Stattdessen blinzelte er sie an, als würde er sie mustern.

Lyria streckte vorsichtig die Hand aus, und zu ihrer Überraschung tappte der kleine Fuchs auf sie zu. Seine Schnauze stupste gegen ihre Finger, seine feinen Krallen krallten sich leicht in ihren Ärmel.

Ein warmes Gefühl breitete sich in ihr aus.

Vielleicht war es Schicksal, dass sie ihn gefunden hatte.

„Komm, ich bringe dich in Sicherheit."

Sanft hob sie den Welpen hoch, spürte, wie sein kleiner Körper sich an sie schmiegte. Er war leicht, sein Fell seidenweich – und doch strahlte er eine unerklärliche Wärme aus.

Lyria machte sich auf den Weg zurück zum Palast, den kleinen Mondfuchs fest an sich gedrückt.

Zum ersten Mal seit Tagen hatte sie das Gefühl, dass sie nicht mehr ganz so allein war.

Lyria hielt den kleinen Mondfuchs fest an sich gedrückt, während sie den Wald verließ. Sein warmes, seidiges Fell kitzelte an ihrer Haut, und mit jeder Bewegung schmiegte er sich enger an sie.

Ein Name …

Er war so klein, so verletzlich – und doch schien eine stille Stärke in ihm zu schlummern. Sein Fell schimmerte im Licht wie flüssiges Silber, und seine Augen … sie waren wie zwei Sterne in der tiefen Nacht.

„Tari," flüsterte sie.

Der Welpe hob leicht den Kopf, blinzelte sie mit seinen leuchtenden Augen an. Fast schien es, als würde er den Namen erkennen.

Lyria lächelte.

„Tari. Ja, das ist dein Name."

Tari schmiegte sich in ihre Arme und seufzte leise, als hätte er endlich seinen Platz in der Welt gefunden.

Doch sie wusste, dass das schwerste noch bevorstand: Sie musste ihren Vater um Erlaubnis bitten.

Die Sonnenhalle war erfüllt von den gedämpften Stimmen der Berater und Krieger. Lyrias Vater, König Vaelthoren, saß auf seinem kunstvoll verzierten Thron aus hellem Mondholz und lauschte aufmerksam den Berichten über die Grenzgebiete.

Lyria trat ein, das Herz klopfend. Würde er ihr erlauben, Tari zu behalten?

Sie wartete geduldig, bis sich ein Moment der Stille ergab, dann machte sie einen Schritt nach vorn.

„Vater, ich muss mit dir sprechen."

Vaelthoren hob den Blick von der Pergamentrolle in seinen Händen. Seine grauen Augen musterten sie aufmerksam. „Lyria. Ist es wichtig?"

Lyria schluckte. „Ich habe etwas gefunden."

Langsam hob sie Tari in ihren Armen, sodass ihr Vater ihn sehen konnte.

Ein Mondfuchs.

Ein leises Raunen ging durch die Anwesenden. Einige Berater tauschten besorgte Blicke aus.

Vaelthoren betrachtete das kleine Wesen schweigend.

Tari blinzelte und hob die Schnauze, als würde er den König prüfen – und für einen flüchtigen Moment schien sich eine unsichtbare Spannung zwischen ihnen aufzubauen.

Schließlich lehnte sich Vaelthoren in seinem Thron

zurück.

„Ein Mondfuchs ist kein gewöhnliches Tier, Lyria."

Seine Stimme war ruhig, aber durchdrungen von einer Bedeutung, die sie nicht ganz greifen konnte. „Sie sind selten … und ihre Anwesenheit bedeutet oft mehr, als es den Anschein hat."

Lyria straffte die Schultern.

„Er war allein, verlassen. Ich kann ihn nicht einfach seinem Schicksal überlassen."

Eine lange Pause entstand. Dann seufzte Vaelthoren.

„Nun gut."

Er schenkte ihr einen durchdringenden Blick.

„Aber er ist deine Verantwortung. Und du solltest vorsichtig sein. Mondfüchse sind mit alten Kräften verbunden. Manchmal führen sie einen an Orte, an die man besser nicht geht."

Lyria spürte eine Gänsehaut auf ihrer Haut.

„Ich werde gut auf ihn aufpassen, Vater."

Vaelthoren nickte langsam, doch in seinen Augen lag noch immer etwas Unergründliches.

Als Lyria mit Tari auf dem Arm aus der Halle trat, konnte sie ein Lächeln nicht unterdrücken.

Sie hatte ihn retten können.

Lyria betrat ihr Gemach und schloss leise die Tür hinter sich. Das weiche Licht der Nachmittagssonne fiel durch die hohen Fenster, tauchte den Raum in warme, goldene Töne.

Tari rührte sich in ihren Armen, hob seine kleine Schnauze und schnüffelte neugierig in der Luft. Lyria lächelte und setzte ihn behutsam auf das weiche Kissen neben ihrem Bett.

„Hier bist du sicher," murmelte sie.

Der kleine Mondfuchs streckte sich, schüttelte sein

silbriges Fell und blickte sie dann mit seinen leuchtenden Augen an. Fast … als würde er sie verstehen.

Lyria ließ sich auf den Rand ihres Bettes sinken und fuhr sich mit einer Hand durch das Haar. Der Tag war lang gewesen. Die Begegnung mit Tari, das Gespräch mit ihrem Vater … und dann das, was sie in der Bibliothek gespürt hatte.

Ein leises Seufzen entkam ihr.

Sie blickte zu Tari, der nun zusammengerollt auf dem Kissen lag, die buschige Schwanzspitze über die Nase gelegt. Doch seine Augen – diese silbernen, schimmernden Augen – waren noch offen, ruhten aufmerksam auf ihr.

Fast so, als würde er ihr zuhören.

Lyria lächelte müde und streckte die Hand aus. Vorsichtig glitten ihre Finger durch das seidige Fell.

„Weißt du, Tari …" Ihre Stimme war leise, fast ein Flüstern. „Ich beneide dich ein wenig. Du kannst einfach frei sein. Niemand erwartet von dir, dass du jemand Bestimmtes bist."

Tari bewegte sich nicht, doch sein Ohr zuckte leicht.

Lyria lehnte sich gegen die weichen Kissen und sah zur Decke, wo das Licht in zarten Mustern spielte.

„Ich soll Faelan heiraten. Einen Kriegerprinzen, der ganz Vaeloria Ehre bringen wird." Ihre Stimme klang bitterer, als sie es beabsichtigt hatte. „Er ist stark, ehrenhaft … ein perfekter Ehemann für eine Lichtelfe wie mich. Das sagen jedenfalls alle."

Tari hob leicht den Kopf, als hätte er das Gewicht in ihrer Stimme bemerkt.

„Aber … ich fühle nichts, Tari. Kein Herzklopfen, keine Sehnsucht. Nur … Kälte."

Sie senkte den Blick, spielte gedankenverloren mit der Stickerei ihres Kleides.

„Manchmal frage ich mich, ob ich falsch bin. Vielleicht sollte ich einfach akzeptieren, was von mir erwartet wird."

Tari rutschte näher zu ihr, legte seine kleine Pfote auf ihren Arm. Seine Wärme war unerwartet tröstlich.

Lyria schmunzelte. „Ich klinge töricht, nicht wahr?"

Tari blinzelte sie langsam an.

„Ich wünschte, ich könnte meine eigenen Wege gehen," flüsterte sie. „Aber Lichtelfen haben keine Wahl. Sie folgen dem Licht – oder sie verlieren sich in der Dunkelheit."

Sie erinnerte sich an die Worte ihres Vaters, an die unausgesprochene Warnung in seinen Augen.

„Pass auf dich auf."

Ein unruhiges Gefühl regte sich wieder in ihr, doch sie schob es zur Seite.

Jetzt, in diesem Moment, gab es nur sie und Tari.

Die verbotene Begegnung

Die Nacht hatte Vaeloria in ihren sanften Schleier gehüllt, doch Lyria fand keinen Schlaf.

Sie lag auf ihrem Bett, während das silbrige Mondlicht durch die hohen Fenster fiel. Tari lag zusammengerollt neben ihr, sein warmer Körper eine beruhigende Präsenz, doch ihr Inneres blieb unruhig. Seit Tagen nagte eine unerklärliche Rastlosigkeit an ihr. Etwas in ihr rief nach der Dunkelheit jenseits der Grenzen des Waldes.

Sie wusste, dass sie nicht nachgeben durfte. Ihr Vater hatte ihr und allen Lichtelfen immer eingeschärft, dass die Schattenwälder gefährlich seien, dass dort nur Dunkelheit und Vergessen wohnten.

Doch warum?

Warum konnte sie den Gedanken nicht abschütteln, dass etwas dort auf sie wartete?

Ein Seufzen entwich ihr. Schließlich richtete sie sich auf, warf einen Blick auf Tari, der im Schlaf leise schnaufte.

„Schlaf weiter", flüsterte sie, bevor sie vorsichtig von ihrem Bett glitt und ihren Umhang über die Schultern zog.

Der Entschluss war gefasst.

Sie würde sich an den Rand des Waldes wagen – nur um zu sehen, ob ihre Unruhe einen Grund hatte.

Der Palast schlief.

Lyria bewegte sich lautlos durch die kühlen Korridore, vorbei an den Statuen alter Herrscher und den Wandteppichen, die die Siege der Lichtelfen zeigten.

Ihr Herz pochte schneller, als sie die letzte Tür erreichte, die in die Gärten führte.

Ein kühler Nachtwind umfing sie, als sie hinaustrat.

Über ihr spannte sich der sternenübersäte Himmel, der fast zu schön war, um ihn allein zu betrachten.

Die Gärten lagen friedlich im Mondschein. Sie hätte umkehren können. Doch stattdessen schlich sie weiter, vorbei an den Blumenbeeten aus Nachtglanz und den stillen Wasserläufen, bis die hohen Bäume des Waldes sie aufnahmen.

Je tiefer sie ging, desto mehr veränderte sich die Luft.

Die vertrauten Düfte von Blüten und Harz wichen einem herben, fremdartigen Geruch – etwas Altem, Unbekanntem.

Das Licht schien hier schwächer zu sein, die Bäume höher und dichter, als würden sie etwas vor der Welt verbergen.

Und dann … hörte sie es. Ein Flüstern.

Es war leise, kaum mehr als ein Hauch im Wind, doch es ließ sie erstarren.

Lyria drehte sich langsam um.

Niemand war da, doch das Gefühl blieb.

Ein dunkles Prickeln lief ihr über die Haut, so wie in der Bibliothek, als sie die unbestimmte Gefahr gespürt hatte.

War sie beobachtet worden?

Sie schloss die Augen, konzentrierte sich. Ihre Magie, das Licht in ihr, war ruhig – keine Bedrohung lauerte in ihrer Nähe.

Und doch …

Der Wind trug ihr erneut das Flüstern entgegen.

Diesmal klang es fast wie eine Stimme.

Lyria öffnete die Augen.

Das Gefühl des Unbekannten wuchs. Ihr Blick wanderte tiefer in den Wald hinein, dorthin, wo die Dunkelheit dichter wurde.

Ihr Verstand sagte ihr, dass sie umkehren sollte.

Doch ihr Herz zog sie weiter.

Lyria bewegte sich vorsichtig voran, ihre Finger glitten über die raue Rinde eines Baumes, als wollte sie sich verankern.

Je tiefer sie in den Wald ging, desto mehr spürte sie, dass dieser Ort anders war. Nicht böse, nicht feindlich – aber fremdartig.

Als Kind hatte sie oft Geschichten über den Grenzwald gehört. Über Orte, an denen die Magie anders wirkte.

Wo das Licht schwächer war und die Schatten lebendig zu atmen schienen.

Jetzt verstand sie, warum.

Sie konnte es fühlen.

Etwas war hier. Etwas wartete.

Ihr Atem ging flacher, ihr Herz schlug schneller. Doch Angst war es nicht, was sie empfand.

Es war … Neugier.

Ein Windstoß ließ die Blätter rascheln, und plötzlich durchbrach ein Laut die Stille.

Ein leises Knacken.

Lyria fuhr herum.

Und dann – ein Schatten zwischen den Bäumen.

Ihr Herz setzte einen Schlag aus.

Jemand war hier.

Jemand … der nicht zu ihrem Volk gehörte.

Lyria hielt den Atem an.

Zwischen den Bäumen bewegte sich ein Schatten – schnell, lautlos, kaum mehr als eine vage Silhouette in der Dunkelheit. Ihr Instinkt schrie, dass sie fliehen sollte, doch ihre Füße blieben wie angewurzelt stehen. War es ein Tier? Oder ... etwas anderes?

Der Wald um sie herum war plötzlich vollkommen still. Kein Windhauch, kein Flüstern der Blätter. Nur ihr eigener Herzschlag pochte in ihren Ohren.

Dann – ein erneutes Knacken. Näher.

Lyria wich einen Schritt zurück, presste sich an einen der Bäume, während sie versuchte, ihre Atmung zu kontrollieren.

Ich hätte nicht herkommen sollen.

Der Schatten bewegte sich wieder. Nur für den Bruchteil einer Sekunde wurde er vom Mondlicht erfasst – und diesmal sah sie es deutlich: eine Gestalt. Nicht tierhaft, nicht wie ein Jäger des Waldes. Es war jemand.

Jemand, der sich so lautlos bewegte, dass selbst die Nacht ihn kaum zu bemerken schien.

Lyrias Finger verkrampften sich in der Rinde des Baumes. Sie spürte die feine, goldene Magie in ihren Adern flackern, bereit, sich zu verteidigen – doch irgendetwas hielt sie zurück.

Warum griff er nicht an?

Er beobachtete sie nur.

Lyria konnte seinen Blick nicht sehen, doch sie wusste, dass er auf ihr ruhte.

Ein seltsames Prickeln lief über ihre Haut.

Langsam richtete sie sich auf. Ihre Angst verwandelte sich in etwas anderes – eine brennende Neugier, ein leises Zittern tief in ihrem Inneren, das sie nicht einordnen konnte.

„Wer bist du?" Ihre eigene Stimme überraschte sie. Sie klang fester, als sie sich fühlte.

Keine Antwort.

Stattdessen ein Hauch von Bewegung.

Der Schatten verschwand.

Lyria blinzelte. Ihr Herz schlug heftig, während sie in die Dunkelheit starrte, wo er gerade noch gewesen war.

War er fort? Oder wartete er nur?

Sie wusste nicht, wie lange sie dort stand. Doch schließlich ließ sie langsam den Atem entweichen und zwang sich, sich zu entspannen.

Sie war weit genug gegangen.

Zu weit.

Mit einem letzten Blick in die Schatten wandte sie sich um und machte sich auf den Rückweg.

Doch während sie sich den vertrauten Bäumen näherte, ließ sie ein Gedanke nicht los:

Er hatte sie gesehen.

Und er hatte sich entschieden, sie nicht zu verletzen. Warum?

Und warum spürte sie noch immer seine Präsenz – als hätte er sich tief in ihre Gedanken eingeprägt?

Lyria lag wach.

Das silberne Licht des Mondes fiel in ihr Zimmer, zeichnete lange Schatten auf den Boden. Doch es waren nicht die Schatten des Raumes, die sie wach hielten – es waren die Schatten in ihrem Kopf.

Immer wieder sah sie die dunkle Gestalt zwischen den

Bäumen.

Die Art, wie er sich bewegte – lautlos, geschmeidig, als wäre er selbst ein Teil der Nacht.

Der Moment, als sie wusste, dass er sie beobachtete.

Warum war er dort gewesen?

Warum hatte er sie nicht angegriffen?

Sie hatte gelernt, dass Schattenelfen skrupellose Wesen waren, die nichts als Finsternis kannten. Und doch …

Er war einfach verschwunden.

Lyria drehte sich auf die Seite, ihr Blick fiel auf Tari, der zusammengerollt an ihrem Fußende schlief. Sein silbriges Fell schimmerte im Mondlicht, seine Atemzüge waren tief und ruhig.

Sie wünschte, sie könnte genauso ruhig schlafen.

Aber ihre Gedanken ließen sie nicht los.

Ein Teil von ihr wollte glauben, dass sie sich getäuscht hatte, dass es bloß eine Einbildung gewesen war – die Angst, die sie im Schatten etwas erkennen ließ, das nicht da war.

Doch sie wusste, dass das eine Lüge war.

Er war echt gewesen.

Und sie war sich sicher, dass es nicht das letzte Mal gewesen war, dass sie ihn sah.

Die ersten Sonnenstrahlen krochen über den Horizont, tauchten den Palast in ein warmes, goldenes Licht.

Lyria lag immer noch wach, als das erste leise Klirren aus der Küche erklang, als die Vögel in den Gärten zu singen begannen und das Leben in Vaeloria erwachte.

Sie unterdrückte ein Gähnen und richtete sich langsam auf.

Es war ein neuer Tag.

Und mit ihm kamen ihre Pflichten.

Tari hob verschlafen den Kopf, als sie aus dem Bett stieg und sich anzog. Sie wählte eine schlichte, aber elegante Robe aus fließendem blass-goldenem Stoff, der im Licht funkelte wie Morgentau.

Doch selbst als sie vor dem Spiegel stand und ihr Haar kämmte, spürte sie das Flattern in ihrer Brust nicht verschwinden.

War er noch dort draußen?

Hatte er genauso an sie gedacht, wie sie an ihn?

Ein sanftes Klopfen an der Tür riss sie aus ihren Gedanken.

„Lyria?" Die Stimme ihrer Zofe Elaia klang geduldig.

„Dein Vater erwartet dich in der großen Halle."

Lyria seufzte leise. Keine Zeit für Träumereien.

„Ich komme sofort."

Sie warf einen letzten Blick aus dem Fenster, dorthin, wo die schimmernden Wälder in der Ferne lagen – und darüber hinaus die Schatten, die sie nicht losließen.

Dann verließ sie ihr Zimmer.

Doch sie wusste: Dies war erst der Anfang.

Lyria betrat die große Halle des Palastes mit schweren Schritten. Die Nacht hatte ihr keinen Schlaf gebracht – zu viele Gedanken, zu viele Bilder, die sich in ihrem Kopf festgesetzt hatten. Doch jetzt, mit den ersten Sonnenstrahlen, musste sie ihre Pflichten erfüllen.

Ihr Vater, König Vaelthoren, saß bereits an der langen Tafel, die Hände locker um eine Tasse dampfenden Tees gelegt. Seine Erscheinung war imposant, selbst in der Ruhe des Morgens – seine blonden Haare fielen ihm offen über die Schultern, und sein Gewand aus weißem und goldbesticktem Stoff verlieh ihm eine fast überirdische Ausstrahlung.

Sein Blick fiel auf Lyria, scharf und prüfend.

„Du bist spät."

Lyria neigte leicht den Kopf. „Verzeih, Vater."

Vaelthoren betrachtete sie für einen Moment schweigend, dann deutete er auf den Platz ihr gegenüber.

„Setz dich."

Lyria nahm Platz, während eine Dienerin ihr eine Schale mit frischen Beeren und einen Kelch mit süßem Nektar hinstellte. Doch sie hatte keinen Appetit. Ihr Vater ließ den Blick nicht von ihr.

„Du hast schlecht geschlafen."

Es war keine Frage.

Lyria senkte kurz den Blick. „Es war eine lange Nacht."

Vaelthoren nickte langsam, doch in seinen Augen lag eine Spur von Strenge.

„Du weißt, dass die nächsten Wochen von großer Bedeutung sind. Es gibt keine Zeit für Ablenkungen."

Lyria presste unmerklich die Lippen aufeinander.

„Heute erwartet dich eine Reihe von Pflichten." Seine Stimme war ruhig, aber bestimmt. „Zuerst wirst du mich zur Morgenaudienz begleiten. Es gibt Gesandte aus den südlichen Reichen, die mit mir sprechen wollen, und ich erwarte, dass du lernst, wie man diplomatische Verhandlungen führt."

Lyria nickte mechanisch.

„Danach wirst du Zeit mit Faelan verbringen."

Sie erstarrte.

„Er hat vorgeschlagen, dass ihr gemeinsam trainiert.

Ich halte das für eine ausgezeichnete Idee. Ein zukünftiger Kriegerprinz braucht eine starke Gefährtin, und du musst in der Lage sein, dich selbst zu verteidigen."

Lyria hatte keine Wahl. Faelan war der Mann, den ihr Vater für sie bestimmt hatte – der Mann, den sie eines Tages heiraten sollte, um die Allianz mit seinem Volk zu stärken.

„Später wird Lady Amilae dich in den Vorbereitungen für die Hochzeitszeremonie unterweisen. Es gibt noch viele Details zu besprechen – das Zeremoniengewand, die Dekorationen, die Gästeliste."

Ein Knoten zog sich in ihrem Magen zusammen.

Es war, als würde ihr Leben Stück für Stück in ein Gerüst gezwängt, das nicht für sie gemacht war.

„Ich erwarte von dir, dass du deine Aufgaben mit Ernsthaftigkeit erfüllst." Vaelthoren legte die Tasse ab und musterte sie eindringlich. „Verstehst du mich, Lyria?"

Ihre Kehle fühlte sich trocken an. „Ja, Vater."

Vaelthoren nickte, dann erhob er sich. „Sei in einer Stunde bereit."

Er wandte sich zum Gehen, doch bevor er die Halle verließ, hielt er noch einmal inne.

„Und Lyria?"

Sie hob den Kopf.

„Bleib auf dem Weg, den ich für dich vorgesehen habe." Seine Worte klangen ruhig, doch sie waren eine Warnung.

Lyria blickte ihm nach, bis er verschwunden war. Dann sank sie langsam in ihren Stuhl zurück, das Herz schwer.

Lyria saß noch einen Moment reglos am Tisch, während die Worte ihres Vaters in ihrem Kopf nachhallten.

Bleib auf dem Weg, den ich für dich vorgesehen habe. Doch was, wenn dieser Weg sich anfühlte wie ein goldener Käfig?

Tari stupste sie sanft mit seiner kühlen, feuchten Nase an. Sein schönes Fell glänzte im Sonnenlicht, und seine silberfarbenen Augen blickten sie aufmerksam an – als würde er spüren, dass etwas in ihr kämpfte.

„Komm, Tari", murmelte sie und erhob sich. „Es gibt keine Zeit, um zu träumen."

Der kleine Mondfuchs sprang anmutig von seinem Platz und folgte ihr lautlos, als sie den großen Saal verließ.

Die Gänge des Palastes waren bereits erfüllt vom geschäftigen Treiben des neuen Tages. Diener eilten mit Tabletts voller Speisen vorbei, Boten überbrachten versiegelte Pergamentrollen, und Krieger in glänzenden Rüstungen bewachten die Marmorhallen.

Lyria ließ ihren Blick durch die Gänge schweifen, während sie mit ruhigen Schritten zur Audienzhalle ging. Tari trabte dicht neben ihr her, sein buschiger Schwanz zuckte leicht, als er die Umgebung musterte.

Als sie die großen, mit goldenen Mustern verzierten Türen erreichte, standen bereits zwei Wachen dort, ihre Lanzen aufrecht vor sich haltend.

Einer von ihnen, ein älterer Elf mit strengen Zügen, verneigte sich leicht. „Prinzessin, der König erwartet Euch bereits."

Lyria atmete tief durch, richtete ihre Schultern und trat

ein.

Der Raum war beeindruckend, selbst für jemanden, der ihn sein Leben lang kannte. Hohe Säulen aus weißem Marmor ragten bis zur Decke, zwischen ihnen fielen schwere, mit Sonnenemblemen bestickte Vorhänge. Die Wände waren mit Wandteppichen geschmückt, die die ruhmreiche Geschichte der Lichtelfen zeigten.

Auf dem erhöhten Podest am Ende des Saals saß König Vaelthoren auf einem kunstvoll verzierten Thron aus hellem Holz, sein Blick streng, aber ruhig. Neben ihm standen mehrere Berater und Schriftgelehrte, die Pergamente und Tintenfässer bereithielten.

Vor ihm kniete ein Elf mit schlichten Gewändern – ein Gesandter, wie es schien.

Lyria trat an ihren Platz neben ihren Vater und verneigte sich leicht.

„Du bist pünktlich", bemerkte Vaelthoren, während sein Blick kurz zu ihr wanderte.

„Natürlich, Vater", erwiderte sie mit ruhiger Stimme.

„Gut." Er wandte sich wieder dem Gesandten zu. „Ihr mögt fortfahren."

Lyria hörte aufmerksam zu, doch ihr Geist war nicht ganz bei der Sache. Während der Gesandte über Handelsabkommen und Grenzangelegenheiten sprach, kreisten ihre Gedanken um etwas anderes.

Oder vielmehr um jemanden.

Das Bild der dunklen Gestalt am Waldrand tauchte wieder in ihrem Kopf auf, so klar, als würde er direkt vor ihr stehen.

Wer war er?

Warum fühlte es sich an, als würde diese Begegnung ihr Schicksal verändern?

Sie spürte Taris warme Präsenz an ihrer Seite. Sein
Schweif zuckte leicht, als er ihren Blick suchte.
Er wusste, dass ihre Gedanken woanders waren.
Doch jetzt musste sie ihre Rolle spielen.
Also richtete sie sich auf, verdrängte das Flattern in
ihrer Brust und konzentrierte sich auf das, was vor ihr
lag.
Zumindest für den Moment.

Die Audienz zog sich länger hin, als Lyria erwartet
hatte. Die Stimmen der Gesandten vermischten sich zu
einem monotonen Klang in ihrem Kopf, während sie
sich zwang, aufmerksam zu bleiben. Doch immer
wieder schweiften ihre Gedanken ab – hin zu den
Schatten, hin zu der Begegnung, die sie noch nicht
ganz verstand.
Als König Vaelthoren die Sitzung schließlich beendete,
atmete Lyria unmerklich auf. Doch kaum hatte sie sich
aus der großen Halle entfernt, wurde sie bereits von
einem Palastdiener abgefangen.
„Prinzessin, Faelan wartet bereits auf Euch in der
Trainingshalle.“
Lyria nickte nur und machte sich auf den Weg, während
Tari lautlos an ihrer Seite trabte.
Faelan.
Ihr Verlobter.
Derjenige, den sie zu lieben hatte.
Sie kannte ihn seit ihrer Kindheit, kannte seine ruhige,
berechnende Art, seine Disziplin und seinen Ehrgeiz.
Er war ein Krieger durch und durch – stark, ehrenhaft,
makellos in seinem Auftreten.
Und doch war da keine Flamme.

Kein Flattern in der Brust, wenn sie ihn sah.

Kein unerklärliches Ziehen, wie sie es in dieser einen flüchtigen Begegnung gespürt hatte.

Sie straffte die Schultern. Es spielte keine Rolle, was sie fühlte oder nicht fühlte. Faelan war ihre Zukunft – ob sie es wollte oder nicht.

Als Lyria die große Halle betrat, in der das Waffentraining stattfand, umfing sie sofort der vertraute Geruch von Stahl und Leder. Das Licht der Morgensonne fiel durch hohe Fenster auf die sandbedeckte Arena, wo Krieger sich in Übungskämpfen maßen.

Und inmitten dieser Szenerie stand Faelan.

Er trug eine eng anliegende, dunkelblaue Kampftunika, seine Hände ruhten locker auf den Griffen seiner Schwerter. Sein Haar – eine Nuance dunkler als ihr eigenes – war in einem schlichten Zopf gebunden, sodass sein markantes Gesicht frei lag.

Als sein Blick auf Lyria fiel, zog ein kaum sichtbares Lächeln über seine Lippen.

„Du bist spät."

Lyria erwiderte seinen Blick mit einem höflichen Lächeln. „Die Morgenaudienz hat länger gedauert als erwartet."

Faelan trat näher, musterte sie kurz, dann fiel sein Blick auf Tari, der sich neben ihr niedergelassen hatte.

„Ein interessantes Haustier."

„Er ist kein Haustier", entgegnete Lyria sanft, während sie über Taris silbriges Fell strich. „Er ist mein Begleiter."

Faelan sah sie einen Moment nachdenklich an, sagte

aber nichts weiter dazu.

„Nun gut", fuhr er fort. „Dann wollen wir sehen, wie es um deine Fähigkeiten steht."

Er reichte ihr ein Schwert.

Lyria nahm es entgegen. Das Gewicht war ihr vertraut, die Balance angenehm in ihrer Hand. Doch sie wusste, dass dies kein freundschaftliches Sparring war – Faelan testete sie.

Und sie würde ihm nicht die Genugtuung geben, sich als schwach zu erweisen.

Sie begannen mit langsamen Bewegungen – Prüfungen der Reflexe, der Schnelligkeit, der Kontrolle. Faelan ließ ihr Zeit, sich einzufinden, doch bald wurde sein Tempo schneller.

Ein Hieb von links – sie wich aus.

Ein Stoß nach vorne – sie parierte geschickt.

Faelan war stark, das wusste sie. Seine Bewegungen waren präzise, ohne Zögern. Er kämpfte nicht aus Leidenschaft, sondern mit kühler Berechnung – wie jemand, der nie scheitert.

Lyria wusste, dass sie ihm nicht überlegen war. Aber sie war schnell, wendig, und sie konnte spüren, wie sie ihn in manchen Momenten überraschte.

Als er mit einem geschickten Schwung ihr Schwert aus der Hand schlagen wollte, ließ sie es bewusst los, nutzte den Schwung und trat ihm gegen die Brust, sodass er kurz zurückwich.

Faelan hob eine Augenbraue, dann nickte er anerkennend. „Beeindruckend."

Lyria hob ihr Schwert wieder auf und erwiderte seinen Blick. „Ich bin nicht so wehrlos, wie du vielleicht denkst."

Ein leichtes Schmunzeln zuckte um seine Lippen. „Das weiß ich."

Dann trat er einen Schritt näher, nahm ihr Handgelenk in die Finger und drehte es leicht, als wolle er ihre Haltung korrigieren.

„Aber du hältst die Klinge zu verkrampft. Entspann dich."

Lyria zwang sich, stillzuhalten, doch die Nähe zu ihm fühlte sich unangenehm an. Nicht weil sie ihn nicht mochte – sondern weil sie wusste, dass sie es sollte.

Doch es war nicht dasselbe wie in der Nacht zuvor, als sie diesen anderen Blick gespürt hatte.

Jenen Blick aus den Schatten.

Ein Schauer lief ihr über den Rücken.

Faelan bemerkte es. „Ist etwas?"

„Nein." Sie zwang sich zu einem Lächeln. „Nur die Anstrengung."

Er musterte sie kurz, dann ließ er ihr Handgelenk los. „Dann machen wir weiter."

Nach einer Stunde beendeten sie das Training. Lyria war erschöpft, aber sie hatte sich gut geschlagen.

Faelan reichte ihr ein Tuch, das sie dankend annahm, um sich den Schweiß von der Stirn zu wischen. „Du wirst eine würdige Kriegerprinzessin", sagte er schließlich.

Lyria nickte stumm, doch innerlich schrie etwas in ihr auf.

Sie wollte nicht „würdig" sein.

Sie wollte nicht in eine Rolle gezwängt werden, die nicht die ihre war.

„Ruh dich aus", sagte Faelan schließlich. „Wir sehen uns später bei den Vorbereitungen für die Hochzeit."

Lyria spürte, wie ihr Magen sich verkrampfte.

Sie zwang sich zu einem Lächeln. „Ja. Bis später."

Faelan verließ die Halle, und Lyria stand alleine da.

Nur Tari war noch bei ihr, seine Augen voller stiller Weisheit.

„Ich weiß, Tari", murmelte sie und fuhr ihm durch das weiche Fell.

Sie wusste, dass sie sich anpassen musste.

Dass sie gehorchen musste.

Doch etwas in ihr sagte ihr, dass dies erst der Anfang war.

Dass das, was in jener Nacht im Wald begonnen hatte, ihr ganzes Leben verändern würde.

Und sie war nicht sicher, ob sie sich davor fürchten oder es willkommen heißen sollte.

Lyria verließ die Trainingshalle mit schweren Schritten. Ihre Muskeln schmerzten von den intensiven Übungen, doch es war nicht die körperliche Erschöpfung, die sie belastete – es war der Druck, der mit jeder Stunde auf ihren Schultern wuchs.

Draußen fiel das Sonnenlicht durch das Blätterdach der hohen Bäume, die den Palastgarten säumten. Der Klang plätschernder Brunnen vermischte sich mit den leisen Stimmen der Diener, die emsig ihren Pflichten nachgingen.

Doch sie wollte jetzt niemanden sehen.

Vor allem nicht Faelan.

Sie wusste, dass sie sich mit ihm treffen sollte, dass es ihre Pflicht war, mit Lady Amilae die

Hochzeitsvorbereitungen zu besprechen.

Doch allein der Gedanke daran ließ sie sich eingeengt fühlen, als würde eine unsichtbare Kette sich enger um ihren Hals legen.

Sie brauchte Luft.

Sie brauchte Abstand.

Tari folgte ihr lautlos, als sie an den Wachen vor dem Palast vorbeiging und durch einen Seiteneingang verschwand, der zu den Wohnquartieren führte.

„Prinzessin, Lady Amilae wartet bereits in der großen Halle", rief eine der Dienerinnen ihr nach.

Lyria tat so, als hätte sie es nicht gehört.

Schnellen Schrittes eilte sie durch die Flure, bis sie die Tür zu ihrem Gemach erreichte. Sie öffnete sie hastig, ließ Tari hinein und schloss sie dann mit einem leisen Seufzen hinter sich.

Lyrias Zimmer war ein Ort, der ihr stets Sicherheit geboten hatte. Große Fenster ließen das sanfte Licht der Nachmittagssonne hereinfallen, die die filigranen Muster der Vorhänge auf den Boden warf. Feine Stoffe, in Gold und Silber bestickt, schmückten die Möbel, und an den Wänden hingen kunstvolle Wandteppiche mit Szenen aus der alten Geschichte der Lichtelfen.

Doch es waren nicht die kostbaren Dinge, die diesen Ort zu ihrer Zuflucht machten – es war die Ruhe.

Hier konnte sie sein, wer sie war.

Hier musste sie nicht die perfekte Tochter des Königs sein.

Seufzend ließ sie sich auf das große Himmelfett fallen, während Tari an ihrer Seite aufs Bett sprang und sich an sie schmiegte.

Sie vergrub ihre Finger in seinem weichen Fell.

„Ich sollte da draußen sein", murmelte sie leise. „Sollte meine Pflichten erfüllen. Mich mit Faelan treffen."

Tari legte den Kopf schief, als würde er sie verstehen.

„Aber ich kann es nicht", flüsterte sie.

Sie konnte sich nicht dazu zwingen, über Hochzeitsdekorationen zu sprechen, über Gewänder, die sie an ihrem großen Tag tragen sollte.

Ein Tag, den sie nicht wollte.

Ein Leben, das nicht ihres war.

Ihr Blick wanderte zum Fenster, hinaus in den dichten Wald, der sich hinter den Palastmauern erstreckte.

Dort draußen, in der Dunkelheit der Nacht, hatte sie etwas gespürt, das sie nicht erklären konnte.

Etwas, das sie rief.

Etwas, das sich lebendiger anfühlte als alles andere in ihrem Leben.

Sie schloss die Augen und ließ sich zurücksinken.

Die Welt da draußen konnte warten.

Für diesen einen Moment wollte sie nur hier sein – allein mit ihren Gedanken, allein mit Tari.

Und vielleicht, ganz vielleicht, würden ihre Träume ihr Antworten geben.

Im Schatten des Waldes

Die Dunkelheit flüsterte.

Lyria stand am Rand des Waldes, das Herz klopfend, während der Wind sanft an ihrem Umhang zerrte. Der silberne Mond tauchte die hohen Bäume in ein kühles Licht, ließ die Blätter schimmern wie flüssiges Glas. Tari hockte an ihrer Seite, sein Fell verschmolz fast mit der Nacht.

Warum war sie hier?

Sie wusste es nicht genau – oder doch.

Seit dieser Nacht, als sie am Waldrand die fremde Präsenz gespürt hatte, ließ es sie nicht mehr los. Eine unsichtbare Macht hatte sich in ihren Gedanken eingenistet, ein Ziehen, das stärker war als ihre Vernunft.

Jeder Schritt war ein Verstoß gegen die Regeln ihres Volkes.

Schattenelfen und Lichtelfen sollten sich nicht begegnen.

Doch die Grenze zwischen Verbotenem und Unausweichlichem war schmal. Und sie hatte sie bereits überschritten.

Die Luft wurde kühler, je tiefer sie in den Wald vordrang. Die vertraute Magie von Vaeloria lag noch in der Luft, doch darunter vibrierte etwas anderes.

Etwas Dunkleres.

Etwas, das sich nicht nach Bedrohung anfühlte – sondern nach einem Versprechen.

Lyria spürte es, bevor sie ihn sah.

Ein Hauch, ein Laut, fast zu leise für das Ohr. Ein Blick, den sie auf der Haut spürte, bevor ihre Augen ihn fanden.

Dann bewegte sich etwas in den Schatten.

Eine Gestalt löste sich aus den Bäumen – lautlos, wie ein Teil der Nacht selbst.

Er war groß, aber nicht massig, seine Bewegungen so fließend wie Wasser. Seine Haut schimmerte im Mondlicht in einem kühlen, silbrigen Ton, als wäre er aus Sternenstaub geformt.

Sein Haar war tiefschwarz, so dunkel, dass es das Licht verschluckte, wild und ungezähmt.

Doch es waren seine Augen, die ihr den Atem raubten. Dunkles Gold.

Nicht warm, nicht weich – sondern glühend, wie Flammen in einem endlosen Ozean aus Schatten.

Sie waren intensiv, forschend, als könnten sie in ihr Innerstes blicken.

Er sprach nicht.

Er bewegte sich nicht.

Er sah sie einfach nur an.

Ein Laut entwich ihren Lippen – ein unsicheres, atemloses Einziehen der Luft.

Lyria wusste, dass sie fliehen sollte. Dass es Wahnsinn war, hier zu stehen, ihm gegenüber, so nahe.

Aber sie konnte sich nicht rühren.

Etwas in ihr hielt sie fest.

Er war ein Schattenelf. Ein Feind.

Doch in diesem Moment fühlte sich das nicht wahr an.

Es fühlte sich an wie das Ende von etwas – oder vielleicht ein Anfang.

Lyrias Atem ging flach.

Die Welt um sie herum schien für einen Moment stillzustehen – kein Windhauch bewegte die Blätter, kein Tier wagte es, einen Laut von sich zu geben. Nur die dunklen, goldglühenden Augen des Fremden hielten sie gefangen, als wären sie der einzige Fixpunkt in einer Welt aus Unsicherheit.

Tari knurrte leise, ein tiefes, warnendes Grollen, das jedoch nicht aus Feindseligkeit zu kommen schien, sondern aus wachsamer Vorsicht.

Der Schattenelf bewegte sich.

Langsam, wie eine lauernde Raubkatze, trat er einen Schritt vor. Das Licht des Mondes streifte sein Gesicht und enthüllte harte, ebenmäßige Züge – eine Schönheit, die nicht sanft war, sondern gefährlich.

Seine Wangenknochen waren hoch, seine Lippen voll, aber fest verschlossen.

Er sprach nicht.

Und doch lag in seiner Haltung eine Frage, ein unausgesprochenes Misstrauen.

Lyria wusste, dass sie jetzt gehen sollte.

Dass sie sich umdrehen und in den sicheren Palast von Vaeloria zurückkehren musste.

Doch etwas hielt sie an Ort und Stelle.

„Wer bist du?"

Die Worte verließen ihre Lippen, bevor sie sie zurückhalten konnte.

Der Fremde blinzelte. Nicht überrascht, nicht wütend – eher amüsiert.

Dann öffnete er zum ersten Mal den Mund.

„Solltest du nicht Angst vor mir haben, Lichtelfe?" Seine Stimme war tief, samtig, mit einem rauen Unterton, als sei sie nicht oft benutzt worden.

Lyria schluckte.

Ja, sie sollte Angst haben.

Die Geschichten über Schattenelfen waren nichts als Warnungen – sie waren hinterlistig, gefährlich, beherrscht von dunklen Gelüsten. Und doch …

„Ich fürchte nur, was ich nicht verstehe", erwiderte sie leise.

Sein Blick verengte sich.

„Dann solltest du mich fürchten."

Seine Worte sollten eine Drohung sein, doch es lag keine Bedrohung in seiner Stimme – nur eine tiefe, unausgesprochene Wahrheit.

Lyria ließ ihren Blick nicht sinken.

„Warum bist du hier?" fragte sie, bemüht, ihre Stimme ruhig zu halten.

Ein Schatten huschte über sein Gesicht.

„Warum bist du hier?" Seine Gegenfrage war eine Herausforderung.

Lyria spürte, wie ihre Kehle trocken wurde. Sie wusste selbst nicht genau, warum sie gekommen war. Aber sie konnte ihm das nicht sagen.

Tari legte sich dicht an ihre Beine, seine silberfarbenen Augen auf den Fremden gerichtet.

„Ich habe deinen Namen nicht gehört", sagte Lyria schließlich.

Er schwieg einen Moment, dann neigte er leicht den Kopf – eine Bewegung, die seltsam elegant war.

„Riven."

Der Name glitt wie ein dunkles Versprechen durch die Nacht.

Lyria wiederholte ihn in Gedanken. Riven.

Er passte zu ihm – ein Name, so scharf wie eine Klinge, so schwer fassbar wie die Schatten selbst.

„Und du?", fragte er.

Sie zögerte. Sollte sie ihm ihren Namen nennen? Sollte sie sich einem Schattenelfen offenbaren?

Aber hatte sie das nicht längst getan?

„Lyria."

Sein Ausdruck änderte sich für den Bruchteil einer Sekunde – ein winziges Zucken in seinem Blick, ein kaum merkliches Heben der Brauen.

Er kannte diesen Namen.

Lyria wollte fragen, was es bedeutete, doch bevor sie den Mund öffnen konnte, bewegte sich Riven plötzlich.

Seine Gestalt löste sich in der Dunkelheit auf, als wäre er nie da gewesen.

Nur das leise Rascheln der Blätter verriet, dass er sich zurückzog.

Lyria spürte, wie eine seltsame Leere in ihr zurückblieb. Sie sollte erleichtert sein.

Doch stattdessen fühlte es sich an, als wäre ein unausgesprochener Faden zwischen ihnen gesponnen worden – dünn wie Spinnenseide, aber unzerbrechlich.

Und sie wusste mit unerschütterlicher Gewissheit:

Das war nicht das letzte Mal, dass sie Riven sehen würde.

Lyria stand reglos da, während sich die Schatten um sie schlossen. Die Dunkelheit fühlte sich nun anders an – nicht mehr nur als leere Schwärze, sondern als etwas, das lebte, atmete, beobachtete.

Riven war fort.

Und doch war er überall.

Sein Blick haftete noch immer auf ihrer Haut, seine Stimme hallte in ihrem Geist nach.

„Dann solltest du mich fürchten."

Aber sie fürchtete ihn nicht.

Sie fürchtete vielmehr das, was er in ihr auslöste.

Tari winselte leise, als wolle er sie zurück in die Wirklichkeit holen. Lyria blinzelte und schüttelte den Kopf, als könnte sie so die Unruhe vertreiben, die sich in ihr eingenistet hatte.

„Komm", flüsterte sie dem kleinen Fuchs zu, bevor sie sich umwandte und den Rückweg antrat.

Doch mit jedem Schritt fühlte sie es – die Gewissheit, dass sich etwas verändert hatte.

Etwas Unwiderrufliches.

Die ersten Sonnenstrahlen färbten den Himmel in warmes Gold, als Lyria über den Palasthof schritt. Die Türme von Vaeloria ragten majestätisch in den Morgenhimmel, ihre silbernen Spitzen glitzerten im sanften Licht. Diener und Wachen begannen mit ihren täglichen Pflichten, die Luft war erfüllt von Stimmen und dem Klirren von Metall.

Doch für Lyria war es, als bewegte sie sich durch einen Nebel.

Ihre Gedanken waren noch in der Nacht gefangen, an jenem verbotenen Ort, an dem sie einen Schattenelfen getroffen hatte.

Riven.

Allein sein Name ließ ihr Herz schneller schlagen.

Warum hatte er diesen Ausdruck gezeigt, als sie sich vorgestellt hatte? Kannte er sie? Kannten die

Schattenelfen ihren Namen?

„Lyria!" Die Stimme ihres Vaters riss sie aus ihren Gedanken.

Sie drehte sich um und sah König Vaelthoren auf der großen Marmorplattform stehen. Er trug eine schlichte, aber elegante Robe in Blau und Silber, sein langer weißer Umhang wurde vom Wind bewegt.

„Du bist spät dran", stellte er fest, sein Blick kühl, aber nicht unfreundlich. „Die Ratsversammlung beginnt bald. Lady Amilae erwartet dich."

Lyria biss sich auf die Lippe. „Ja, Vater."

Keine Diskussion. Kein Raum für Ausflüchte.

Doch während sie sich in den Palast begab, spürte sie, wie sich die Wände enger um sie schlossen.

Ihre Pflicht wartete. Ihre Zukunft wartete.

Aber ihr Herz war noch im Wald – verloren in goldenen Augen, die sie nie wiedersehen dürfte.

Lyria spürte die Last ihrer Pflichten mit jeder Stufe, die sie die Marmortreppe hinaufstieg. Die hohen Hallen des Palastes wirkten heute besonders erdrückend, als würden die Mauern selbst ihr Unbehagen spüren.

Tari huschte an ihrer Seite lautlos über den Boden, sein silbernes Fell ein schimmernder Kontrast zu den dunklen Steinfliesen. Normalerweise hätte sie es genossen, durch die hellen Korridore zu schreiten, den sanften Duft der Blumen zu atmen, die in kunstvollen Steinvasen entlang der Wände arrangiert waren.

Aber heute war alles anders.

Heute fühlte sie sich eingesperrt.

Lady Amilae erwartete sie bereits im Versammlungssaal.

Die ältere Elfin saß an einem langen Tisch aus Elfenbeinholz, ihre Gestalt aufrecht, die Hände anmutig gefaltet. Ihre silbernen Haare waren kunstvoll hochgesteckt, und ihre smaragdgrünen Augen musterten Lyria mit milder Strenge.

„Du bist spät", stellte sie fest.

Lyria verbeugte sich leicht. „Verzeiht, Lady Amilae. Es war ein langer Morgen."

Die Elfin nickte und deutete auf einen Platz. „Setz dich. Wir haben viel zu besprechen. Die Vorbereitungen für das Frühlingsfest sind im vollen Gange, und deine Rolle darin ist von größter Bedeutung."

Lyria setzte sich widerwillig und hörte zu, während Lady Amilae die Aufgaben auflistete. Sie sollte den Festumzug anführen, sich um die Gäste aus den benachbarten Königreichen kümmern und vor allem...

„Faelan wird heute Nachmittag eintreffen", fuhr Lady Amilae fort, ihre Stimme ruhig, aber bestimmt. „Ihr solltet Zeit miteinander verbringen. Es ist wichtig, dass ihr euch näher kommt, bevor eure Verbindung offiziell wird."

Lyria versteifte sich.

Faelan.

Der Kriegerprinz, dem sie versprochen war.

Er war edel, ehrenhaft – die perfekte Wahl für eine zukünftige Königin.

Und doch...

Ihre Gedanken schweiften ab, zurück in den Wald. Zur kühlen Nachtluft. Zu goldenen Augen, die sie durch die Dunkelheit hindurch durchbohrt hatten.

Zu einem Namen, der sich in ihre Seele eingebrannt

hatte.

Riven.

„Lyria?" Lady Amilaes Stimme riss sie zurück in die Gegenwart.

„Ja… natürlich", murmelte sie.

Die ältere Elfin musterte sie mit einem durchdringenden Blick. „Dein Herz scheint heute woanders zu sein."

Lyria zwang sich zu einem Lächeln. „Nur müde. Es wird schon vergehen."

Aber tief in ihrem Inneren wusste sie, dass es nicht vergehen würde.

Nicht heute.

Nicht morgen.

Nicht, solange Riven in ihren Gedanken war.

Und sie fürchtete, dass er nicht so einfach wieder verschwinden würde.

„Lyria."

Die tiefe, ruhige Stimme ließ sie innehalten.

Sie stand auf einer der Terrassen des Palastes, mit Blick auf die weiten, goldenen Felder von Vaeloria. Tari lag eingerollt zu ihren Füßen, doch als die fremde Stimme erklang, hob er den Kopf und stellte die Ohren auf.

Lyria drehte sich langsam um.

Faelan.

Er stand nur wenige Schritte entfernt, das Licht der späten Nachmittagssonne ließ sein langes, goldenes Haar aufleuchten wie flüssiges Sonnenlicht. Er war groß, beinahe eine ganze Kopflänge größer als sie, mit breiten Schultern und der muskulösen Statur eines Kriegers. Seine Rüstung – aus feinsten Metallen geschmiedet und mit filigranen Gravuren von Blättern und Sternen verziert – glänzte im warmen Licht.

Doch es waren seine Augen, die am meisten auffielen. Ein tiefes Smaragdgrün, durchzogen von goldenen Sprenkeln, die im Licht funkelten wie Sonnenstrahlen, die durch das dichte Blätterdach des Waldes fielen. Sie waren ernst, aber nicht kalt – ein Blick, der Disziplin und Entschlossenheit verriet, doch auch eine Spur von Wehmut.

„Ich hoffe, ich störe dich nicht."

Lyria zwang sich zu einem Lächeln. „Natürlich nicht."

Er musterte sie einen Moment lang, als wolle er ihre Gedanken lesen.

Dann trat er näher.

„Ich habe mit deinem Vater gesprochen. Er hat mir erzählt, dass du oft in den Wäldern unterwegs bist", begann er, seine Stimme ruhig, aber bestimmt. „Ich dachte, es wäre eine gute Gelegenheit, Zeit miteinander zu verbringen – fernab der Erwartungen des Hofes."

Lyria blinzelte überrascht. Faelan war ein ehrenhafter Krieger, ein würdiger Anführer. Doch er war auch jemand, der sich streng an Regeln hielt. Dass er einen Ausflug vorschlug, einfach nur, um mit ihr allein zu sein, war unerwartet.

„In den Wald?" wiederholte sie.

Faelan nickte.

„Wir könnten einen Ausritt machen. Ich kenne einen schönen Ort am Fluss, nicht weit von hier."

Lyria wusste, dass sie nicht ablehnen konnte – nicht, ohne Fragen aufzuwerfen.

Und dennoch…

Der Wald. Die Schatten. Riven.

Ihr Herz schlug schneller.

Doch Faelan wartete geduldig auf ihre Antwort, ohne Druck, ohne Erwartungen.

Er war freundlich. Er war ihr versprochen.

Und er verdiente es, dass sie es zumindest versuchte.

„In Ordnung", sagte sie schließlich. „Lass mich Tari in meine Kammer bringen, dann können wir aufbrechen."

Ein Lächeln huschte über Faelans Lippen – kaum merklich, aber aufrichtig.

„Ich werde dich bei den Stallungen erwarten."

Lyria nickte, wandte sich um und spürte dennoch diesen seltsamen Druck in ihrer Brust.

Sie hatte zugesagt.

Als Lyria die Stallungen erreichte, bemerkte sie Faelan sofort. Doch diesmal sah er anders aus.

Er hatte seine schwere Rüstung gegen etwas Bequemeres getauscht – eine dunkelgrüne Tunika aus weichem Leinen, deren Stickereien das Wappen seines Hauses zeigten: ein geflügeltes Pferd, das sich in die Lüfte erhob. Der Stoff schmiegte sich an seine breiten Schultern und ließ ihn weniger wie einen Krieger, sondern mehr wie einen Reisenden wirken. Um seine Hüften war ein lederner Gürtel geschlungen, an dem ein Dolch in einer kunstvoll verzierten Scheide hing. Seine Stiefel waren aus festem Wildleder, perfekt für einen Ritt durch den Wald.

Sein langes, goldenes Haar war im Nacken zu einem lockeren Zopf gebunden, sodass einige Strähnen sein markantes Gesicht umrahmten. Ohne den metallischen Glanz der Rüstung wirkten seine Gesichtszüge weicher – doch seine grasgrünen Augen behielten dieselbe Intensität, mit der sie immer funkelten.

Als er sie bemerkte, musterte er sie kurz, bevor er

leicht lächelte.

„Du bist schneller, als ich dachte."

Lyria schmunzelte leicht. „Ich wollte dich nicht warten lassen."

Faelan nickte und wandte sich dann den Pferden zu. Zwei prächtige Tiere standen bereits gesattelt bereit – ein schneeweißer Hengst für ihn und eine sanfte silberne Stute für Lyria.

„Das ist Elarion", sagte er und strich dem Hengst über den Hals. „Und das ist Miriel. Ich hoffe, sie ist nach deinem Geschmack."

Lyria trat an die Stute heran und strich ihr über das weiche Fell. Miriel stupste sie sanft mit der Schnauze an, als wollte sie ihre Zustimmung einholen.

„Sie ist wunderschön", sagte Lyria leise und spürte, wie sich ihre Anspannung für einen Moment löste.

Faelan schwang sich mit der Leichtigkeit eines geübten Reiters in den Sattel. „Bist du bereit?"

Lyria atmete tief durch, bevor sie sich ebenfalls auf Miriels Rücken schwang. Bereit? Für einen Ausritt – ja. Doch für alles andere?

Dessen war sie sich nicht so sicher.

Die Hufe der Pferde schlugen sanft auf den moosbedeckten Waldboden, während Faelan und Lyria zwischen den hohen, uralten Bäumen hindurch ritten. Das Licht der Nachmittagssonne brach durch das dichte Blätterdach und warf goldene Muster auf den Pfad vor ihnen. Ein leichter Wind ließ die Blätter rascheln, und für einen Moment schien alles friedlich. Lyria konzentrierte sich auf den gleichmäßigen Rhythmus von Miriels Schritten, auf den Geruch von frischem Laub und feuchter Erde. Sie versuchte, ihre

Gedanken nicht abschweifen zu lassen – nicht zurück zu jener Begegnung im Schatten der Nacht.

Doch dann durchbrach Faelans Stimme die Stille.

„Miriel wird bald deine sein."

Lyria drehte überrascht den Kopf zu ihm. „Was?"

Er lächelte leicht und streichelte über den Hals seines eigenen Pferdes. „Sie wurde eigens für dich ausgewählt. Ein Geschenk für die zukünftige Prinzessin von Vaeloria."

Lyria strich unbewusst über Miriels Mähne. Die Stute war wunderschön, klug und sanftmütig. Aber das Gefühl, dass sie mit diesem Geschenk erneut an ihre Zukunft gekettet wurde, legte sich schwer auf ihr Herz.

„Sie ist ein wundervolles Pferd", sagte sie schließlich vorsichtig.

Faelan musterte sie für einen Moment, als würde er nach einer Reaktion suchen, die er nicht fand. Dann richtete er seinen Blick wieder nach vorn.

„Natürlich wird sich nach unserer Hochzeit vieles für dich ändern", fuhr er fort, als wäre dies das Natürlichste der Welt. „Du wirst nicht nur Miriel haben, sondern auch eine eigene Gemäldegalerie, deine eigenen Gärten. Alles, was du dir wünschst."

Lyria presste die Lippen aufeinander.

„Und du wirst mehr Einfluss auf den Rat erhalten", fügte Faelan hinzu. „Deine Stimme wird Gewicht haben, nicht nur als Tochter des Königs, sondern als zukünftige Königin."

Lyria schwieg. Zukünftige Königin.

Es klang so endgültig, so vorherbestimmt – als hätte sie keine Wahl.

Und vielleicht hatte sie das auch nicht.

Sie war auf diesen Moment vorbereitet worden, seit sie

ein Kind gewesen war. Sie sollte Vaeloria mit einem starken Bündnis sichern. Faelan war die perfekte Wahl – edel, stark, zuverlässig.

Aber warum fühlte es sich an, als würde sich ein unsichtbares Band um ihre Brust legen und ihr die Luft abschnüren?

Sie zwang sich zu einem Lächeln. „Es klingt, als hättest du alles sorgfältig durchdacht."

Faelan sah sie aus den Augenwinkeln an, als hätte er mehr in ihren Worten gehört, als sie preisgeben wollte. Doch er sagte nichts dazu.

Stattdessen lenkte er sein Pferd ein Stück näher zu ihr. „Ich weiß, dass du manchmal mit den Erwartungen des Hofes haderst", sagte er schließlich. Seine Stimme war ruhiger, fast sanft. „Aber ich hoffe, du siehst, dass ich versuche, es dir so leicht wie möglich zu machen."

Lyria wusste nicht, was sie darauf antworten sollte. Also nickte sie nur und richtete den Blick wieder nach vorn.

Doch tief in ihrem Inneren wusste sie, dass kein Geschenk, kein Palast, keine Macht im Rat das ersetzen konnte, wonach ihr Herz sich wirklich sehnte. Freiheit.

Lyria spürte, wie sich die Anspannung in ihren Schultern langsam löste, als die Stunden verstrichen und Riven nirgendwo zu sehen war. Ein Teil von ihr hatte befürchtet, dass er wieder aus den Schatten auftauchen würde – dass sie seine brennenden, goldenen Augen zwischen den Bäumen entdecken und ihr Herz erneut aus dem Takt geraten würde.

Doch nichts dergleichen geschah.

Der Ausritt verlief ruhig, fast friedlich. Faelan sprach

weiter über die Zukunft, über ihre gemeinsame Verantwortung, über den Wohlstand, den ihre Vereinigung Vaeloria bringen würde. Und Lyria hörte zu, antwortete mit höflichem Interesse, während sie sich insgeheim immer weiter von den Worten löste.

Als sie schließlich zum Palast zurückkehrten, war sie fast erleichtert.

Kein Zwischenfall. Keine dunklen Schatten. Keine Versuchung.

Sie würde diesen Tag hinter sich lassen.

Doch kaum war sie aus dem Sattel gestiegen und hatte Miriel den letzten sanften Klaps auf den Hals gegeben, verkündete ein Diener, dass König Vaelthoren zum Abendessen geladen hatte – eine private Runde, nur mit der königlichen Familie und Faelan als Ehrengast.

Lyria hätte sich lieber zurückgezogen, doch es gab kein Entkommen.

Der große Speisesaal des Palastes war in warmes Kerzenlicht getaucht, das sich in den goldenen Verzierungen der Wände spiegelte. Der lange Tisch war reich gedeckt mit geröstetem Wild, frischem Brot, süßen Früchten und gewürzten Weinen.

Lyria saß zwischen ihren Eltern, Faelan gegenüber, während die Stimmen der Anwesenden den Raum füllten.

„Die Feierlichkeiten werden drei Tage dauern", erklärte König Vaelthoren und hob seinen Kelch. „Am ersten Tag wird das Verlobungsbankett abgehalten, damit die Gäste aus den benachbarten Königreichen Zeit haben, anzureisen. Am zweiten Tag folgen die traditionellen Rituale der Lichtelfen – die Segnung durch die Hohepriesterin, das Einflechten der

Schicksalsbänder… Und am dritten Tag wird die Zeremonie selbst stattfinden."

Faelan nickte zustimmend. „Es ist eine große Ehre, nach alter Tradition vermählt zu werden. Mein Vater hätte es sich nicht anders gewünscht."

Lyria betrachtete ihn, wie er mit ihrem Vater Pläne schmiedete, als wäre dies auch seine eigene Hochzeit.

In gewisser Weise war es das wohl auch.

Sie jedoch saß schweigend daneben, spielte mit den goldenen Stickereien ihrer Serviette und versuchte, nicht zu viel über das nachzudenken, was ihr bevorstand.

Bis ihre Mutter sich sanft einmischte.

„Aber was ist mit Lyria?" fragte Lady Seloriae und richtete ihren ruhigen, durchdringenden Blick auf sie.

„Sicherlich hat sie auch Ideen und Wünsche für die Feier."

Plötzlich spürte Lyria, wie alle Augen auf sie gerichtet waren.

Sie straffte die Schultern, doch ihre Gedanken waren leer.

Was sollte sie sagen? Dass sie sich das alles nicht ausgesucht hatte? Dass es sich anfühlte, als wäre sie eine Zuschauerin ihres eigenen Lebens?

„Ich…" Sie holte tief Luft und rang nach Worten.

„Natürlich wird Lyria eine entscheidende Rolle bei der Planung spielen", sagte Vaelthoren bestimmt, als wäre das gar keine Frage. „Es soll eine Hochzeit sein, an die sich alle erinnern werden."

Lyria senkte den Blick.

Sie presste die Lippen zusammen und nickte mechanisch, während das Gespräch am Tisch weiterging. Ihr Vater und Faelan erörterten Details über den Empfang der Gäste, die Reihenfolge der Rituale und die politische Bedeutung der Allianz. Ihre Mutter sprach über die Blumenarrangements, die Musik, die Wahl der Gewänder.

Und sie selbst?

Sie saß nur da – still, gefangen in einer Zukunft, die bereits für sie entschieden worden war.

Tari, der sich während des Essens still unter ihren Stuhl gekauert hatte, legte sanft seine Schnauze auf ihren Schoß. Lyria strich ihm unbewusst durch das weiche Fell, dankbar für die stille Gesellschaft.

Während die Stimmen um sie herum wie ferner Lärm verblassten, wanderte ihr Blick aus dem hohen Fenster hinaus in die dunkle Nacht.

Der Wald lag dort draußen, in Schatten gehüllt, unergründlich und voller Geheimnisse.

Und irgendwo dort, verborgen zwischen den Bäumen, war er.

Riven.

Ein Schauder lief ihr über den Rücken – nicht aus Furcht, sondern aus einer Unruhe, die sie nicht einordnen konnte.

Vielleicht hatte sie sich heute der Pflicht gebeugt.

Vielleicht hatte sie ihre Rolle gespielt.

Aber tief in ihrem Inneren wusste sie:

Der Wald war noch nicht fertig mit ihr.

Der Tanz der Dunkelheit

Die Nacht war still, doch sie war lebendig.

Lyria bewegte sich vorsichtig durch den Wald, ihre Füße kaum mehr als ein Flüstern auf dem weichen Moos. Der Wind trug den süßen Duft der Nachtblüten mit sich, während das silberne Mondlicht durch das dichte Blätterdach sickerte. Es war dieselbe Nacht, dasselbe Land – und doch fühlte es sich anders an. Vielleicht lag es an der Dunkelheit, die sich nicht bedrohlich, sondern einladend um sie legte. Oder vielleicht lag es an der Unruhe, die tief in ihr wuchs, seitdem sie Riven das erste Mal gesehen hatte.

Tari trottete an ihrer Seite, sein seidiges Fell schimmerte im Licht der Sterne. Seine Ohren zuckten aufmerksam, als könnte er spüren, dass dies kein gewöhnlicher Spaziergang war.

Lyria wusste, dass sie mit jedem Schritt weiter in verbotene Gefilde drang. Sie wusste, dass sie umkehren sollte.

Doch etwas zog sie vorwärts.

Ein Kribbeln lief über ihre Haut, als sie plötzlich stehen blieb. Der Wald war zu ruhig geworden – keine wispernden Blätter, kein Rascheln von kleinen Tieren. Nur die gedämpfte Stille, als würde der Wald den Atem anhalten.

Und dann war er da.

Riven.

Er trat aus den Schatten wie ein Geschöpf der Nacht selbst. Sein langer, dunkler Mantel bewegte sich kaum, sein Haar fiel in sanften Strähnen über seine Schultern.

Die Schatten schienen an ihm zu haften, als würden sie
ihn nicht ganz freigeben wollen.
Doch es waren seine Augen, die Lyria den Atem
raubten.
Gold. Tief, unergründlich, fast leuchtend in der
Dunkelheit. Sie waren das Einzige an ihm, das nicht
verborgen blieb, das sich nicht in die Nacht auflöste.
Er sagte eine Weile nichts, nur sein Blick ruhte auf ihr,
durchdringend und wachsam.
„Du bist wiedergekommen."
Seine Stimme war ruhig, doch unter der Gelassenheit
lauerte etwas anderes – ein Hauch von Misstrauen,
vielleicht sogar Belustigung.
Lyria hob das Kinn leicht an. „Ja."
Er trat einen Schritt näher, langsam, als würde er ihre
Absichten prüfen.
„Warum?"
Die Nacht schien auf ihre Antwort zu warten.
Sie hätte lügen können. Sie hätte sagen können, dass
sie sich verirrt hatte, dass es ein Zufall war. Doch sie
wusste, dass er ihr nicht glauben würde.
Und vielleicht wollte sie das auch gar nicht.
„Weil ich dich verstehen will."
Riven blinzelte. Sein Blick veränderte sich – nicht
weicher, aber intensiver. Als hätte er mit jeder
möglichen Antwort gerechnet, nur nicht mit dieser.
„Mich verstehen?" Seine Stimme hatte nun einen
anderen Klang, weniger spöttisch, nachdenklicher.
„Lichtelfen meiden die Dunkelheit. Sie fürchten sie.
Warum solltest du mich verstehen wollen?"
Lyria suchte nach den richtigen Worten.
„Weil ich nicht sicher bin, ob alles, was man mir über

dich und dein Volk erzählt hat, wahr ist."

Eine lange Stille trat ein.

Dann lächelte Riven – kein freundliches Lächeln, sondern eines, das voller Geheimnisse steckte.

„Vorsicht, kleine Elfe," sagte er leise. „Wenn du zu lange in die Dunkelheit blickst, könnte sie zurückblicken."

Seine Worte hätten eine Warnung sein sollen.

Doch Lyria spürte keinen Schrecken.

Nur eine wachsende, unerklärliche Faszination.

Lyria spürte ihr Herz schneller schlagen, doch es war nicht aus Angst.

Rivens Worte klangen noch in ihrem Geist nach, ein leises Echo, das sie nicht abschütteln konnte. Die Dunkelheit blickte zurück – war das eine Warnung? Eine Drohung? Oder... eine Einladung?

Sie wusste es nicht.

„Vielleicht fürchte ich die Dunkelheit nicht so sehr, wie ich sollte", erwiderte sie schließlich, ihre Stimme fester, als sie sich fühlte.

Riven lachte leise, ein dunkles, raues Geräusch, das mehr wie ein Windhauch als wie echtes Amüsement klang. „Du solltest es aber. Dein Volk erzählt Geschichten über uns aus einem Grund, Lyria."

Wie er ihren Namen aussprach fühlte sich merkwürdig an – als würde es eine unsichtbare Grenze überschreiten.

„Vielleicht", sagte sie und trat vorsichtig einen Schritt näher. „Oder vielleicht erzählen sie sie nur aus Angst vor dem, was sie nicht verstehen."

Riven betrachtete sie für einen Moment. Sein Blick war

noch immer schwer zu deuten, als würde er sie durchschauen wollen, jede Regung in ihrem Gesicht lesen.

Dann, anstatt zu antworten, hob er langsam die Hand. Lyria hielt den Atem an.

Die Bewegung war nicht bedrohlich, eher wie eine stille Herausforderung. Doch es war nicht seine Geste, die ihr den Atem raubte – es war das, was mit den Schatten um ihn herum geschah.

Sie bewegten sich.

Nicht wie die Schatten der Bäume, die von der Nacht gezeichnet wurden. Nein, diese Schatten waren lebendig. Sie zogen sich zusammen, strömten um seine Finger, flossen wie Tinte in Wasser.

Lyria hatte so etwas noch nie gesehen.

Sie hatte Magie erlebt – das sanfte Leuchten der Lichtelfen, die heilenden Hände der Priesterinnen, den flüsternden Gesang der Alten. Doch das hier war anders.

Es war wild. Ungezähmt.

Dunkel, aber nicht böse.

Und doch… fühlte sie eine unerklärliche Kälte, die über ihre Haut strich.

„Magie", flüsterte sie.

Riven zog leicht eine Braue hoch. „Überrascht?"

Lyria schüttelte langsam den Kopf. „Nein. Nur… fasziniert."

Ein Schimmer von Belustigung zuckte über seine Lippen. „Ihr Lichtelfen glaubt, dass nur eure Magie rein ist. Dass sie die einzige wahre Form der Macht ist."

Lyria zögerte. „Vielleicht haben sie uns das gelehrt, ja. Aber ich frage mich…" Sie sah ihn direkt an. „Wenn eure Magie so gefährlich ist, warum hat sie mich nicht verschlungen?"

Riven betrachtete sie mit einem undefinierbaren Ausdruck.

Dann ließ er die Schatten wieder in sich zurücksinken.

„Vielleicht tut sie das schon, ohne dass du es bemerkst."

Lyria spürte einen Schauer über ihren Rücken laufen. Doch es war nicht nur Angst.

Es war das Gefühl, an der Schwelle von etwas zu stehen – etwas, das sie nie erwartet hätte.

Riven war ein Schattenelf – ein Feind, wie es ihr Volk immer gesagt hatte. Doch in diesem Moment fühlte sie sich nicht bedroht. Nein, es war etwas anderes. Faszination.

„Vielleicht tut sie das schon, ohne dass du es bemerkst", hatte er gesagt.

Seine Worte hafteten an ihr wie Morgentau an einem Blatt.

„Dann sollte ich vielleicht vorsichtiger sein", erwiderte sie schließlich, den Blick fest auf ihn gerichtet.

Riven lächelte schief. „Vielleicht. Aber du bist nicht hierhergekommen, um vorsichtig zu sein, oder?"

Lyria öffnete den Mund, um zu widersprechen – doch sie konnte nicht. Er hatte recht.

Stattdessen hob sie das Kinn ein wenig und musterte ihn. „Warum bist du hier?" fragte sie schließlich.

Riven lehnte sich leicht gegen einen Baum, die Arme vor der Brust verschränkt. „Ich könnte dasselbe von dir fragen."

„Ich bin neugierig", gestand sie offen.

„Und Neugier hat schon viele ins Verderben geführt", konterte er trocken.

Lyria lächelte leicht. „Du versuchst mich einzuschüchtern."

„Nein." Riven musterte sie aufmerksam. „Ich versuche dich kennenzulernen."

Lyria blinzelte überrascht. „Mich?"

„Du bist eine Lichtelfe. Du solltest nicht hier sein, nicht mit mir sprechen, mich nicht ansehen, als wärst du nicht sicher, ob ich dein Feind bin." Er neigte leicht den Kopf. „Und doch tust du es."

Lyria wusste selbst nicht genau, warum sie hier war. Oder vielleicht wusste sie es doch – sie wollte die Wahrheit. Sie wollte wissen, ob die Schattenelfen wirklich die Monster waren, die ihr Volk aus ihnen machte.

„Ich glaube nicht an Geschichten, die nur eine Seite erzählen", sagte sie leise.

Riven sah sie lange an, dann löste er sich von dem Baum und trat einen Schritt auf sie zu.

Tari, der sich die ganze Zeit ruhig verhalten hatte, richtete sich auf, blieb jedoch still.

„Und wenn du es bereust, Lyria?" Riven sprach ihren Namen zum ersten Mal aus, und es war, als hätte er einen Zauber über sie gelegt.

„Wenn ich es nicht riskiere, werde ich es nie wissen", antwortete sie ebenso leise.

Riven betrachtete sie noch einen Moment, dann schnaubte er leise. „Du bist entweder mutig – oder töricht."

Lyria zuckte leicht mit den Schultern. „Vielleicht beides."

Riven ließ ein dunkles Lachen hören, doch diesmal war es ehrlicher, weniger abwehrend.

Dann, ohne eine weitere Warnung, hob er die Hand – und die Schatten um ihn herum begannen zu tanzen.

Sie zogen sich zusammen, formten sich zu kleinen Wirbeln, schwebten durch die Luft wie schwarzer Nebel. Es war ein wunderschönes, aber auch fremdartiges Schauspiel.

„Unsere Magie ist nicht wie eure", sagte er ruhig. „Sie ist wild, unberechenbar – und sie lebt."

Lyria konnte den Blick nicht abwenden. „Sie ist wunderschön", hauchte sie.

Riven musterte sie aufmerksam. „Das hat mir noch nie jemand gesagt."

Für einen Moment standen sie nur da, zwischen Licht und Schatten, zwei Wesen, die niemals hätten zusammenkommen sollen.

Und doch waren sie hier.

Lyria spürte, wie ihre Finger zu kribbeln begannen. Die Magie in ihr regte sich, ein sanftes Pulsieren, das tief aus ihrem Innersten kam. Sie hatte Riven beobachtet, hatte gesehen, wie die Schatten auf ihn reagierten, wie sie sich bewegten, als wären sie lebendig.

Jetzt wollte sie ihm zeigen, dass auch das Licht eine Seele hatte.

Langsam hob sie die Hand.

Ein feines Leuchten begann an ihren Fingerspitzen zu flimmern – sanft, golden, wie das erste Licht des Morgens. Es war nicht so wild wie Rivens Schatten, nicht so ungezähmt. Ihre Magie war sanftmütig, beruhigend, als würde sie den Wind streicheln.

Riven beobachtete sie mit einem undefinierbaren Ausdruck.

„Du willst mir zeigen, dass eure Magie ebenso lebendig ist wie unsere?" Seine Stimme war leise, fast amüsiert.

Lyria sah ihn herausfordernd an. „Ich will dir zeigen, dass Licht nicht nur starr und kalt ist, wie ihr Schattenelfen glaubt."

Riven wollte etwas erwidern, doch dann – Ein Geräusch durchschnitt die Stille.

Das gleichmäßige, dumpfe Schlagen von Hufen auf Waldboden. Ein Pferd.

Lyria erstarrte, und auch Riven wurde augenblicklich wachsam. Sein Blick flog zur Seite, dorthin, wo sich zwischen den Bäumen ein dunkler Schemen bewegte.

„Jemand kommt", flüsterte sie.

Riven machte einen Schritt zurück, sein Körper spannte sich an wie eine Raubkatze vor dem Sprung.

„Du musst verschwinden", drängte er, doch Lyria schüttelte den Kopf.

„Wenn ich mich jetzt bewege, hören sie mich."

Die Hufe wurden lauter. Das Pferd näherte sich schnell. Lyria presste sich an einen Baum, zog Tari eng an sich. Das kleine Tier blieb reglos, seine Ohren zuckten nervös.

Riven hingegen verschmolz mit den Schatten. Innerhalb eines Wimpernschlags war er verschwunden – nicht fort, sondern eins mit der Dunkelheit. Hätte Lyria nicht gewusst, dass er da war, hätte sie geschworen, sie sei allein. Das Pferd hielt.

Lyria hörte, wie der Reiter abstieg, das Lederzeug knarzte leise.

Dann eine Stimme. Tief, ruhig – aber ernst.

„Lyria?" Ihr Herz setzte aus.

Faelan.

Lyrias Atem stockte. Sie presste sich noch fester an den Baum, spürte, wie Tari sich in ihren Armen versteifte. Sie konnte das leise Schnauben seines Pferdes hören, das Klirren von Metall, als Faelan sich bewegte.

„Lyria?" Seine Stimme war fester, fordernder.

Ihr Herz hämmerte in ihrer Brust. Sie wusste, dass sie antworten musste. Würde sie schweigen, würde Faelan sie nur noch misstrauischer suchen. Doch wo war Riven?

Ihr Blick huschte in die Dunkelheit, aber da war nichts. Nur Schatten. Er war verschwunden – oder besser gesagt, verschmolzen mit der Nacht.

„Hier", rief sie schließlich leise.

Sie hörte, wie sich Faelan ihr näherte, und zwang sich, ruhig zu atmen. Als er durch das Dickicht trat, erkannte sie ihn im schwachen Mondlicht. Sein blondes Haar war leicht zerzaust vom Ritt, seine markanten Gesichtszüge ernst. Die dunkelblaue Tunika, die er trug, ließ ihn weniger formell wirken als sonst, doch seine Haltung war dieselbe wie immer – aufrecht, stolz, bestimmt.

Seine grünen Augen musterten sie scharf.

„Was machst du hier draußen?"

Lyria zwang sich zu einem ruhigen Ausdruck. „Ich… konnte nicht schlafen."

Faelans Blick wanderte über die Lichtung, als würde er nach etwas suchen – oder nach jemandem. „Allein? Im dunklen Wald?"

„Nicht allein." Sie streichelte Taris Fell. „Ich hatte Tari bei mir."

Faelan schnaubte leise. „Ein Fuchs ist kein Schutz in der Nacht."

Er trat näher und musterte sie eindringlich. „Bist du sicher, dass du allein bist?"

Lyria hielt seinem Blick stand. „Ja."

Sie erwartete, dass er weiter nachhakte, dass er nach Spuren im Laub suchte oder den Schatten misstrauisch betrachtete. Doch schließlich schüttelte er nur leicht den Kopf.

„Du bist unvorsichtig, Lyria. Es gibt Dinge in diesen Wäldern, die selbst du nicht verstehst."

Wenn du wüsstest…

Sie zwang sich zu einem kleinen Lächeln. „Vielleicht mag ich das Unbekannte."

Faelan verzog leicht den Mund, als könne er mit dieser Antwort nichts anfangen. Dann seufzte er und reichte ihr die Hand.

„Komm. Ich bringe dich zurück."

Lyria zögerte einen Moment, doch dann legte sie ihre Hand in seine.

Noch ein letzter Blick in die Dunkelheit.

Sie wusste, dass Riven irgendwo dort war. Dass er jedes Wort gehört hatte.

Und sie wusste, dass sie sich wiedersehen würden.

Lyria lief neben Faelan her, ihre Finger ruhten immer noch in seiner warmen Hand. Doch ihr Herz pochte nicht wegen dieser Berührung – sondern wegen der Angst, dass er Verdacht geschöpft hatte.

Das Laub knirschte leise unter ihren Schritten, während sie sich auf den schmalen Waldpfad zurück in Richtung des Palastes begaben. Faelans Pferd trottete hinter ihnen her, sein Atem dampfte in der kühlen Nachtluft. Lange sagte keiner von ihnen etwas.

Dann durchbrach Faelan die Stille.

„Dein Vater sollte davon erfahren."

Lyrias Magen zog sich zusammen.

„Warum?" Sie versuchte, gelassen zu klingen.

Faelan schüttelte den Kopf. „Du bist mitten in der Nacht allein im Wald. Wenn ich dich nicht gefunden hätte… wer weiß, was hätte passieren können?"

Sie schluckte. „Aber es ist doch nichts passiert."

Er sah sie aus dem Augenwinkel an. „Noch nicht."

Lyria ballte die freie Hand zur Faust. Sie musste vorsichtig sein. Sie konnte nicht riskieren, dass Faelan Verdacht schöpfte – oder schlimmer noch, dass er Fragen stellte, auf die sie keine Antworten geben wollte.

Sie versuchte es mit einem sanften Lächeln. „Faelan, ich bin nicht aus Glas. Ich kann auf mich selbst aufpassen."

Er blieb abrupt stehen und drehte sich zu ihr. „Das ist nicht der Punkt, Lyria."

Sein Blick war scharf, durchdringend.

„Du bist die Tochter von König Vaelthoren. Du bist meine zukünftige Frau." Das letzte Wort klang ungewohnt in seinem Mund. „Deine Sicherheit ist nicht nur deine Angelegenheit, sondern die des ganzen Königreichs." Lyrias Brust wurde eng.

Ihre Sicherheit. Ihre Pflicht. Ihr Leben, das von anderen bestimmt wurde.

Sie holte tief Luft und trat einen Schritt näher an ihn heran. „Wenn du meinem Vater davon erzählst, wird er mir noch mehr Einschränkungen auferlegen. Und das willst du doch nicht, oder?"

Faelan runzelte die Stirn. „Lyria..."

Sie ließ seine Hand los und legte stattdessen ihre Fingerspitzen sanft auf seinen Unterarm. „Bitte. Sag ihm nichts. Es war nur ein Spaziergang, nichts weiter. Ich werde vorsichtiger sein.

Faelan betrachtete sie lange. Sie wusste, dass er ihr nicht wirklich glaubte – aber er wollte es glauben. Schließlich seufzte er und wandte den Blick ab. „Wenn du mir versprichst, es nicht zu wiederholen..."

„Ich verspreche es." Es war eine Lüge. Aber Faelan nickte.

Ohne ein weiteres Wort gingen sie weiter.

Als Lyria am nächsten Morgen den Speisesaal betrat, verspürte sie eine leichte Anspannung in ihrer Brust. Sie wusste, dass Faelan bereits hier sein würde. Und sie wusste nicht, ob er sein Wort gehalten hatte.

Ihr Blick wanderte sofort zu ihrem Vater. König Vaelthoren saß an seinem gewohnten Platz an der Stirnseite des langen Tisches, in ein Gespräch mit Faelan vertieft. Der Kriegerprinz wirkte ruhig, beinahe entspannt, als er einen Becher mit heißem Tee in den Händen hielt.

Er hatte nichts gesagt.

Erleichterung durchströmte sie, doch sie zwang sich, ruhig zu bleiben, als sie sich auf ihren Platz setzte.

„Guten Morgen, Lyria", begrüßte ihr Vater sie mit freundlicher Stimme.

„Guten Morgen", erwiderte sie leise und griff nach einem Stück frischen Brotes.

„Faelan und ich haben bereits über viele Dinge gesprochen", fuhr Vaelthoren fort, während er sich ein Stück Obst nahm. „Unter anderem über eure bevorstehende Verbindung. Aber auch darüber, dass du heute einen freien Tag hast."

Lyria hielt in ihrer Bewegung inne.

„Ich dachte, es wäre eine gute Gelegenheit, Faelan zu zeigen, was du in deiner freien Zeit gerne tust." Sie blinzelte.

„Was… ich gerne tue?" wiederholte sie langsam.

„Ja", sagte Vaelthoren und lehnte sich entspannt zurück. „Ich bin sicher, es wäre gut, wenn ihr mehr Zeit miteinander verbringt. Schließlich sollt ihr euch nicht nur als zukünftige Ehepartner, sondern auch als Verbündete besser kennenlernen."

Lyria spürte, wie Faelan sie aufmerksam musterte.

Sie zwang sich zu einem Lächeln. „Natürlich, Vater."

Doch innerlich zog sich alles in ihr zusammen. Ihr freier Tag war ihr heilig – es war der einzige Moment, in dem sie selbst über ihre Zeit bestimmen konnte. Und nun sollte sie ihn mit Faelan verbringen?

Sie senkte den Blick auf ihren Teller, nahm einen Bissen von ihrem Brot, doch der Geschmack schien sich in nichts aufzulösen.

„Ich bin gespannt", sagte Faelan schließlich mit einem leichten Lächeln. „Zeig mir deine Welt, Lyria."

Lyria erwiderte sein Lächeln – doch in ihrem Inneren fühlte es sich wie eine Fessel an, die sich enger um sie legte.

Die warme Morgensonne tauchte den Palastgarten in ein goldenes Licht, als Lyria mit einem Buch auf einer weichen Decke unter einer alten Eiche saß. Ihre beiden kleinen Nichten, Elora und Maëlys, hatten es sich neben ihr gemütlich gemacht, ihre neugierigen Gesichter voller Vorfreude.

Tari lag eingerollt auf Lyrias Schoß, seine silbernen Ohren zuckten leicht, als sie die ersten Seiten des Buches aufschlug.

Faelan saß einige Schritte entfernt, auf einem niedrigen Steinpodest. Lyria hatte erwartet, dass er gelangweilt sein würde, doch zu ihrer Überraschung wirkte er aufrichtig interessiert.

Sie räusperte sich und begann zu lesen:

„In den tiefen Wäldern von Vaeloria, verborgen zwischen uralten Bäumen und glitzernden Nebelschleiern, leben die magischen Tiere, die unsere Welt mit ihren Gaben segnen…"

Elora kicherte leise. „Lyria, erzähl von den Mondfüchsen!"

Lyria schmunzelte und streichelte Tari sanft über den Kopf. „Nun, das ist eine besonders schöne Geschichte…"

Sie blätterte ein paar Seiten weiter, bis sie die Stelle fand, die sie suchte.

„Die Mondfüchse", begann sie, „sind die Hüter des Gleichgewichts. Man sagt, dass sie in Vollmondnächten aus silbernem Licht geboren werden und mit der Fähigkeit gesegnet sind, zwischen der Welt des Lichts und der Dunkelheit zu wandeln."

Faelan lehnte sich leicht vor. „Zwischen Licht und Dunkelheit?"

Lyria nickte, überrascht, dass er nachfragte. „Ja. Sie sind weder nur dem einen noch dem anderen verpflichtet. Ihre Magie erlaubt es ihnen, zwischen den Grenzen zu reisen, wo andere es nicht können."

Tari reckte sich leicht und gähnte, als würde er die Worte verstehen.

Maëlys, die jüngere der beiden Mädchen, klatschte in die Hände. „So wie Tari! Vielleicht ist er auch etwas ganz Besonderes!"

Lyria lächelte. „Vielleicht ist er das."

Ein Schatten flog über Faelans Gesicht, doch er sagte nichts weiter. Stattdessen lauschte er schweigend, als Lyria die Geschichte fortsetzte – und für einen Moment schien die Last der Verpflichtungen, der Zukunft und der Erwartungen nicht zu existieren. Nur die Magie der Worte, der Wind, der durch die Blätter rauschte, und das sanfte Pochen ihres Herzens.

Die sanfte Brise ließ die Seiten des Buches rascheln, während Lyria die nächste Passage aufschlug.

„Mondfüchse sind nicht nur Hüter des Gleichgewichts, sondern auch Begleiter derjenigen, die zwischen zwei Welten stehen. Sie spüren das Herz eines Wesens und folgen nur denen, deren Seele im Einklang mit ihrem eigenen ist."

Elora sah mit großen Augen zu Tari hinüber. „Also hat Tari dich gewählt, Lyria?"

Lyria strich sanft über das weiche Fell des kleinen Fuchses, der auf ihrem Schoß zusammengerollt lag und mit halb geschlossenen Augen zu dösen schien. „So scheint es."

Maëlys kicherte. „Dann musst du auch etwas ganz

Besonderes sein!"

Faelan betrachtete Tari aufmerksam, seine Miene nachdenklich. „Vielleicht."

Lyria spürte seinen Blick, doch sie wandte sich schnell wieder dem Buch zu.

„Es heißt", fuhr sie fort, „dass Mondfüchse ihrem Gefährten nicht nur folgen, sondern ihn auch leiten. Sie zeigen Pfade, die verborgen bleiben, enthüllen Wahrheiten, die im Schatten liegen…"

Ihre eigene Stimme verklang, als sie die Bedeutung dieser Worte auf sich wirken ließ.

War es Zufall, dass Tari sie gefunden hatte? Oder war es Bestimmung?

Ein leises Räuspern riss sie aus ihren Gedanken.

Faelan lehnte sich mit den Unterarmen auf die Knie und musterte sie mit einem unergründlichen Ausdruck.

„Glaubst du an diese Geschichten, Lyria?" fragte er schließlich.

Lyria sah ihn an und spürte einen seltsamen Stich in ihrer Brust.

„Ich glaube…", begann sie langsam, „dass in jeder Geschichte ein Funken Wahrheit steckt."

Faelan nickte nachdenklich, als würde er ihre Worte abwägen.

„Dann bin ich gespannt, was dein Funken Wahrheit noch zu erzählen hat."

Lyria erwiderte nichts. Stattdessen las sie weiter, während die Morgensonne ihre warmen Strahlen über sie legte. Doch tief in ihrem Inneren wusste sie, dass Tari mehr war als nur ein Begleiter.

Er war ein Zeichen.

Und Zeichen ließen sich nicht ignorieren.

Lyria blätterte weiter, ihre Finger strichen sanft über die vergilbten Seiten des alten Buches. Die nächste Passage ließ sie kurz innehalten, bevor sie mit ruhiger Stimme zu lesen begann:

„Es gibt eine besondere Verbindung zwischen bestimmten Elfen und den Tieren, die ihre Seelengefährten werden. Diese Wesen, bekannt als Seelentiere, sind mehr als nur Begleiter – sie teilen einen Teil der Seele ihres Elfen. Wenn eine solche Bindung entsteht, wird sie stärker als jede andere Verbindung in der Natur. Das Seelentier spürt den Schmerz, die Freude und die Ängste seines Gefährten. Sollte der Elf sterben, folgt ihm sein Seelentier in den Tod – denn ohne ihn kann es nicht existieren."

Ein leises Rascheln erklang, als Tari seinen Kopf hob und Lyria aus seinen leuchtenden silberfarbenen Augen ansah. Ein merkwürdiger Schauer lief ihr über den Rücken.
„Das ist traurig", flüsterte Maëlys und schmiegte sich enger an ihre Schwester.
Elora nickte mit ernster Miene. „Aber auch wunderschön. Es bedeutet, dass sie für immer zusammen sind."
Faelan hatte sich leicht nach vorne gebeugt, sein Blick ruhte unverwandt auf Tari. „Glaubst du, dass dieser Fuchs dein Seelentier ist?"
Lyria hielt seinem Blick stand. „Ich weiß es nicht."
Faelan betrachtete Tari nachdenklich. „Und wenn doch? Würdest du mit dieser Verantwortung leben wollen?"

Lyria legte eine Hand auf Taris weiches Fell, spürte die Wärme seines kleinen Körpers. „Wenn er sich mir angeschlossen hat, dann aus freiem Willen. Ich würde ihn nicht fortstoßen, nur weil die Bindung Gefahr mit sich bringt."

Faelan verzog kaum merklich die Lippen. „Du bist mutiger, als ich dachte." Sie erwiderte nichts darauf. Einige Momente herrschte Stille, nur das sanfte Zwitschern der Vögel in den Bäumen war zu hören. Dann klatschte Elora plötzlich in die Hände. „Erzähl weiter, Lyria! Ich will wissen, ob alle Elfen ein Seelentier haben!"

Lyria schmunzelte leicht, schlug die nächste Seite auf und begann weiterzulesen. Doch tief in ihrem Inneren hallte Faelans Frage nach.

War Tari ihr Seelentier?

Flüsternde Herzen

Der Tag verstrich in scheinbarer Normalität, doch Lyria spürte Faelans wachsame Präsenz überall. Nach dem Frühstück hatte er sie zu ihren weiteren Tätigkeiten begleitet, blieb an ihrer Seite, als sie den Stallburschen half, sich um die Pferde zu kümmern, und selbst beim Mittagessen verließ er den Tisch erst, als auch sie aufstand.

Sein Verhalten war nicht aufdringlich, doch es war offensichtlich: Er hielt sie im Auge.

Als die Sonne langsam hinter den Bäumen versank und der Himmel sich in sanften Rosatönen färbte, hatte Faelan sich erneut an ihrer Seite eingefunden.

Während Lyria mit Tari auf dem Fenstersims ihres Zimmers saß und die letzten Sonnenstrahlen beobachtete, lehnte er an der Tür, scheinbar entspannt, aber mit scharfem Blick.

„Du bist ungewöhnlich still", bemerkte er schließlich.

Lyria strich Tari über das Fell. „Ich bin müde."

„Dann solltest du schlafen", sagte Faelan ruhig.

Sie drehte den Kopf und musterte ihn. „Bleibst du, bis ich eingeschlafen bin?"

Er zuckte kaum merklich die Schultern. „Möglich."

Lyria wusste, dass er sie nicht provozieren wollte. Er war kein Mann vieler Worte, aber er ließ keinen Zweifel daran, dass er ihr Verhalten nach dem gestrigen Abend genau im Blick hatte.

Also tat sie das Einzige, was sie tun konnte: Sie nickte, erhob sich langsam vom Fenstersims und begab sich in ihr Bett.

Tari sprang hinunter und rollte sich an ihrer Seite zusammen.

Faelan beobachtete sie noch einen Moment, bevor er sich schließlich abwandte.

„Gute Nacht, Lyria."

Sie antwortete nicht, sondern schloss die Augen und wartete.

Faelan verließ ihr Zimmer mit leisen Schritten, doch sie hörte ihn noch eine Weile im Gang verweilen. Dann entfernten sich seine Schritte, und eine Tür weiter den Flur hinab wurde geöffnet – das Gästezimmer.

Erst als vollkommene Stille herrschte, wagte sie, sich zu bewegen. Es war Zeit.

Leise wie ein Schatten erhob sie sich aus dem Bett und schlich zu ihrem Schrank, wo sie sich eine dunkle Reisemantel schnappte. Tari hob den Kopf und sah sie aufmerksam an, als wüsste er genau, was sie vorhatte.

„Bleib hier", flüsterte sie.

Der kleine Mondfuchs legte die Ohren an, schien aber zu verstehen, dass er sie nicht begleiten konnte.

Mit klopfendem Herzen öffnete Lyria das Fenster, schwang sich über die Brüstung und ließ sich auf den darunterliegenden kleinen Sims gleiten. Ein vertrauter, heimlicher Weg, den sie schon oft genutzt hatte, wenn sie den Palast ungesehen verlassen wollte.

Die Nacht umfing sie mit ihrer kühlen Dunkelheit, und mit einem letzten Blick zum erleuchteten Fenster des Gästezimmers – wo Faelan inzwischen schlafen musste – huschte sie in Richtung des Waldes.

Die Nacht war still, nur das sanfte Rauschen der Blätter begleitete Lyrias leise Schritte, während sie sich tiefer in den Wald wagte. Der vertraute Weg, den sie am Vortag genommen hatte, war nun von Schatten durchzogen, doch die Dunkelheit machte ihr keine Angst.

Jede Faser ihres Körpers war auf der Suche nach Riven gespannt.

Würde er wieder hier sein? Oder war er nur ein flüchtiger Geist der Nacht, der ebenso schnell verschwand, wie er aufgetaucht war?

Lyria schob den Gedanken beiseite und konzentrierte sich auf ihre Umgebung. Sie musste vorsichtig sein – falls Faelan aufwachte und sie nicht in ihrem Zimmer fand, könnte er nach ihr suchen.

Nach einer Weile öffnete sich der dichte Wald zu einer kleinen Lichtung.

Lyria hielt inne, als sie vor sich einen Teich entdeckte, dessen Oberfläche im silbernen Mondlicht schimmerte. Das Wasser war ruhig, fast wie Glas, und reflektierte die tanzenden Sterne am Himmel.

Doch es waren nicht die Sterne, die ihre Aufmerksamkeit fesselten.

Um den Teich herum wuchsen hohe, filigrane Blumen mit tiefvioletten Blütenblättern, die aussahen, als wären sie mit Sternenstaub überzogen. Ihre Blüten öffneten sich langsam, als würden sie vom Licht des Mondes zum Leben erweckt, ein leises Knistern lag in der Luft, als sich feine, schimmernde Pollen wie tanzende Funken lösten und über das Wasser schwebten.

Lyria trat näher, kniete sich auf das weiche Moos und betrachtete sie voller Staunen.

Diese Blumen kannte sie nicht.

Im Reich der Lichtelfen gab es unzählige Pflanzen, manche von ihnen mit magischen Eigenschaften, doch diese hier waren anders. Sie wirkten fast… fremdartig. Vorsichtig streckte sie eine Hand aus, strich mit den Fingerspitzen über eines der Blütenblätter. Ein sanfter Schauer lief ihr über die Haut – nicht unangenehm, aber fremdartig.

Was war das für ein Ort? Ein leises Geräusch ließ sie den Kopf heben.

War es der Wind? Oder… jemand anderes?

Ihr Herz schlug schneller, als sie in die Schatten jenseits des Teiches blickte.

War er da?

Lyria spürte es, bevor sie es sah.

Ein leichtes Kribbeln lief über ihren Nacken, ein unbestimmtes Gefühl, das sie nicht erklären konnte. Sie war tatsächlich nicht allein.

Langsam richtete sie sich auf und ließ den Blick über die dunklen Bäume gleiten, die den kleinen Teich umgaben. Erst war da nur Schatten – doch dann löste sich eine Gestalt aus der Dunkelheit, lautlos, geschmeidig wie ein Raubtier.

Riven. Seine Präsenz war wie die Nacht selbst – kühl, unberechenbar, voller Geheimnisse. Er trug dunkle Kleidung, die ihn fast mit der Umgebung verschmelzen ließ, und das schwache Mondlicht ließ seine silbernen Tätowierungen auf der Haut kurz aufblitzen, als er näher trat.

„Du bist neugierig", sagte er leise. Seine Stimme war rau, aber nicht unfreundlich.

Lyria unterdrückte den Impuls, einen Schritt zurückzutreten. Stattdessen hob sie das Kinn. „Ich habe diese Blumen noch nie gesehen."

Riven ließ seinen Blick kurz über den Teich wandern. Dann kniete er sich neben sie und strich mit den Fingerspitzen über eines der Blütenblätter.

„Das wundert mich nicht. Sie wachsen nicht in eurem Reich."

„Dann gehören sie zu den Schattenelfen?"

Er neigte leicht den Kopf. „Sie gehören zu den Schatten."

Lyria runzelte die Stirn. „Was meinst du damit?"

Riven ließ sich Zeit mit seiner Antwort. Seine Finger spielten mit einem Blütenblatt, während er über die richtigen Worte nachzudenken schien.

„Diese Blumen nennt man Lunaristra", erklärte er schließlich. „Sie blühen nur im Licht des Mondes und sterben, wenn sie der Sonne ausgesetzt sind. Sie ernähren sich von Dunkelheit, aber nicht im Sinne von Bosheit oder Verderben – sondern von Stille, von Schatten, von dem, was zwischen den Welten liegt."

Seine goldenen Augen ruhten nun auf ihr, als wollte er sehen, ob sie es verstand.

Lyria betrachtete die leuchtenden Blüten und fühlte eine seltsame Melancholie in ihrer Schönheit. „Sie sind vergänglich."

„Alles ist vergänglich", erwiderte Riven ruhig.

Lyria schwieg einen Moment. Dann sah sie ihn wieder an. „Warum beobachtest du mich?"

Ein schmales Lächeln huschte über seine Lippen.

„Warum suchst du nach mir?"

Lyria spürte, wie ihr Herz einen Schlag aussetzte.

Sie hätte darauf keine Antwort wissen dürfen.

Und doch wusste sie sie.

Lyria hielt Rivens Blick stand, doch die kühle Nachtluft fühlte sich plötzlich wärmer an.

Warum hatte sie nach ihm gesucht?

Es wäre leicht gewesen zu lügen, zu behaupten, sie sei nur zufällig hier. Doch tief in ihrem Inneren wusste sie, dass das nicht stimmte. Etwas an ihm zog sie an – etwas Unbekanntes, Verbotenes.

„Ich…" Sie brach ab, suchte nach Worten. „Ich wollte mehr wissen."

Riven hob eine dunkle Braue. „Über mich?"

Sie schüttelte den Kopf, richtete den Blick wieder auf die Lunaristra-Blumen. „Über euch. Über die Schattenelfen. Über das, was ich all die Jahre nur aus Geschichten kannte."

Er schwieg einen Moment, musterte sie, als wollte er ihre Ehrlichkeit prüfen. Dann ließ er sich auf einen Stein am Rand des Teiches sinken, seine Bewegungen fließend wie die Nacht selbst.

„Und was erzählen euch eure Geschichten?" fragte er schließlich.

Lyria nahm einen tiefen Atemzug. „Dass ihr gefährlich seid. Unberechenbar. Dass ihr euch in der Dunkelheit versteckt, weil das Licht euch verbrennt."

Riven lachte leise, ein dunkles, amüsiertes Geräusch. „Halbwahrheiten und Legenden. Das Licht verbrennt uns nicht – es offenbart uns nur, und manchmal ist es sicherer, verborgen zu bleiben."

Lyria betrachtete ihn nachdenklich. „Und die Gefahr?"

Er lehnte sich leicht vor, seine goldenen Augen funkelten im Mondlicht. „Glaubst du, ich bin gefährlich?"

Ihr Herz schlug schneller. Sie hätte „Ja" sagen sollen. Es wäre die richtige Antwort gewesen. Doch stattdessen fand sie sich dabei, leise zu flüstern: „Ich weiß es nicht." Riven musterte sie einen Moment, dann stand er langsam auf und trat näher. Seine Präsenz war überwältigend, nicht durch rohe Kraft, sondern durch die stille Intensität, die ihn umgab.

„Du solltest es herausfinden, bevor du dich weiter in die Dunkelheit wagst, Lichtblüte." Seine Stimme war kaum mehr als ein Hauch.

Lyria wusste nicht, warum dieses Wort – Lichtblüte – wie eine zarte Berührung auf ihrer Haut klang.

Er wandte sich ab, drehte sich in die Schatten, bereit zu verschwinden.

Panik flackerte in ihr auf. Sie war ihm so nah, hatte endlich die Chance, ihn kennenzulernen – und nun ließ er sie einfach zurück?

„Warte!" Riven hielt inne, drehte sich jedoch nicht sofort um.

„Wenn das, was wir über euch wissen, nur Halbwahrheiten sind…" Ihre Stimme war leise, aber entschlossen. „Dann erzähl mir die Wahrheit."

Für einen Moment schien es, als würde er sie einfach stehen lassen. Doch dann, nach einer endlosen Stille, drehte er sich doch um.

Ein Schatten eines Lächelns spielte um seine Lippen.

„Dann hör gut zu, Lichtblüte. Die Wahrheit ist nicht immer so strahlend, wie du es gewohnt bist."

Lyria hielt den Atem an. Ihre eigene Stimme hallte noch in der Nacht nach, vermischte sich mit dem sanften Rascheln der Blätter und dem leisen Plätschern des Teiches.

Riven musterte sie, sein Blick schwer wie die

Dunkelheit um sie herum. Schließlich machte er einen langsamen Schritt auf sie zu, dann noch einen. Er bewegte sich mit einer geschmeidigen Eleganz, die fast unnatürlich wirkte, als wäre er ein Teil des Schattens selbst.

„Die Wahrheit also?" Seine Stimme war leise, rau.

„Glaubst du wirklich, dass du sie hören willst?"

Lyria schluckte. „Ja."

Ein Ausdruck, den sie nicht ganz deuten konnte, huschte über sein Gesicht – war es Belustigung? Zweifel? Oder etwas anderes, Tieferes?

Er sah zum Himmel, wo der Mond hell zwischen den Ästen leuchtete. Dann, ohne Eile, sank er wieder auf den Stein am Rand des Teiches und deutete mit einer leichten Kopfbewegung neben sich.

„Setz dich, wenn du bereit bist."

Lyria zögerte. Ein Teil von ihr wusste, dass sie besser gehen sollte. Doch etwas zog sie zu ihm. Also setzte sie sich auf das weiche Moos, nicht zu nah, aber auch nicht zu weit entfernt.

Riven beobachtete sie einen Moment, bevor er sprach.

„Ihr Lichtelfen glaubt, dass wir Wesen der Dunkelheit sind, geboren aus dem Schatten, geschaffen, um zu zerstören." Seine Stimme war ruhig, fast nachdenklich. „Doch das ist nicht wahr. Schattenelfen und Lichtelfen… wir sind aus derselben Magie entstanden. Vor langer Zeit waren wir eins."

Lyria runzelte die Stirn. „Das ist nicht das, was wir gelernt haben."

Riven lächelte schief. „Natürlich nicht. Denn wenn man euch die Wahrheit erzählen würde, müsste man zugeben, dass eure Vorfahren diejenigen waren, die uns verstoßen haben."

Ein kalter Schauer lief Lyria über den Rücken. „Was meinst du damit?"

Riven lehnte sich zurück, stützte sich auf die Hände. „Wir waren einst ein einziges Volk – Elfen, die im Gleichgewicht zwischen Licht und Schatten lebten. Doch dann kamen die ersten Könige der Lichtelfen, und sie fürchteten die Nacht. Sie glaubten, dass Dunkelheit Verderben bedeutet, dass nur das Licht rein sei. Also verbannten sie diejenigen von uns, deren Magie sich nicht an das Licht band, die ihre Kräfte aus anderen Quellen schöpften. Sie zwangen uns, in die Schatten zu fliehen, trennten unser Volk und machten uns zu Fremden."

Lyria saß starr vor ihm, die Worte hallten in ihrem Kopf nach. Sie wollte protestieren, sagen, dass das nicht stimmen konnte – doch ein Teil von ihr wusste bereits, dass Riven nicht log.

Er beobachtete sie schweigend, als würde er ihr Zeit geben, das Gesagte zu verarbeiten. Dann hob er langsam eine Hand.

„Lass mich es dir zeigen."

Lyria zuckte leicht zusammen, als sich der Schatten in seiner Hand zu formen begann. Dunkle Nebelschwaden kräuselten sich über seine Finger, bewegten sich wie lebendige Wesen, bis sie sich langsam ausbreiteten und in der Luft zwischen ihnen Gestalt annahmen.

Die Dunkelheit wurde zu einem Bild.

Zuerst sah sie einen Wald, nicht unähnlich ihrem eigenen, aber dichter, wilder. Die Bäume waren hoch und schlank, ihre Blätter von einem tiefen Violett, das im schwachen Licht zu schimmern schien. Der Himmel darüber war von dämmerndem Blau, durchzogen von leuchtenden Nebeln, die sich sanft bewegten, als würden sie atmen.

„Das ist unser Reich", sagte Riven leise.

Lyria konnte die Schönheit darin nicht leugnen. Es war anders als Vaeloria, aber nicht düster oder trostlos, wie es in den Geschichten erzählt wurde. Die Schatten waren nicht bedrohlich – sie waren lebendig, sie schützten, umhüllten.

Das Bild veränderte sich.

Jetzt sah sie ein Dorf, in das sich das Licht der Dämmerung sanft schmiegte. Die Häuser waren in die Natur eingewoben, aus dunklem Holz mit Fenstern, die in weichem Silber leuchteten. Schattenelfen bewegten sich darin – Kinder, die spielten, Erwachsene, die lachten, manche mit Tieren an ihrer Seite, die nicht wie gewöhnliche Waldwesen aussahen.

„Wir verstecken uns nicht, weil wir böse sind", sagte Riven. „Sondern weil wir gelernt haben, dass wir in eurer Welt nicht willkommen sind."

Lyria spürte ein Ziehen in ihrer Brust. Diese Bilder waren so anders als das, was man ihr ihr Leben lang erzählt hatte.

Dann veränderte sich die Szene erneut.

Nun sah sie Elfen in Rüstungen, ihre Rankenverzierungen und goldenen Wappen machten unmissverständlich klar, dass sie Lichtelfen waren. Sie marschierten durch den Wald der Schattenelfen, zerschlugen, was sie fanden, vertrieben Familien. Ein Kampf entbrannte, Schatten und Licht kollidierten in einer Schlacht, die viel älter war als Lyria selbst.

Sie sog scharf die Luft ein.

„Eure Vorfahren fürchteten, was sie nicht verstehen konnten", sagte Riven, seine Stimme nun dunkler, fast bitter. „Also haben sie entschieden, dass wir das Böse sein müssen."

Das Bild verblasste, die Schatten verzogen sich, bis nur noch das Mondlicht zwischen ihnen lag.

Lyria saß da, ihr Herz hämmerte. Sie wusste nicht, was sie sagen sollte.

All die Geschichten, die sie gehört hatte... waren sie alle Lügen?

Riven sah sie an, seine goldenen Augen funkelten im Dunkeln. „Sag mir, Lichtblüte... was glaubst du nun?"

Lyria konnte nicht sprechen. Die Bilder, die Riven ihr gezeigt hatte, hatten etwas in ihr aufgewühlt, etwas, das sie nicht ignorieren konnte. Sie hatte ihn gesucht, weil sie neugierig gewesen war – doch nun fühlte es sich an, als hätte sie eine Wahrheit berührt, die ihre gesamte Welt erschüttern konnte.

Langsam hob sie ihre Hand und legte sie vorsichtig gegen seine.

Ein Prickeln durchzuckte ihren Körper, als ihre Fingerspitzen seine Haut berührten. Ein Stromschlag aus purer Energie ließ sie beide leicht zusammenzucken. Doch anstatt sich zurückzuziehen, blieben sie so, die Hände gegeneinander gelegt, als ob etwas Unbekanntes zwischen ihnen pulsierte. Lyria keuchte leise.

Es fühlte sich an, als ob ihre Magie – ihr Licht – mit seiner Dunkelheit verschmolz. Nicht in einem Kampf, sondern in einem Tanz, einem fließenden

Ineinandergreifen zweier gegensätzlicher Kräfte, die sich nicht abstießen, sondern ergänzten.

Riven sah sie an, sein Blick intensiver als zuvor. Sein Brustkorb hob und senkte sich langsam, als würde er mit sich selbst ringen.

„Spürst du es?" Seine Stimme war rau, tiefer als zuvor. Lyria konnte nur nicken. Ihre Haut brannte nicht vor Schmerz, sondern vor etwas anderem. Etwas Neuem. Ihre Finger bewegten sich leicht, strichen über seine Handfläche, folgten der rauen Textur seiner Haut. Sein Atem wurde hörbar schwerer, doch er zog sich nicht zurück.

„Das..." Sie schluckte, ihre Stimme war kaum mehr als ein Flüstern. „Das habe ich noch nie gefühlt."

Riven neigte den Kopf leicht, als würde er sie studieren. „Ich auch nicht."

Die Stille zwischen ihnen war keine Leere – sie war geladen, voller unausgesprochener Worte, unausgesprochener Wünsche.

Lyrias Puls raste. Sie wusste, dass sie hier nicht sein sollte, wusste, dass sie sich nicht so fühlen durfte. Doch in diesem Moment wollte sie sich nicht an Verbote erinnern.

„Ich glaube dir," sagte sie schließlich leise.

Sein Blick veränderte sich. Etwas Dunkles, Besitzergreifendes funkelte in seinen goldenen Augen, etwas, das ihre Knie weich werden ließ.

Sein Daumen strich leicht über ihre Finger, eine Berührung so zart, dass sie kaum real erschien.

„Dann bist du mutiger, als ich dachte, Lichtblüte."

Seine Worte sandten eine Gänsehaut über ihre Haut. Sie wusste nicht, was das hier zwischen ihnen war.

Doch sie wusste, dass sie es wieder fühlen wollte.

Sie saßen noch lange so da, die Hände
aneinandergelegt, ohne ein weiteres Wort zu sprechen.
Das Pulsieren zwischen ihnen hatte sich nicht
abgeschwächt, sondern war zu einer sanften, stetigen
Welle geworden – ein stilles, unausgesprochenes
Versprechen, das sie beide nicht ganz verstanden.
Lyria wusste nicht, wie viel Zeit vergangen war, doch
irgendwann bemerkte sie, dass das tiefblaue Dunkel
der Nacht heller wurde. Die ersten blassen Strahlen der
Morgendämmerung tasteten sich durch die Bäume,
tauchten den Wald in ein sanftes Silbergrau.
Ihr Herz zog sich zusammen. Sie durfte nicht hier sein,
wenn die Sonne aufging.
Langsam, fast widerwillig, zog sie ihre Hand zurück.
Die Wärme seiner Haut brannte noch immer auf ihrer.
„Ich muss gehen," flüsterte sie.
Riven sah sie an, sein Blick war schwer zu deuten. Ein
Teil von ihm schien sie zurückhalten zu wollen – doch
er sagte nichts, nickte nur langsam.
„Dann geh, Lichtblüte." Seine Stimme war leise, rau.
„Aber du wirst zurückkommen."
Es war keine Frage.
Lyria biss sich auf die Lippe, drehte sich dann um und
verschwand zwischen den Bäumen.

Als sie endlich wieder in ihrem Zimmer ankam, war der
Himmel bereits von zarten Goldtönen durchzogen. Ihr
Herz schlug noch immer schnell, als hätte sie den
ganzen Weg gerannt, doch es lag nicht nur an der Eile.
Tari lag zusammengerollt auf ihrem Kissen, doch als

sie eintrat, hob er sofort den Kopf und blinzelte sie vorwurfsvoll an.

Lyria lächelte entschuldigend und schlüpfte ins Bett.

„Es tut mir leid, Tari. Ich wollte dich nicht beunruhigen."

Der kleine Mondfuchs schnaubte leise und sprang auf ihre Brust, wo er sich mit einem sanften Seufzen zusammenrollte.

Lyria fuhr mit den Fingern durch sein weiches Fell und schloss die Augen. Noch immer spürte sie das Kribbeln auf ihrer Haut, das Echo von Rivens Berührung.

Ein Lächeln umspielte ihre Lippen.

Als sie in den Schlaf glitt, sah sie in ihren Träumen wieder die goldenen Augen des Schattenelfen. Sie fühlte seine Haut unter ihren Fingern, das leise Prickeln der Magie zwischen ihnen.

Und sie wusste, dass sie ihn wiedersehen wollte.

Gefährliche Nähe

Lyria saß am Frühstückstisch, doch das Knirschen des Brotes zwischen ihren Fingern fühlte sich fremd an. Die Gespräche um sie herum waren wie das entfernte Rauschen eines Flusses, Worte, die kamen und gingen, ohne dass sie sich an ihnen festhalten konnte. Ihre Gedanken waren noch immer im Wald. Bei Riven. Bei seiner Berührung.

Sie konnte das Prickeln noch immer auf ihrer Haut spüren, als wäre es in ihr verankert, als hätte er einen Teil seiner Magie in ihr hinterlassen. Ihre Finger erinnerten sich an die raue Wärme seiner Hand, an das leise Beben, das durch sie beide gefahren war, als sie sich berührt hatten. „Lyria?"

Die Stimme ihres Vaters riss sie aus ihren Gedanken. Sie blinzelte und bemerkte, dass alle Blicke auf ihr ruhten. Ihr Herz setzte einen Schlag aus.

„Ja?" Ihre eigene Stimme klang zu weich, zu weit entfernt.

Vaelthoren legte das Besteck zur Seite und musterte sie mit prüfender Miene. „Du bist heute still."

Sie zwang sich zu einem Lächeln. „Ich bin nur müde." Ihr Vater nickte nach kurzem Zögern. „Nun gut. Dann wird dir ein weiterer freier Tag guttun. Ich habe beschlossen, dass du ein wenig Zeit für dich haben sollst, nachdem du in den letzten Tagen so viele Pflichten erfüllt hast."

Er klang fast fürsorglich, doch bevor Lyria sich darüber freuen konnte, fuhr er fort:

„Und Faelan wird dich begleiten." Ihr Lächeln gefror.

„Oh..." Sie suchte verzweifelt nach einer höflichen Antwort, doch Faelan kam ihr zuvor.

„Ich freue mich darauf", sagte er mit einem leichten Schmunzeln und lehnte sich zurück. Seine Augen musterten sie aufmerksam, fast als wollte er herausfinden, was in ihr vorging. „Vielleicht kannst du mir zeigen, was du in deiner freien Zeit am liebsten tust."

Lyria zwang sich, gelassen zu wirken.

„Natürlich", sagte sie mit einem sanften Lächeln, obwohl sich ihr Magen verkrampfte.

Faelan war ein guter Krieger, edel, stark – er war das, was jede Lichtelfin sich wünschen sollte. Und doch fühlte sie nichts. Keine Wärme, kein heimliches Knistern, das ihr Herz schneller schlagen ließ.

Nicht so wie bei Riven.

Der Gedanke traf sie wie ein Blitz, und sie senkte schnell den Blick auf ihren Teller.

Nach dem Frühstück zog sich Lyria mit Tari in den Garten zurück. Die Sonne schien warm auf ihre Haut, aber es half nichts – sie fühlte sich gefangen.

Sie setzte sich auf eine Bank unter den alten Kirschblütenbäumen, Tari rollte sich auf ihrem Schoß zusammen. Sein weiches Fell beruhigte sie, während sie ihre Gedanken ordnen wollte.

Aber sie konnte es nicht.

Riven hatte nicht nur ihre Überzeugungen erschüttert, sondern auch etwas viel Tieferes in ihr berührt. Sie hatte sich immer für eine Tochter Vaelorias gehalten, eine Lichtelfin, die ihre Pflichten kannte. Doch in seiner Nähe hatte sie sich anders gefühlt – freier, lebendiger.

Als würde sie endlich sehen, wofür ihr Herz wirklich schlug.

„Lyria?" Sie zuckte zusammen und blickte auf.

Faelan stand vor ihr, sein Blick ruhig, aber durchdringend.

„Darf ich mich zu dir setzen?"

Sie nickte zögernd, und er ließ sich neben ihr nieder. Tari öffnete ein Auge, musterte ihn misstrauisch und legte dann den Kopf wieder auf Lyrias Bein.

„Du warst heute Morgen wirklich still", bemerkte Faelan schließlich. „Ich habe dich selten so abwesend erlebt."

Lyria rang sich ein Lächeln ab. „Ich denke nur nach."

Faelan lehnte sich leicht vor. „Über die Hochzeit?"

Ihr Lächeln wurde dünner.

Er ließ ihr kaum Zeit zu antworten. „Miriel wird bald deine sein. Ich habe mit meinem Vater gesprochen – sobald wir verheiratet sind, wirst du auch über meine Ländereien mitentscheiden dürfen. Ich werde dir die Freiheit lassen, die du brauchst."

Freiheit. Das Wort hinterließ einen bitteren Geschmack auf ihrer Zunge.

Er sprach, als wäre ihre Zukunft bereits besiegelt, als wäre ihr Leben bereits in Stein gemeißelt.

„Ich hoffe, du freust dich auf unser gemeinsames Leben."

Lyria zwang sich, ihn anzusehen. Er war gutaussehend, ohne Zweifel. Seine Gesichtszüge waren ebenmäßig, seine Haltung aufrecht und stolz. Jede Lichtelfin hätte ihn als einen perfekten Ehemann betrachtet. Doch sie fühlte nichts.

Keine Hitze. Keine Anziehung. Keine dunkle, verbotene Energie, die sie atemlos machte.

„Ja… natürlich", log sie und spürte, wie sich ihr Herzschlag beschleunigte – nicht aus Vorfreude, sondern aus Panik.

Sie musste hier weg.

Die Nacht brachte keine Ruhe.

Sie lag wach, drehte sich von einer Seite auf die andere, während Tari leise schnaufend neben ihr lag. Ihre Gedanken kreisten unaufhörlich um Riven, um Faelan, um ihre eigene Unsicherheit.

Und dann wusste sie es.

Sie musste ihn wiedersehen.

Faelan blieb noch lange wach, sprach mit ihrem Vater, doch als endlich Ruhe im Palast einkehrte, war Lyria bereit.

Sie zog ihren Mantel enger um sich, schlich leise durch die Flure und hinaus in die kühle Nacht. Ihr Herz schlug wild, als sie die Stadt verließ und sich in den Wald begab.

Dunkelheit empfing sie, doch diesmal fühlte sie sich nicht bedrohlich. Sie war ein Versprechen.

Ein Versprechen, dass sie nicht mehr dieselbe war.

Und als sie tiefer in den Wald vordrang, wusste sie, dass sie nur an einen einzigen Ort wollte. Zu ihm.

Der folgende Tag verging schnell, sie bemühte sich, an der Planung für ihre Hochzeit teilzunehmen und gedanklich anwesend zu sein. Abends möchte Lyria noch einen kleinen Spaziergang machen, als Faelan das hört, schlägt er vor, dass sie einen gemeinsamen Ausritt unternehmen könnten. Lyria widerstrebt der Gedanke daran, noch mehr Zeit mit Faelan zu verbringen, aber sie hat keine Wahl, da ihr Vater, König Vaelthoren, diese Idee selbstverständlich gutheißt.

Die Nacht war kühl, aber angenehm, und die Blätter über ihnen rauschten sanft im Wind, während Lyria Miriels Zügel locker hielt. Die weiße Stute bewegte sich elegant über den schmalen Waldpfad, ihr Fell schimmerte silbern im Mondlicht. Neben ihr ritt Faelan auf seinem schwarzen Hengst Elarion, der mit kraftvollen Schritten voranschritt, als wäre er der wahre Herr des Waldes.

„Ich wusste nicht, dass du gerne nachts reitest", bemerkte Faelan mit einem Schmunzeln, während er sie aus den Augenwinkeln musterte.

Lyria zwang sich zu einem Lächeln. „Manchmal hilft es mir, den Kopf freizubekommen."

Das war nicht gelogen – doch es war nicht die ganze Wahrheit.

Sie hatte gehofft, allein zu sein, hatte gehofft, noch einmal diesen Ort zu finden, an dem sie zuletzt mit Riven gewesen war. Doch Faelan hatte darauf bestanden, sie zu begleiten, und sie hatte keine Ausrede gefunden, um abzulehnen.

Der Wald war in der Dunkelheit wunderschön. Die Blätter warfen lange Schatten, und hier und da glimmten Glühwürmchen wie schwebende Sterne zwischen den Bäumen. Lyria versuchte, den Moment zu genießen, doch ihre Gedanken waren woanders.

Dann spürte sie es.

Ein Prickeln im Nacken. Ein Gefühl, beobachtet zu werden.

Sie ließ Miriel langsamer werden und blickte unauffällig zur Seite.

Zwischen den Bäumen, in den Schatten des Waldes, bewegte sich eine Gestalt.

Ihr Herz setzte einen Schlag aus. Riven.

Er stand reglos da, nur wenige Meter von ihr entfernt, verborgen zwischen den dunklen Stämmen. Das Mondlicht zeichnete seine Silhouette nach – hochgewachsen, geschmeidig, fast eins mit der Nacht. Seine schwarzen Haare fielen ihm locker über die Schultern, seine dunklen Augen waren fest auf sie gerichtet.

Er beobachtete sie.

Ein heißer Schauder lief Lyria über den Rücken.

Sah Faelan ihn auch? Spürte er die fremde Präsenz?

Sie zwang sich, geradeaus zu blicken, ihr Gesicht ausdruckslos zu halten. Ihr Herz schlug wild in ihrer Brust.

Faelan bemerkte nichts. Er ritt ruhig neben ihr her, ohne auch nur eine Spur von Argwohn zu zeigen.

Lyria wagte es, noch einmal zur Seite zu sehen.

Riven war immer noch da.

Sein Blick war intensiv, durchdringend. Er machte keine Anstalten, sich zu verstecken, und doch war er so sehr Teil der Dunkelheit, dass nur sie ihn zu bemerken schien.

Eine unausgesprochene Frage lag in seinem Blick.

Wer ist er und warum bist du mit ihm hier?

Lyria konnte nicht antworten. Konnte ihn nicht ansehen, ohne Verdacht zu erregen.

Sie ritt weiter, tat so, als hätte sie ihn nicht bemerkt, während ihr Inneres von Hitze und Unruhe erfüllt war.

Er war hier. So nah.

Und Faelan hatte keine Ahnung.

Lyria versuchte, ruhig zu bleiben, doch ihr Herz schlug in einem wilden Rhythmus. Riven war noch immer da, ein Schatten in der Dunkelheit, seine Präsenz wie eine lautlose Frage.

Faelan bemerkte nichts, ritt gelassen neben ihr her, während er von seiner letzten Jagd erzählte. Doch Lyria hörte kaum zu. Sie zwang sich, zu nicken, ein zustimmendes Geräusch zu machen, als Faelan etwas über die Ausdauer der Hirsche sagte.

Aber ihr Geist war nicht bei ihm.

Er war bei dem Schattenelfen, dessen Blick sie wie eine unsichtbare Berührung traf.

Warum war er hier? Folgte er ihr? Oder war es Zufall? Nein. Sie wusste es besser. Riven tat nichts ohne Grund.

„Lyria?" Sie zuckte leicht zusammen, als Faelans Stimme sie aus ihren Gedanken riss. „Hm?"

Er lächelte schief. „Du bist ungewöhnlich still. Überlegst du schon, wie du mich bei unserem nächsten Schwerttraining besiegen kannst?"

Sie zwang sich zu einem Lächeln. „Vielleicht."

Faelan lachte, ein warmer, tiefer Klang, während er die Zügel anzog und Elarion auf eine kleine Lichtung lenkte. Lyria folgte ihm, auch wenn ihr Blick immer wieder unauffällig in die Schatten glitt, dorthin, wo sie Riven zuletzt gesehen hatte.

Doch er war verschwunden.

Enttäuschung mischte sich mit Erleichterung.

„Wir sollten langsam umkehren", sagte Faelan schließlich, als sie eine Weile geritten waren. „Dein Vater hat sicher nicht gemeint, dass wir bis zum

Morgengrauen unterwegs sein sollen."

Lyria nickte. „Du hast recht."

Sie wendeten ihre Pferde und ritten im gemütlichen Tempo zurück. Der Wald schien stiller geworden zu sein, als hätte er sich mit der Nacht tiefer in sich selbst zurückgezogen.

Doch kurz bevor sie die Stallungen erreichten, spürte Lyria es wieder. Das Prickeln.

Sie drehte sich nicht um, aber sie wusste es.

Riven war immer noch da.

Er ließ sie nicht aus den Augen.

Lyria spürte ihn noch, als sie die Stallungen hinter sich ließen und durch die großen Hallen ihres Heims schritten. Es war wie ein Schatten in ihrem Nacken, eine unsichtbare Berührung, die ihre Haut kribbeln ließ. Sie wusste, dass Riven nicht mehr dort war – zumindest nicht sichtbar. Und doch konnte sie ihn fühlen.

Faelan begleitete sie bis zu ihrer Zimmertür. Seine Haltung war wie immer aufrecht, doch in seinen stechend grünen Augen lag ein seltsamer Ausdruck – einer, den sie nicht ganz deuten konnte.

„Ich habe den Abend genossen", sagte er mit einem sanften Lächeln.

Lyria erwiderte es, so gut sie konnte, doch es fühlte sich falsch an. „Ich auch."

Faelan zögerte einen Moment, dann hob er die Hand, als wollte er ihr eine Haarsträhne aus dem Gesicht streichen – doch er hielt inne. Stattdessen ließ er die Hand wieder sinken.

„Dann gute Nacht, Lyria." „Gute Nacht, Faelan." Sie

wartete, bis seine Schritte auf dem Marmorboden verklungen waren, dann ließ sie langsam den Atem ausströmen.

Es war vorbei. Für heute. Sie betrat ihr Zimmer, schloss die Tür hinter sich und lehnte sich dagegen. Tari sprang mit einem leisen Laut auf ihr Bett und sah sie mit schief-gelegtem Kopf an, als spüre er ihre Unruhe.

„Ich weiß, ich weiß", murmelte sie und rieb sich die Schläfen. „Ich sollte nicht so nervös sein. Faelan hat nichts bemerkt."

Doch das Gefühl blieb.

Sie trat auf den Balkon hinaus, atmete tief die kühle Nachtluft ein und schloss für einen Moment die Augen.

Und dann fröstelte sie plötzlich. Nicht wegen der Kälte. Sondern wegen einer Präsenz, die so intensiv war, dass sie ihr den Atem raubte.

Langsam öffnete sie die Augen.

Er stand da. Riven.

Sein langer, dunkler Mantel bewegte sich kaum im Wind, als wäre er Teil der Schatten selbst. Seine Arme waren verschränkt, sein Gesicht halb im Dunkeln verborgen – doch seine Augen leuchteten.

Und dieses Mal war es kein ruhiges Glimmen.

Es war ein Feuer. Ein Sturm.

„Du hast dich gut amüsiert mit deinem Prinzen", sagte er leise, doch seine Stimme war angespannt.

Lyria erstarrte.

Eifersucht brannte in seinen Augen, so wild und roh, dass es sie fast erschreckte. „Riven..."

Er trat einen Schritt näher, und ihr Herz begann zu rasen. Sie war allein mit ihm. Niemand wusste, dass er hier war. Niemand durfte es wissen.

„Sag mir, Lyria", flüsterte er, „hat er dich auch so zittern lassen wie ich?" Ihr Atem stockte.

Sie wusste nicht, was gefährlicher war – die Nacht um sie herum. Oder der Schattenelf vor ihr.

Lyrias Herz hämmerte gegen ihre Rippen. Sie musste sich sammeln, durfte sich nicht von der Intensität seines Blicks überwältigen lassen.

„Riven..." Ihre Stimme war leise, fast ein Hauchen, aber sie zwang sich, fester zu sprechen. „Es war nur ein Ausritt. Ich hatte keine Wahl."

Seine Augen funkelten im Dunkeln, als suchte er nach einer Lüge in ihren Worten.

„Keine Wahl?" Er machte einen Schritt näher, sein Gesicht nur noch eine Armlänge von ihrem entfernt.

„Und hat es dir gefallen? Seine Gesellschaft?"

„Riven, bitte." Sie legte eine Hand auf seine Brust – mehr, um ihn auf Abstand zu halten, doch der Kontakt ließ erneut ein Prickeln durch ihren Körper fahren. Er war warm, obwohl er wie ein Schatten wirkte.

Seine Muskeln spannten sich unter ihrer Berührung, aber er zog sich nicht zurück.

„Das ist Wahnsinn", flüsterte sie. „Wenn dich jemand sieht..."

Er schnaubte leise. „Dann was? Wird dein ach so edler Prinz mich jagen?"

„Mein Vater wird es", korrigierte sie. „Und sein Zorn ist unbarmherzig."

Zum ersten Mal regte sich etwas in Rivens Blick – ein Hauch von Nachdenklichkeit.

„Dann komm mit mir", sagte er plötzlich.

Lyrias Augen weiteten sich. „Was?"

„Nur für einen Moment. Komm mit mir in die Schatten.
Niemand würde es wissen."

Ihr Atem stockte. Sie konnte nicht. Sie durfte nicht.
Aber bei dem Gedanken, dass er einfach wieder
verschwinden würde, sich in die Nacht auflösen könnte,
zog sich etwas in ihr zusammen.

„Ich kann jetzt nicht…" Ihre Stimme war kaum mehr als
ein Flüstern.

Seine Kiefermuskeln spannten sich, und für einen
Moment glaubte sie, er würde sich einfach umdrehen
und ohne ein weiteres Wort verschwinden.

Doch dann sagte er leise: „Dann komm morgen Nacht
zu mir. An den Teich." Sie schluckte.

„Lyria", sein Blick wurde eindringlich, „versprich es mir."
Ihr Verstand schrie nach Vernunft, doch ihre Lippen
formten die Worte, bevor sie es verhindern konnte. „Ich
verspreche es."

Riven hielt ihren Blick noch einen Moment lang
gefangen, dann trat er lautlos zurück, seine Gestalt
wurde eins mit den Schatten. Und dann war er fort.

Lyria ließ sich gegen die kalte Steinbrüstung sinken, ihr
Herz raste noch immer.

„Was tue ich nur…?" flüsterte sie und schloss für einen
Moment die Augen. Drinnen fiepte Tari leise.

Mit zitternden Fingern trat sie zurück in ihr Zimmer,
schob die Balkontür zu und ließ sich neben dem
kleinen Fuchs auf das Bett sinken.

Sie hatte ein Versprechen gegeben.

Und sie würde es halten.

Lyria lag auf ihrem Bett, die Decke bis zum Kinn
gezogen, doch Schlaf wollte nicht kommen. Ihr Körper

war erschöpft, doch ihr Geist war wach, ruhelos. Immer wieder kehrte ihr Blick zum Balkon, als könnte Riven jeden Moment wieder auftauchen.

Ihr Versprechen hallte in ihrem Kopf nach.

Morgen Nacht.

Sie atmete tief durch, versuchte sich zu beruhigen, doch es gelang ihr nicht. Schließlich seufzte sie leise und setzte sich auf.

„Tari..." flüsterte sie, während sie über das weiche Fell des kleinen Fuchses strich. „Ich werde wahnsinnig, wenn ich hier so liege."

Der Mondfuchs sah sie mit seinen schlauen, silbernen Augen an, legte dann beruhigend den Kopf auf ihre Beine.

Nach einem Moment des Zögerns stand Lyria auf, trat barfuß über den kühlen Marmorboden und zog an der kleinen Glockenschnur neben der Tür. Ein sanftes Läuten erklang in den Gängen.

Es dauerte nur wenige Minuten, bis ihre Zofe Elaia leise anklopfte und eintrat. Ihr blondes Haar war zu einem einfachen Zopf geflochten, ihre Augen müde, aber besorgt.

„Alles in Ordnung, Lyria?" fragte sie leise.

„Ich... ich kann nicht schlafen. Könntest du mir etwas Tee bringen?"

Elaia nickte sofort. „Natürlich. Ich bin gleich zurück."

Lyria seufzte erleichtert und ließ sich wieder auf die Bettkante sinken, während ihre Zofe verschwand. Sie massierte sich die Schläfen, versuchte, ihre Gedanken zu ordnen, doch ihre Haut prickelte noch immer von Rivens Nähe.

Gerade als sie sich wieder zurücklehnen wollte, hörte

sie jedoch erneut Schritte. Nicht die leichten, schnellen von Elaia – sondern feste, entschlossene.

Sie hob den Kopf.

Dann öffnete sich ihre Tür erneut, und Faelan stand dort.

Lyria hielt den Atem an.

Er trug noch immer seine dunkelblaue Tunika, sein Haar war etwas zerzaust, als hätte er selbst nicht viel geschlafen. Seine Augen musterten sie aufmerksam, mit einer Mischung aus Sorge und Neugier.

„Faelan?" Ihre Stimme klang rau vor Überraschung.

Er trat langsam ein, blieb jedoch mit respektvollem Abstand stehen. „Ich habe Elaia gesehen. Sie sagte, du kannst nicht schlafen."

Lyria wich seinem Blick aus. „Es ist nichts, ich bin nur… unruhig."

Faelan musterte sie für einen Moment, dann schloss er die Tür hinter sich und trat näher.

„Du wirkst abwesend seit dem Ausritt", sagte er leise. „Ist etwas passiert?"

Lyria spürte, wie sich ihr Magen verkrampfte. Sie zwang sich zu einem Lächeln. „Nein, natürlich nicht. Ich habe nur… viel nachzudenken."

Er schwieg, als würde er ihre Worte prüfen.

Dann, zu ihrer Überraschung, setzte er sich an die Bettkante, einen Hauch zu nah.

„Lyria… du weißt, dass du mit mir sprechen kannst, oder?" Seine Stimme war sanft, ein Hauch warmer Vertrautheit darin.

Lyria presste die Lippen aufeinander.

Er war freundlich. Besorgt. Vielleicht sogar aufrichtig.

Aber er war nicht derjenige, dem sie sich anvertrauen wollte.

Sie nickte dennoch. „Natürlich."

Faelan sah sie noch einen Moment lang an, als wollte er mehr aus ihr herauslesen. Doch schließlich stand er auf.

„Ruh dich aus", sagte er leise. „Morgen ist ein neuer Tag."

Lyria nickte stumm, während er zur Tür ging. Doch bevor er hinaustrat, hielt er noch einmal inne.

„Ich will nur, dass du weißt… Ich werde immer an deiner Seite stehen. Egal, was dich beschäftigt."

Dann ließ er sie allein.

Lyria blieb reglos sitzen, starrte auf die Tür, die sich hinter ihm geschlossen hatte.

Und doch dachte sie nicht an Faelans Worte.

Sondern an den Schatten, der sie bereits für sich beansprucht hatte.

Lyria saß noch immer auf der Bettkante, die Finger um den weichen Stoff ihres Nachthemdes gekrallt. Die Begegnung mit Riven hallte noch in ihrem Körper nach – die Hitze seiner Nähe, die Dunkelheit in seinen Augen, das elektrische Prickeln ihrer Berührung.

Und dann Faelan. Seine sanfte, aufrichtige Besorgnis. Sein Blick, der sie prüfen wollte, als könne er die Wahrheit in ihr lesen.

Sie seufzte leise und rieb sich die Schläfen.

Kurz darauf klopfte es leise an der Tür, und Elaia trat mit einem silbernen Tablett ein. Der Duft nach Kräutern und Honig breitete sich sofort im Raum aus, warm und beruhigend.

„Hier, trink das", sagte Elaia sanft und stellte den

dampfenden Becher auf den Nachttisch.

Lyria nahm ihn mit beiden Händen, spürte die angenehme Wärme gegen ihre kühlen Finger. „Danke, Elaia. Du bist ein Engel."

Elaia schnaubte leise. „Das sagen sie alle." Sie musterte Lyria mit zusammengezogenen Brauen. „Und jetzt sag mir, was los ist." Lyria hielt inne.

Elaia kannte sie zu gut. Sie war nicht nur ihre Zofe, sondern auch ihre Vertraute, ihre Freundin, diejenige, die ihr Haar bürstete, wenn sie nervös war, die ihr Geschichten zuflüsterte, wenn sie nicht schlafen konnte.

Ein Teil von ihr wollte reden. Wollte die Wahrheit aussprechen.

Doch dann erinnerte sie sich an Rivens durchdringenden Blick, an das Versprechen, das sie ihm gegeben hatte. Wenn sie sich Elaia anvertrauen würde, würde sie ihn damit in Gefahr bringen.

„Es ist nichts", sagte sie schließlich leise und zwang sich zu einem Lächeln. „Ich bin nur erschöpft. Zu viele Gedanken im Kopf."

Elaia hob eine Augenbraue. „Zu viele Gedanken? Oder geht's um Männer?"

Lyria erstarrte für einen Sekundenbruchteil. „Was?"

„Faelan", sagte Elaia achselzuckend und zog die Vorhänge an den Fenstern zu. „Er sitzt seit Tagen an deinem Tisch, schaut dich an, als wärst du das schönste Wunder, das er je gesehen hat. Du kannst mir nicht erzählen, dass dich das nicht beschäftigt."

Lyria lachte leise, doch es klang hohl. „Faelan ist…"

„Ein Krieger, ja, ja", murmelte Elaia und schüttelte die Kopf. „Aber er ist auch ein Mann. Und zwar einer, der dich sehr genau beobachtet."

Lyria spürte, wie sich ihr Magen verkrampfte. „Er hat mir nichts getan, Elaia."

„Ich weiß." Elaia musterte sie noch einmal, dann zuckte sie die Schultern. „Aber wenn du mit jemandem reden willst... Ich bin hier."

Lyria biss sich auf die Unterlippe. Die Versuchung war da – die Möglichkeit, nicht länger alleine mit diesem Sturm in ihrer Brust zu sein.

Doch sie konnte es nicht. Sie durfte es nicht.

Also zwang sie sich zu nicken und nahm einen Schluck des Tees. „Danke, Elaia. Für alles."

Elaia seufzte, aber ein Lächeln zuckte um ihre Lippen. „Versuch wenigstens zu schlafen, ja?"

Dann trat sie lautlos hinaus und zog die Tür hinter sich zu.

Lyria blieb zurück, mit dem warmen Becher in den Händen und einem Herz, das viel zu schnell schlug.

Sie lehnte sich gegen die Kissen, strich Tari sanft über das Fell.

Morgen Nacht würde sie Riven wiedersehen.

Und nichts würde mehr so sein wie zuvor.

Gestohlene Stunden

Lyria schlich durch die stille Nacht, ihr Herz schlug in einem unruhigen Rhythmus. Der Wald war in silbernes Mondlicht getaucht, die Blätter bewegten sich sanft im Wind, als würden sie ihr den Weg weisen. Tari huschte lautlos neben ihr her, seine Ohren zuckten bei jedem Geräusch.

Sie kannte den Pfad nun genau, doch heute war es anders. Ihr Innerstes war in Aufruhr, und jeder Schritt fühlte sich schwer und leicht zugleich an.

Als sie den Teich erreichte, blieb sie abrupt stehen. Riven stand bereits dort, sein Umhang wehte leicht im Nachtwind. Das Mondlicht tauchte sein dunkles Haar in einen kühlen Schein, ließ seine hohen Wangenknochen noch markanter erscheinen. Doch es waren seine Augen, die sie fesselten – tief, glühend, voller etwas Unausgesprochenem.

Er sagte nichts, nicht sofort. Er musterte sie, als würde er mit sich selbst ringen, dann zog er die Kapuze zurück und trat einen Schritt auf sie zu.

„Du bist gekommen", murmelte er, und in seiner Stimme lag etwas, das sie erschauern ließ.

„Natürlich", antwortete sie leise, während sie seinen Blick suchte.

Ein Moment der Stille, geladen mit unausgesprochenen Worten.

Dann, ohne eine weitere Warnung, schloss er die Distanz zwischen ihnen, packte sie sanft an den Hüften und zog sie an sich. Lyria holte überrascht Luft, doch bevor sie protestieren konnte – nicht, dass sie es gewollt hätte –, spürte sie seine Lippen auf ihren.

Es war keine vorsichtige, zaghafte Berührung. Sein Kuss war fordernd, drängend, als hätte er zu lange darauf gewartet. Lyria verlor sich in ihm, klammerte sich an ihn, spürte, wie Hitze durch ihren Körper jagte. Seine Hände strichen über ihre Taille, ihre Rückenlinie hinauf, fanden sich in ihrem Haar. Sie fühlte sich schwerelos, gefangen zwischen dem Verbotenen und dem Verlangen, zwischen Angst und süßer Hingabe.

Riven löste sich einen Moment von ihr, keuchte leise, seine Stirn an ihre gelehnt. „Ich habe dich vermisst", gestand er heiser.

Lyria spürte, wie ihre Knie nachgaben, wie ihre Hände über den Stoff seines Mantels glitten, als müsse sie sich an ihm festhalten. „Ich dich auch", hauchte sie, ihre Stimme kaum mehr als ein Flüstern.

Er sah sie an, seine Finger strichen über ihre Wange, ihren Hals hinab. Sein Blick war brennend, doch gleichzeitig vorsichtig, als würde er darauf warten, dass sie ihn wegstößt. Doch sie tat es nicht.

Stattdessen zog sie ihn wieder zu sich, ließ sich von ihm tiefer in die Schatten ziehen. Der weiche Boden unter ihnen, der Duft der Nachtblumen in der Luft, das leise Glucksen des Wassers – alles verblasste neben der elektrisierenden Nähe ihrer Körper.

Seine Hände erkundeten ihre Haut durch den dünnen Stoff ihres Kleides, während ihre Finger sich in seine Haare gruben. Es war ein Tanz aus Berührungen, aus unerfahrenem Verlangen und dem Wissen, dass es falsch war. Doch nichts fühlte sich richtiger an.

Lyria wusste nicht, wie lange sie so in seinen Armen lag, ihre Körper eng verschlungen, nur das leise

Rauschen des Windes um sie herum.

Aber sie wusste eines: Sie wollte diesen Moment niemals enden lassen.

Lyria spürte Rivens Atem auf ihrer Haut, warm und verlangend, während seine Finger sanft über ihre Taille glitten. Jede Berührung schien ihre Sinne noch weiter zu schärfen, ließ sie alles um sich herum vergessen – den Wald, den Palast, die Pflichten, die auf sie warteten. Sie war nur noch hier, mit ihm.

Riven zog sie fester an sich, seine Lippen fanden den Weg zu ihrem Hals, während sie leise den Kopf zurücklegte und seine Nähe in sich aufnahm. Sein Duft war anders als alles, was sie kannte – herb, nach Nachtluft und einem Hauch von Gewürzen, ein dunkler Kontrast zu der vertrauten Frische der Lichtelfen.

Er schien sich kaum zurückhalten zu können, doch dann stockte er plötzlich. Seine Fingerspitzen verweilten auf ihrer bloßen Schulter, und er holte tief Luft, als kämpfe er mit sich selbst.

Lyria öffnete die Augen und sah ihn an. Seine Miene war angespannt, seine Augen glühten im Mondlicht.

„Lyria…" Seine Stimme klang rau, fast heiser. „Wir sollten das nicht tun."

Sie blinzelte, noch gefangen in dem Rausch ihrer Gefühle. „Warum?" Ihre Stimme war kaum mehr als ein Flüstern.

Riven schloss für einen Moment die Augen, als würde es ihm schwerfallen, sich von ihr zu lösen. „Weil ich dich nicht gefährden will. Und weil ich mich nicht verlieren darf."

Lyria runzelte die Stirn. „Verlieren?"

Er öffnete die Augen wieder, und ein Schatten zog über sein Gesicht. „Schattenelfen… wir… wir sind nicht wie ihr. Unsere Magie ist anders. Unsere Bindungen sind anders." Seine Finger strichen kaum merklich über ihr Handgelenk, wo ihr Puls wild raste. „Wenn wir uns jemandem öffnen, dann vollständig. Es gibt kein Zurück."

Sein Blick hielt ihren fest, und Lyria wusste, dass er die Wahrheit sprach. Dass er sich gerade mit aller Kraft gegen das Verlangen stemmte, das zwischen ihnen loderte.

Und doch…

„Ich habe keine Angst vor dir, Riven." Er lachte leise, bitter. „Vielleicht solltest du das aber."

Lyria schüttelte den Kopf. Sie hob eine Hand, strich ihm sanft über die Wange, spürte die Wärme seiner Haut unter ihren Fingerspitzen. „Ich glaube nicht, dass du mir wehtun würdest."

Er legte seine Hand über ihre und drückte sie an sein Gesicht. Für einen Moment stand die Welt still.

Dann, langsam, ließ er sie los und setzte sich etwas auf. Sein Blick ruhte auf dem Wasser, das im Mondlicht glitzerte.

„Ich will dich wiedersehen", sagte Lyria schließlich leise.

Er schloss für einen Moment die Augen, als würde er mit sich ringen. Dann nickte er. „Morgen Nacht. Am selben Ort."

Er half ihr auf die Füße, ließ ihre Hand aber noch einen Moment in seiner. Sein Daumen strich sanft über ihre Finger, bevor er sie schließlich losließ.

Lyria sog die Nachtluft tief in ihre Lungen, ihr Herz

pochte heftig. Sie wusste, dass sie sich längst auf einem gefährlichen Pfad befand.

Doch nichts in ihr wollte umkehren.

Lyria stand noch einen Moment da, spürte die Wärme von Rivens Berührung noch immer auf ihrer Haut. Ihr Körper war aufgewühlt, ihr Herz raste. Sie wollte nicht gehen – nicht jetzt, nicht so bald. Doch die Vernunft flüsterte ihr zu, dass sie vorsichtig sein musste.

Riven musterte sie, seine goldenen Augen noch immer voller unergründlicher Gedanken. „Geh jetzt, bevor du vermisst wirst."

Sie biss sich auf die Unterlippe, als sie einen Schritt zurücktrat. Tari, der sich die ganze Zeit ruhig verhalten hatte, kam nun näher und stupste ihre Wade an, als würde er sie daran erinnern wollen, dass die Zeit drängte. „Bis morgen Nacht", sagte sie leise.

Riven neigte kaum merklich den Kopf. „Bis morgen."

Lyria drehte sich um und eilte zurück durch den Wald. Ihre Gedanken waren ein einziger Wirbelsturm aus Gefühlen. Sie spürte die kühle Nachtluft auf ihrer erhitzten Haut, das sanfte Rascheln der Blätter um sie herum. Noch immer kribbelten ihre Finger von der Berührung mit Riven.

Als sie schließlich die Gärten des Palasts erreichte, hielt sie kurz inne, um sicherzugehen, dass niemand wach war. Alles war still. Vorsichtig schlich sie durch die Seiteneingänge, ihre nackten Füße berührten den kalten Marmorboden.

Tari huschte an ihrer Seite, seine kleinen Pfoten kaum hörbar.

Gerade als sie dachte, sie sei unbeobachtet, hörte sie

eine Bewegung.

„Lyria?" Sie erstarrte.

Elaia stand am Ende des Gangs, eine Laterne in der Hand, die ihr Gesicht in warmes Licht tauchte. Ihre großen Augen waren voller Besorgnis.

„Wo warst du?", fragte ihre Zofe leise und trat näher.

Lyria suchte nach einer schnellen Ausrede. „Ich... konnte nicht schlafen. Ich wollte nur etwas frische Luft schnappen."

Elaia musterte sie skeptisch. „Mitten in der Nacht? In deinem Nachthemd?"

Lyria sah an sich herab und biss sich auf die Lippe. Ihr Mantel war offen, und darunter war tatsächlich nur ihr hauchzartes Nachtgewand zu sehen. Ihre Haare waren zerzaust, ihre Wangen glühten noch immer.

„Ich... wollte nur kurz raus." Sie versuchte, an ihrer Freundin vorbeizugehen, doch Elaia hielt sie sanft am Arm zurück.

„Lyria...", sagte sie sanft. „Ich bin nicht dumm. Ich sehe, dass etwas mit dir ist. Wenn du mir nicht sagen kannst, was los ist, dann wenigstens... sei vorsichtig."

Lyria schluckte und nickte stumm.

Elaia seufzte und ließ sie los. „Geh schlafen. Bevor dein Vater dich noch erwischt."

Lyria huschte an ihr vorbei, ihr Herz noch immer wild pochend.

Als sie endlich in ihrem Zimmer ankam, schloss sie die Tür hinter sich und lehnte sich erschöpft dagegen. Tari sprang aufs Bett und sah sie mit seinen großen, klugen Augen an.

„Ich weiß, Tari", flüsterte sie und fuhr sich mit den Fingern durchs Haar. „Ich weiß, dass das gefährlich ist."

Doch als sie sich schließlich unter ihre Decke kuschelte, konnte sie nicht anders, als zu lächeln.

Sie träumte von Riven. Von seinem Blick, seiner Berührung, von der Art, wie seine Hände über ihre Haut geglitten waren.

Und als der Morgen dämmerte, wusste sie eines mit Sicherheit: Sie würde morgen Nacht wieder zu ihm gehen.

Das erste Licht des Morgens drang durch die feinen Vorhänge, als Lyria langsam erwachte. Ihre Augenlider waren schwer, ihr Körper fühlte sich angenehm erschöpft an – doch kaum, dass ihr Geist sich an die Ereignisse der letzten Nacht erinnerte, setzte ihr Herzschlag aus. Riven. Sein Blick, seine Berührungen, der Kuss, den sie beinahe geteilt hätten…

Hitze stieg ihr ins Gesicht, während sie sich aus dem Bett rollte und Tari, der zusammengerollt neben ihr geschlafen hatte, verschlafen den Kopf hob. Der kleine Fuchs gähnte und blinzelte sie vorwurfsvoll an, als wüsste er genau, woran sie dachte.

„Sag nichts", murmelte Lyria und kraulte ihn hinter den Ohren.

Ein leises Klopfen ließ sie zusammenzucken.

„Lyria?" Es war Elaia. Lyria strich sich schnell übers Gesicht und versuchte, ihre Atmung zu beruhigen.

„Ja?"

Die Tür öffnete sich, und ihre Zofe trat ein, ein Tablett mit Frühstück in den Händen. Sie stellte es auf den kleinen Tisch vor dem Fenster, ihr Blick blieb jedoch prüfend auf Lyria haften.

„Hast du gut geschlafen?" Lyria wich ihrem Blick aus und nickte. „Ja. Natürlich."

Elaia schnaubte leise, sagte aber nichts weiter. Stattdessen trat sie an den Kleiderschrank und zog ein zartes, elfenhaftes Kleid aus feinem, silberblauen Stoff hervor. „Dein Vater erwartet dich zum Frühstück. Danach sollst du mit Faelan die Vorbereitungen für das Erntefest besprechen."

Lyria versteifte sich. Ihr Vater hatte also wieder entschieden, wie ihr Tag verlaufen sollte. Und Faelan…?

Sie zwang sich, ruhig zu bleiben, als sie sich anziehen ließ. Die Gedanken an Riven und die letzte Nacht drängten sich in ihren Kopf, während Elaia ihr Haar kämmte und mit silbernen Spangen nach hinten steckte.

Als sie fertig war, betrachtete Lyria ihr Spiegelbild. Ihre Haut war blass, doch in ihren Augen lag ein neuer Ausdruck – etwas zwischen Aufregung und Unsicherheit.

Sie musste vorsichtig sein.

Mit einem tiefen Atemzug verließ sie ihr Zimmer und machte sich auf den Weg zum Speisesaal.

Der große, helle Raum war bereits belebt, als sie eintrat. Ihr Vater, König Vaelthoren, saß am Kopfende der langen Tafel, ihre Mutter neben ihm. Faelan war ebenfalls da, ganz in eine Unterhaltung mit dem König vertieft.

Als Lyria näher trat, sah Faelan auf und schenkte ihr ein Lächeln. „Guten Morgen, Lyria."

„Guten Morgen", erwiderte sie höflich, während sie sich

setzte. Vaelthoren musterte sie prüfend. „Du siehst müde aus, meine Tochter. Hast du schlecht geschlafen?"

Lyria zuckte innerlich zusammen. „Nein, Vater. Ich bin nur etwas erschöpft von all den Vorbereitungen."

Vaelthoren nickte, schien zufrieden mit ihrer Antwort. „Nun, du wirst heute gut beschäftigt sein. Das Erntefest ist ein wichtiger Anlass, besonders in diesen Zeiten."

„Natürlich."

Sie begann mechanisch zu essen, hörte nur mit halbem Ohr zu, während Faelan über die Zeremonien sprach, die sie gemeinsam beaufsichtigen sollten.

Doch in ihrem Kopf war sie woanders – in der Nacht, am Teich, bei Riven.

Als sie merkte, dass Faelan sie ansah, zwang sie sich, ihre Aufmerksamkeit auf ihn zu richten.

„Lyria, ich dachte, wir könnten nach dem Frühstück gemeinsam zu den Gärten gehen", sagte er mit einem leichten Lächeln. „Ich würde gerne mehr über die Traditionen deines Volkes erfahren."

Lyria nickte langsam. Sie hatte keine Wahl – und vielleicht war es besser, sich so normal wie möglich zu verhalten.

Aber ein Gedanke ließ sie nicht los: Die Nacht konnte nicht schnell genug kommen.

Nach dem Frühstück führte Lyria Faelan durch die Gärten von Vaeloria. Die goldenen Sonnenstrahlen fielen durch das dichte Blätterdach, tauchten alles in ein sanftes Licht. Vögel sangen ihre Lieder, und die Luft war erfüllt vom süßen Duft blühender Mondlilien.

„Vaeloria ist wirklich ein wunderschöner Ort", sagte

Faelan, während er mit den Fingerspitzen eine der Blüten berührte. „Es strahlt so viel Frieden aus."

Lyria schenkte ihm ein höfliches Lächeln. „Ja, es ist meine Heimat. Ich kenne keinen anderen Ort."

Faelan sah sie an, ein sanftes, aber durchdringendes Leuchten in seinen grünen Augen. „Aber du willst doch mehr von der Welt sehen, oder?"

Lyria hielt kurz inne. „Natürlich", sagte sie dann vorsichtig.

Er schmunzelte. „Nun, wenn wir verheiratet sind, wirst du Gelegenheit dazu haben. Mein Vater plant eine große Reise für uns nach der Hochzeit. Wir werden die westlichen Reiche besuchen und vielleicht sogar bis zu den Küsten von Aldoria reisen."

Lyria biss sich auf die Lippe. Eine Reise… Sie sollte sich über diese Aussicht freuen. Jede Lichtelfe würde es als Ehre empfinden, an der Seite eines Kriegerprinzen fremde Lande zu sehen. Und doch fühlte es sich an, als würde sich ein unsichtbares Band um ihre Brust legen und sie einschnüren.

Ihr Blick wanderte unbewusst zu den hohen Bäumen am Rand des Gartens – dorthin, wo der Wald begann. Dort, wo die Schattenelfen lebten. Wo Riven war.

„Lyria?" Sie zuckte leicht zusammen und wandte sich wieder Faelan zu. „Ja?"

Er betrachtete sie mit einer Mischung aus Besorgnis und Neugier. „Du warst in Gedanken."

„Es ist nur… viel auf einmal", log sie.

Faelan nickte verstehend. „Das kann ich mir vorstellen." Dann reichte er ihr die Hand. „Komm, lass uns weitergehen."

Sie nahm sie widerstrebend und ließ sich durch die

Gärten führen, doch ihr Herz war weit fort von diesem Moment.

Der restliche Tag zog sich in die Länge. Lyria verbrachte Stunden damit, mit Faelan und den königlichen Beratern über die Zeremonien des Erntefests zu sprechen. Sie hörte sich geduldig Vorschläge an, nickte an den richtigen Stellen und bemühte sich, interessiert zu wirken. Doch innerlich zählte sie die Stunden.

Als schließlich der Abend nahte und das letzte Tageslicht den Himmel in sanftes Orange tauchte, konnte sie ihre Ungeduld kaum noch zügeln. Faelan verabschiedete sich mit einem zufriedenen Lächeln und versprach, sie morgen wiederzusehen.

Lyria wartete, bis er außer Sicht war, bevor sie sich eilig in ihre Gemächer zurückzog.

Elaia erwartete sie bereits, legte ihr ein bequemes Nachtgewand bereit und musterte sie erneut misstrauisch. „Du bist heute besonders still gewesen."

Lyria zwang sich zu einem Lächeln. „Es war nur ein langer Tag."

Elaia sagte nichts, doch ihr Blick sprach Bände.

Als ihre Zofe schließlich das Zimmer verließ, atmete Lyria tief durch. Tari hob neugierig den Kopf, als sie sich über ihn beugte.

„Bald", flüsterte sie und strich über sein weiches Fell. Dann wartete sie – bis der Palast in Dunkelheit gehüllt war, bis die Stimmen in den Gängen verstummten, bis sie sicher war, dass Faelan sich nicht erneut in ihrer Tür zeigen würde.

Schließlich schlich sie sich aus dem Bett, zog ihren

dunklen Umhang über und glitt lautlos hinaus in die Nacht.

Der Wald rief nach ihr. Und Riven wartete.

Lyria bewegte sich lautlos durch die dunklen Gänge des Palastes, ihr Herz pochte wild in ihrer Brust. Sie kannte den Weg, wusste genau, welche Stellen sie meiden musste, um den Wachen nicht aufzufallen. Nur noch wenige Schritte, dann würde sie draußen sein.

Tari huschte lautlos neben ihr her, seine silbernen Augen funkelten in der Dunkelheit.

Doch gerade als sie den Seitenausgang des Palastes erreichte und ihre Hand auf das kühle Metall des Türgriffs legte, erklang eine tiefe Stimme hinter ihr.

„Lyria." Sie erstarrte. Langsam drehte sie sich um – und sah direkt in die strengen, dunklen Augen ihres Vaters.

König Vaelthoren stand mit geradem Rücken im Halbschatten des Korridors, seine Haltung war ruhig, doch sein Blick durchdringend.

„Was tust du hier?" Seine Stimme war nicht laut, doch sie hatte das Gewicht eines Befehls.

Lyria versuchte, sich zu fassen. Ihr Herz schlug so heftig, dass sie fürchtete, er könnte es hören. „Ich wollte nur etwas frische Luft schnappen", sagte sie so gelassen wie möglich.

Vaelthorens Blick glitt über ihr dunkles Gewand, dann zu Tari, der dicht an ihrem Bein saß und misstrauisch zu ihm aufsah. „So spät in der Nacht? Und warum dann in einem Umhang, als würdest du dich aus dem Palast schleichen?"

Lyria wusste, dass sie vorsichtig sein musste. Ihr Vater war kein Mann, den man leicht täuschen konnte. „Ich…

konnte nicht schlafen." Sie hielt seinem Blick stand.
„Der Tag war lang, und ich wollte einfach nur für einen
Moment allein sein."

Ein angespannter Moment verstrich, dann trat
Vaelthoren näher. Er war groß, seine Präsenz
raumfüllend, und Lyria fühlte sich plötzlich wieder wie
ein Kind, das bei einer verbotenen Tat ertappt worden
war.

„Du bist in letzter Zeit... abgelenkt", stellte er fest. „Seit
einigen Tagen scheinst du nicht mehr dieselbe zu sein.
Dein Geist schweift ab, du bist unkonzentriert."

Lyria schluckte. „Es ist nur die bevorstehende Hochzeit,
Vater. Sie bedeutet eine große Veränderung für mich.

Vaelthoren musterte sie prüfend, als wollte er ihre
Worte auf ihre Wahrheit hin abwägen. Dann nickte er
langsam.

„Ich verstehe, dass dich das beschäftigt." Seine
Stimme wurde etwas weicher. „Aber du darfst dich nicht
in Träumereien verlieren, Lyria. Deine Pflicht ist es,
dein Volk zu führen – an Faelans Seite. Das Erntefest
ist nur der Anfang."

Lyria senkte den Blick. Ihr Inneres rebellierte gegen
seine Worte, doch sie wagte es nicht, ihm zu
widersprechen.

Vaelthoren seufzte leise. „Geh zurück in dein Gemach.
Es wird nichts Gutes bringen, wenn du dich mitten in
der Nacht herumtreibst."

Lyria wusste, dass sie keine Wahl hatte. Sie nickte
gehorsam. „Ja, Vater."

Er beobachtete sie einen Moment länger, dann wandte
er sich um und verschwand in der Dunkelheit des
Palastes.

Lyria stand reglos da, ihr Herz raste.

Sie war ihrem Ziel so nah gewesen.

Lyria schlich leise zurück in ihr Gemach, schloss die Tür hinter sich und lehnte sich mit einem tiefen Atemzug dagegen. Tari sprang elegant auf ihr Bett und beobachtete sie mit seinen klugen, silbernen Augen.

Sie hatte es nicht geschafft.

Riven wartete auf sie – allein am Teich, unter dem Sternenhimmel. Was würde er denken, wenn sie nicht kam? Würde er glauben, sie habe ihn absichtlich versetzt? Dass sie sich doch für Faelan und ihr vorherbestimmtes Leben entschieden hatte?

Der Gedanke stach schmerzhaft in ihrer Brust.

Sie zog ihren Umhang aus, ließ ihn achtlos zu Boden fallen und setzte sich auf die Bettkante. Tari schmiegte sich sofort an sie, und sie vergrub ihre Finger in seinem weichen Fell.

„Was soll ich nur tun?" flüsterte sie.

Der kleine Mondfuchs gab ein leises, beruhigendes Geräusch von sich.

Lyria legte sich ins Bett, doch der Schlaf kam nicht. Ihr Blick wanderte immer wieder zum Fenster, hinaus in die Nacht. Draußen rauschte der Wind durch die Bäume, und irgendwo dort draußen war er.

Riven. Sie erinnerte sich an seine Berührung, an die Art, wie er sie angesehen hatte, als wäre sie die einzige Person in dieser Welt, die er wirklich sehen wollte. Er war so anders als Faelan.

Faelan war gutmütig, ehrenhaft, ein Kämpfer für sein Volk. Doch in seiner Nähe fühlte sie sich wie eine Schachfigur auf einem Brett, das längst aufgestellt war.

Riven hingegen… ließ sie atmen.

Sie wälzte sich von einer Seite auf die andere, doch ihr Körper fand keine Ruhe. Erst als das erste Licht der Morgensonne durch die Vorhänge fiel, fielen ihre Augen für einen kurzen Moment zu.

Ein sanftes Klopfen ließ sie hochschrecken.

„Lyria? Bist du wach?" Es war Elaia.

Lyria rieb sich müde die Augen und versuchte, ihre Gedanken zu ordnen.

„Ja", murmelte sie, während sie sich aufrichtete.

Die Tür öffnete sich, und ihre Zofe trat mit einem Tablett ins Zimmer. „Dein Vater möchte dich beim Frühstück sehen."

Lyria nickte nur und ließ sich von Elaia in ihr Gewand helfen. Ihr Kopf fühlte sich schwer an, ihr Körper träge. Sie war nicht bereit für ein Gespräch mit ihrem Vater, aber sie wusste, dass sie keine Wahl hatte.

Der Speisesaal war bereits mit dem Duft von frischem Brot, süßen Beeren und dampfendem Kräutertee erfüllt, als sie eintrat. König Vaelthoren saß am langen Tisch und nahm einen Schluck aus seinem Becher, sein Blick scharf und aufmerksam, als er sie kommen sah.

Lyria setzte sich ihm gegenüber, und noch bevor sie nach ihrem Tee greifen konnte, sagte er ruhig:

„Also? Wie war dein nächtlicher Ausflug?"

Lyria erstarrte, ihr Herz schlug einen unruhigen Rhythmus.

„Ich war nicht draußen", sagte sie so gelassen wie möglich und hob ihr Glas zum Mund, um ihre

Nervosität zu verbergen.

Vaelthoren schnaubte leise. „Lyria, du kannst mich nicht täuschen."

Sie legte das Glas langsam ab. „Ich bin in mein Zimmer gegangen, so wie du es mir befohlen hast."

Ihr Vater musterte sie einen Moment schweigend.

„Faelan hat sich gefragt, ob du dich vielleicht mit ihm treffen wolltest." Lyria sah ihn überrascht an. „Faelan?"

Vaelthoren nickte. „Er ist ein aufmerksamer Mann. Er hat bemerkt, dass du in letzter Zeit... abwesend wirkst."

Lyria presste die Lippen aufeinander. Faelan hatte nichts gesehen, da war sie sicher. Und doch schien ihr Vater entschlossen, sie auf die Probe zu stellen.

„Ich war nicht im Wald, Vater", wiederholte sie mit fester Stimme.

Ein Moment verstrich, in dem nur das sanfte Knistern des Kaminfeuers zu hören war.

Dann lehnte sich Vaelthoren leicht zurück. „Gut."

Doch in seinen Augen lag noch immer Misstrauen.

Lyria wusste, dass das Thema nicht beendet war. Und dass ihr Vater ihr nächstes Verschwinden nicht so einfach ignorieren würde.

Die goldene Käfigtür

Lyria wusste, dass ihr Vater ihr nicht glaubte. Seine ruhige Art mochte für andere überzeugend wirken, doch sie kannte ihn besser. Wenn König Vaelthoren Verdacht schöpfte, ließ er nicht locker – und nun spürte sie es deutlich.

Es war wie eine unsichtbare Schlinge, die sich langsam um sie zog.

Am selben Nachmittag wurde sie zu ihm gerufen. Sie betrat den Thronsaal mit einem beklemmenden Gefühl in der Brust. Die hohen Fenster warfen goldenes Licht auf die glatten Marmorböden, und Vaelthoren saß mit aufrechter Haltung auf seinem steinernen Thron.

Neben ihm stand Elaia – ihre treue Zofe und Freundin. Doch etwas an ihrer Haltung war anders.

Lyria blieb vor dem Thron stehen und verneigte sich leicht. „Vater, du hast mich gerufen?"

Er musterte sie mit scharfem Blick. „Ja. Ich habe über unser Gespräch nachgedacht."

Sie sagte nichts, wartete. „Ich mache mir Sorgen um dich, Lyria. Die Hochzeit rückt näher, und es scheint mir, als würdest du in letzter Zeit allzu oft... in Gedanken versinken."

Lyria hielt seine durchdringenden Augen aus, spürte jedoch, wie sich ihr Magen zusammenzog.

„Ich will nicht, dass du dich unnötig ablenkst", fuhr er fort. „Daher habe ich beschlossen, dass Elaia von nun an immer an deiner Seite sein wird. Sie wird dich begleiten, wo immer du hingehst – um sicherzustellen, dass du dich nicht überforderst."

Lyria riss die Augen auf. Sie verstand die Worte sofort. Das war keine Sorge um ihre Gesundheit – es war eine Strafe. Eine Überwachung.

„Vater, das ist nicht nötig!", protestierte sie. „Ich bin keine Gefangene."

Vaelthoren neigte den Kopf leicht. „Nein, das bist du nicht. Aber du bist meine Tochter, und es ist meine Pflicht, dich zu beschützen. Besonders jetzt, wo du bald an Faelans Seite stehen wirst."

Lyria ballte die Hände zu Fäusten. Wut kochte in ihr hoch, doch sie wusste, dass es nichts brachte, sich offen zu widersetzen

Stattdessen drehte sie den Kopf zu Elaia. „Und du stimmst dem zu?"

Elaia sah kurz zu Boden, dann zurück in Lyrias Augen. „Ich tue, was mir befohlen wurde." Ihre Stimme klang neutral, doch Lyria erkannte das Bedauern darin.

Es war also entschieden. Lyria schloss kurz die Augen. Der Palast, der einst ihr Zuhause war, fühlte sich plötzlich enger an. Die Mauern wuchsen, die Türen wurden zu Grenzen.

Vaelthoren erhob sich von seinem Thron. „Ich weiß, dass du das nicht magst, aber es ist das Beste für dich. Du wirst bald eine Königin sein – und Königinnen verschwinden nicht in der Nacht, ohne zu sagen, wohin sie gehen."

Lyria hob das Kinn, presste ein falsches Lächeln auf ihre Lippen. „Natürlich, Vater. Ich werde mich fügen." Doch in ihrem Inneren formte sich bereits ein neuer Plan.

Wenn er dachte, sie könne dieser Hochzeit nicht

entkommen – dann hatte sie sich geirrt.

Lyria saß seit Stunden in ihrem Zimmer, das Sonnenlicht war längst einem warmen Abendrot gewichen. Tari lag zusammengerollt auf ihrem Schoß, sein silbernes Fell glänzte im letzten Licht des Tages. Elaia stand am Fenster, den Blick nach draußen gerichtet. Sie war die perfekte Wache – geduldig, schweigend, scheinbar unbeteiligt. Doch Lyria kannte sie zu gut, um sich täuschen zu lassen.

„Du wirst mich also nicht mehr aus den Augen lassen?" fragte sie schließlich, ihre Stimme klang müder, als sie wollte.

Elaia seufzte leise. „Es ist nicht meine Entscheidung."

Lyria betrachtete sie. Ihre Zofe – ihre Freundin – trug keine königlichen Gewänder, sondern einfache Kleidung, die für Bewegung gemacht war. Ihr langes, dunkles Haar war geflochten, damit es nicht störte. Sie war bereit, ihre Pflicht zu erfüllen. „Aber du hättest Nein sagen können.

Elaia wandte sich zu ihr um, ihre Augen ruhten ernst auf Lyria. „Und was hätte das geändert? Dein Vater hätte jemanden anderes geschickt. Jemanden, der nicht auf deiner Seite steht."

Lyria biss sich auf die Lippe. Sie hatte recht.

Es war still zwischen ihnen, bis Elaia sich schließlich setzte. Sie streckte die Beine aus, verschränkte die Arme vor der Brust und sah Lyria prüfend an.

„Also? Willst du mir nicht sagen, was du wirklich denkst?"

Lyria strich Tari über den Rücken, das sanfte Schnurren des Fuchses beruhigte sie.

„Ich will diese Hochzeit nicht." Elaia nickte, als hätte sie nichts anderes erwartet.

„Und? Was willst du dagegen tun?"

Lyria schnaubte. „Mein Vater hat alles geplant. Er hat Faelan eingeladen, damit wir Zeit miteinander verbringen. Er hat den Palast zu meinem goldenen Käfig gemacht. Ich kann nirgends mehr hingehen, ohne dass er es weiß."

Elaia lehnte sich nachdenklich zurück. „Dann müssen wir ihn glauben lassen, dass du dich fügst."

Lyria hob die Augenbrauen. „Und was bringt das?"

„Zeit", sagte Elaia schlicht. „Zeit, um eine Möglichkeit zu finden, diese Hochzeit zu verhindern."

Lyria schwieg. Sie hatte sich nie damit befasst, wie eine königliche Verlobung aufgelöst werden konnte – weil sie nie gedacht hatte, dass sie in einer stecken würde.

„Ich könnte Faelan überzeugen, es selbst zu beenden", überlegte sie laut.

Elaia schüttelte den Kopf. „Er wird es nicht tun. Sein Volk braucht diese Allianz, genauso wie deines."

„Dann bleibt nur mein Vater."

„Oder das Volk." Lyria runzelte die Stirn. „Was meinst du?"

Elaia sah sie mit einem ernsten Ausdruck an. „Wenn dein Vater oder Faelan die Hochzeit nicht absagen, dann musst du jemanden finden, der mächtig genug ist, um ihnen keine Wahl zu lassen. Jemanden, der Einfluss hat. Der das Volk auf seine Seite ziehen kann."

Lyria ließ die Worte in ihrem Kopf kreisen.

Ein Skandal könnte helfen. Ein Gerücht, das groß genug war, um Zweifel zu säen. Ein Vorfall, der ihren Vater zwang, die Pläne zu ändern.

„Das könnte funktionieren", murmelte sie.

Elaia neigte den Kopf leicht. „Aber wir müssen vorsichtig sein. Dein Vater wird es nicht einfach hinnehmen, wenn du seine Pläne zerstörst." Lyria atmete tief durch. „Ich weiß."

Sie sah aus dem Fenster. Die Nacht brach herein, und irgendwo draußen wartete eine andere Welt auf sie. Doch für den Moment war sie hier gefangen.

Und sie musste klüger spielen als alle anderen.

Lyria hatte die halbe Nacht wach gelegen und nach einem Ausweg gesucht. Sie konnte und wollte die Allianz ihres Vaters nicht zerstören – ihr Volk brauchte den Frieden. Aber sie selbst in dieser Ehe zu opfern, das konnte auch nicht die Lösung sein.

Also blieb nur eine Möglichkeit: Sie musste mit Faelan sprechen. Direkt und ehrlich.

Der nächste Morgen war kühl, und ein sanfter Nebel lag über den Gärten von Vaeloria. Lyria stand auf den Kieswegen, die von duftenden Blumen und sanft raschelnden Blättern gesäumt wurden. Ihr Herz klopfte schneller als sonst.

Faelan war pünktlich. Er kam in legerer Kleidung, wie er es immer tat, wenn er nicht als Krieger, sondern als Mann vor ihr stehen wollte. Sein hellbraunes Haar fiel ihm locker ins Gesicht, und seine Augen musterten sie aufmerksam.

„Du wolltest mit mir sprechen?" fragte er, während sie langsam den Weg entlanggingen.

Lyria nickte und atmete tief durch. Sie musste stark sein.

„Ja. Es gibt etwas, das ich dir sagen muss." Faelan lächelte leicht. „Das klingt ernst."

Sie blieb stehen und sah ihn an. „Faelan… ich kann dich nicht heiraten."

Das Lächeln in seinem Gesicht gefror. „Was?" Lyria ballte die Hände zu Fäusten, um ihre Nervosität zu verbergen. „Ich respektiere dich. Ich schätze dich. Aber ich kann keine Ehe eingehen, die nicht aus freien Stücken geschlossen wird.

Er schwieg, musterte sie lange. „Das ist nicht nur deine Entscheidung, Lyria. Diese Verbindung wurde arrangiert, weil sie notwendig ist."

„Ich weiß", sagte sie leise. „Und genau deshalb rede ich mit dir. Ich will deinem Volk keinen Schaden zufügen, aber wenn ich dich heirate, werde ich niemals glücklich sein."

Faelan sah sie prüfend an. Dann lachte er trocken. „Du glaubst, Glück sei Teil dieser Abmachung?"

Seine Worte trafen sie härter, als sie erwartet hatte. „Nein", sagte sie schließlich. „Aber es sollte es sein."

Er schüttelte den Kopf und sah für einen Moment in die Ferne. „Lyria… ich weiß, dass du mich nicht liebst. Vielleicht hätte ich das von Anfang an wissen sollen."

Ihr Herz zog sich zusammen. „Ich will nicht, dass du leidest, Faelan. Und ich will auch nicht, dass ich selbst daran zerbreche."

Er sah sie lange an, sein Blick war schwer zu deuten. Dann stieß er leise die Luft aus. „Ich werde darüber nachdenken. Aber du solltest wissen – deine Entscheidung könnte Konsequenzen haben.

Lyria nickte langsam. „Ich weiß." Ein paar Sekunden herrschte Schweigen zwischen ihnen, dann neigte

Faelan leicht den Kopf. „Danke, dass du ehrlich zu mir bist."

Sie spürte, dass er noch mehr sagen wollte – doch stattdessen drehte er sich um und ging langsam zurück zum Palast.

Lyria blieb zurück. Ihr Herz raste. Sie hatte es getan. Doch was würde jetzt geschehen?

Lyria stand regungslos da, während Faelan den Kiesweg entlangging und schließlich in den Schatten der Palastmauern verschwand. Die kühle Morgenluft fühlte sich plötzlich schwer auf ihrer Haut an. Sie hatte es endlich ausgesprochen – die Worte, die ihr so lange auf der Seele gebrannt hatten.

Aber war es wirklich vorbei? Tari, der ihr leise gefolgt war, sprang auf die kleine Steinbank neben ihr und rieb seinen Kopf an ihrer Schulter. Sie streichelte gedankenverloren über sein weiches Fell, während ihre Gedanken um Faelans letzte Worte kreisten.

"Deine Entscheidung könnte Konsequenzen haben." Was meinte er damit? Würde er versuchen, ihren Vater zu überzeugen, sie trotzdem zur Hochzeit zu zwingen? Oder würde er sich zurückziehen und die Allianz gefährden?

Sie biss sich auf die Lippe. Sie wollte Faelan nicht verletzen, doch noch weniger wollte sie sich selbst verlieren.

Mit einem tiefen Atemzug richtete sie sich auf und machte sich auf den Weg zurück zum Palast. Doch kaum hatte sie den ersten Schritt getan, tauchte eine vertraute Gestalt vor ihr auf.

Elaia. Ihre Zofe stand mit verschränkten Armen am

Rand des Weges, den Blick auf sie gerichtet, als hätte sie alles mit angehört.

„Und?" fragte sie leise. „Hat er es akzeptiert?"

Lyria seufzte. „Ich weiß es nicht. Er hat gesagt, er will darüber nachdenken."

Elaia musterte sie mit scharfem Blick. „Und was ist, wenn er es nicht akzeptiert?"

Lyria wich ihrem Blick aus. „Dann werde ich einen anderen Weg finden."

Elaia schwieg einen Moment, dann trat sie näher. „Dein Vater wird bald davon erfahren, das weißt du, oder?"

Lyria nickte. „Ja." „Und was wirst du ihm sagen?" Sie schloss für einen Moment die Augen. „Die Wahrheit. Dass ich Faelan nicht liebe. Dass ich nicht bereit bin, mich für eine Allianz zu opfern, die nur aus Pflicht besteht."

Elaia hob eine Augenbraue. „Glaubst du wirklich, das wird ihn aufhalten?"

Lyria sah sie an. „Nein. Aber es ist ein Anfang."

Ein Ausdruck von Respekt blitzte für einen Moment in Elaia auf. Dann nickte sie langsam.

„Dann sollten wir vorbereitet sein." Lyria wusste nicht, was der Tag noch bringen würde – aber sie wusste eines: Der erste Schritt war getan. Und es gab kein Zurück mehr.

Lyria saß auf dem weichen Kissen vor dem großen Fenster ihres Schlafgemachs, die Knie an die Brust gezogen. Der Himmel über Vaeloria war in tiefes Blau getaucht, und die ersten Sterne blitzten zwischen den sich wiegenden Baumkronen auf.

Doch anstatt die Ruhe der Nacht zu genießen, fühlte

sie sich eingesperrt. Ihr Vater hatte kein Wort über ihre Unterhaltung mit Faelan verloren, aber Lyria wusste, dass er es längst wusste. Er hatte ihre Bewegungen seit dem Morgen genau beobachtet. Wachen waren in den Gängen postiert worden, Elaia wich nicht von ihrer Seite – selbst jetzt stand sie draußen vor ihrer Tür, auch wenn sie ihr zu verstehen gegeben hatte, dass sie sie nicht bewachen wollte.

Faelan hatte sich ihr gegenüber nichts anmerken lassen. Beim gemeinsamen Abendessen mit ihrem Vater hatte er sich ruhig und höflich verhalten, doch sie hatte seinen durchdringenden Blick gespürt, wenn er dachte, dass sie es nicht merkte.

Aber am schlimmsten war, dass sie nicht zu Riven konnte.

Den ganzen Tag über hatte sie auf eine Möglichkeit gewartet, sich davonzustehlen. Doch mit den verstärkten Wachen war das unmöglich. Jeder Fluchtversuch würde nur dazu führen, dass ihr Vater die Kontrolle über sie noch weiter verstärkte.

Frustriert strich sie über Taris seidiges Fell. Der kleine Mondfuchs lag zusammengerollt neben ihr, doch seine leuchtenden Augen beobachteten sie aufmerksam.

Plötzlich kam ihr eine Idee. „Tari", flüsterte sie und hob ihn vorsichtig auf ihren Schoß. Er blinzelte träge, doch seine Ohren zuckten aufmerksam.

„Ich kann nicht gehen, aber du kannst." Seine Schweifspitze zuckte leicht.

„Finde Riven", bat sie leise. „Er muss wissen, dass ich nicht kommen kann. Dass ich festgehalten werde."

Der kleine Fuchs neigte den Kopf, als würde er überlegen, dann sprang er mit einem geschmeidigen

Satz auf den Fenstersims.

„Sei vorsichtig", flüsterte sie, während er sie noch einmal ansah. Dann verschwand er in der Nacht.

Lyria ließ sich zurücksinken, ihr Herz raste.

Würde Riven verstehen? Würde er warten? Oder würde er es als Zurückweisung ansehen?

Sie starrte in die Dunkelheit hinaus, während ein leiser Wind durch die Bäume strich und die Nacht mit einem Hauch von Geheimnissen erfüllte.

Ein leises Geräusch ließ Lyria aus dem Halbschlaf aufschrecken. Ihr Herz schlug sofort schneller, als sie sich aufsetzte und lauschte. Der Palast war still, nur das gelegentliche Knistern der Fackeln draußen im Flur war zu hören.

Dann wieder – ein kaum wahrnehmbares Scharren auf dem Balkon. Sie drehte sich langsam um, ihr Blick wanderte zum offenen Fenster, durch das der silbrige Schein des Mondes fiel. Und dann sah sie ihn.

Riven stand im Schatten, sein dunkler Umhang flatterte leicht in der kühlen Brise der Nacht. In seinen Armen lag Tari, der ruhig, aber wachsam wirkte, als hätte er seine Mission erfüllt und seinen Fund sicher zurückgebracht.

Für einen Moment war Lyria zu überwältigt, um etwas zu sagen. Die Erleichterung, ihn zu sehen, mischte sich mit der Angst, dass er hier entdeckt werden könnte.

„Bist du wahnsinnig?" flüsterte sie schließlich und eilte zu ihm, um ihn ins Zimmer zu ziehen. Sie warf einen schnellen Blick nach draußen, aber der Palastgarten lag still und unberührt da. Keine Wachen. Kein Faelan. Noch nicht

Riven ließ sich von ihr ins Zimmer ziehen, doch sein Blick bohrte sich in ihren, scharf und forschend.

„Warum bist du nicht gekommen?" Seine Stimme war rau, aber nicht vor Wut – eher vor etwas anderem. Etwas, das sie nicht ganz benennen konnte.

Sie schloss kurz die Augen, dann seufzte sie. „Ich konnte nicht." Sie nahm Tari aus seinen Armen, der sich sofort in die Kissen ihres Bettes rollte, als wüsste er, dass sie jetzt reden mussten.

„Mein Vater hat mir verboten, den Palast zu verlassen. Er lässt mich bewachen, Elaia ist ständig an meiner Seite. Und Faelan..." Sie hielt kurz inne, dann fuhr sie mit einem bitteren Lächeln fort: „Er tut so, als wäre nichts passiert, aber ich spüre, dass er mich im Auge behält. Ich konnte dir keine Nachricht schicken, außer durch Tari."

Riven sah sie eine Weile schweigend an. Dann schüttelte er kaum merklich den Kopf. „Also bist du jetzt eine Gefangene in deinem eigenen Zuhause."

Sie schnaubte leise. „So fühlt es sich zumindest an."

Er trat näher, sein Blick ruhiger, aber voller Intensität. „Und was willst du tun, Lyria?"

Sie wich seinen Augen nicht aus. „Ich weiß es nicht."

Er hob eine Hand, als würde er ihr Gesicht berühren, hielt aber im letzten Moment inne. „Willst du diese Hochzeit wirklich verhindern?"

Lyria schluckte. „Ja." „Und was, wenn dein Vater dich nicht gehen lässt? Wenn er dich zwingt?"

Ihr Magen zog sich zusammen, doch sie zwang sich, standhaft zu bleiben. „Dann finde ich einen anderen Weg."

Riven betrachtete sie lange, dann zuckte ein dunkles,

wissendes Lächeln über seine Lippen. „Dann werde ich dich daran erinnern, dass du nicht allein bist."

Ehe sie reagieren konnte, legte er seine Hand auf ihre. Seine Haut war warm, trotz der Kälte der Nacht.

„Ich werde nicht zulassen, dass sie dich brechen."

Seine Stimme war kaum mehr als ein Flüstern, aber jedes Wort hallte tief in ihr nach.

Für einen Moment gab sie sich dem Gefühl hin, dem brennenden Blick, der Art, wie seine Nähe ihre Angst verdrängte.

Dann hörte sie Schritte auf dem Flur. Sie erstarrte.

Auch Riven hatte es gehört.

„Du musst gehen", flüsterte sie hastig.

Er ließ ihre Hand los, trat zurück. Doch bevor er sich in den Schatten zurückziehen konnte, hielt sie ihn noch einmal zurück.

„Morgen Nacht", hauchte sie. „Der Teich." Ein Lächeln blitzte auf seinem Gesicht auf. Dann war er fort. Und Lyria stand allein im schwächer werdenden Mondlicht, ihr Herz raste, während sie auf die Tür starrte und sich fragte, wie lange sie dieses Spiel noch spielen konnte, bevor ihr Vater die Wahrheit erkannte.

Lyria stand noch einen Moment da, ihr Blick auf das offene Fenster gerichtet, durch das Riven verschwunden war. Ihr Herz schlug heftig gegen ihre Rippen, ihre Finger zitterten leicht. Sie atmete tief durch, versuchte, ihre Gedanken zu ordnen.

Dann hörte sie die Schritte erneut – näher jetzt, bestimmter.

Mit einem letzten, prüfenden Blick nach draußen schloss sie hastig das Fenster und zog die schweren

Vorhänge zu. Tari hob den Kopf, sah sie mit klugen, wachsamen Augen an. „Still", flüsterte sie und schlüpfte schnell unter ihre Decke, gerade als es an der Tür klopfte.

„Lyria?" Die Stimme war ruhig, aber mit einer Spur von Sorge. Ihr Vater.

Sie drehte sich auf die Seite, tat so, als wäre sie gerade erst erwacht. „Vater?" Ihre Stimme klang verschlafen genug, um glaubwürdig zu sein.

Die Tür öffnete sich langsam, und König Vaelthoren trat ein. Seine Gestalt war in den warmen Schein der Kerzen getaucht, die er in der Hand hielt. Seine goldblonden Haare wirkten zerzaust, als hätte auch er nicht gut geschlafen.

Sein Blick wanderte prüfend durch das Zimmer, blieb einen Moment auf dem Balkonfenster ruhen, bevor er schließlich zu ihr zurückkehrte.

„Ich habe Geräusche gehört", sagte er leise.

Lyria richtete sich langsam auf und strich sich eine lose Haarsträhne aus dem Gesicht. „Tari war unruhig", erklärte sie mit einem müden Lächeln. „Ich bin aufgewacht, weil er hin und her lief."

Vaelthoren betrachtete sie noch einen Moment lang. Sein Blick war unergründlich. Dann trat er näher ans Bett und streichelte ihr sanft über das Haar – eine Geste, die er sonst selten zeigte.

„Du weißt, dass ich nur das Beste für dich will, nicht wahr?" Seine Stimme war sanft, aber die Bedeutung dahinter war klar.

Lyria nickte langsam. „Ja, Vater."

Er musterte sie, als wollte er sicherstellen, dass sie die Wahrheit sprach. Schließlich seufzte er leise. „Faelan wird morgen wiederkommen. Er möchte mit dir Zeit verbringen."

Sie zwang sich, nicht zusammenzuzucken. „Natürlich."

Vaelthoren legte den Kopf leicht schief. „Lyria..."

Sie sah ihn an, ihr Herz klopfte schneller. „Ich hoffe, dass du dich langsam mit der Idee dieser Hochzeit anfreundest." Sein Ton war nicht bedrohlich, aber bestimmt. „Es gibt keinen anderen Weg."

Sie schluckte schwer, doch bevor sie etwas erwidern konnte, stand er auf. „Ruh dich aus", sagte er noch, bevor er sich zur Tür wandte. „Wir sprechen morgen weiter."

Mit diesen Worten verschwand er, und Lyria blieb in der Stille ihres Zimmers zurück.

Tari sprang leise auf ihr Bett und schmiegte sich an sie. Sie strich ihm gedankenverloren durchs Fell.

Riven hatte gesagt, er würde nicht zulassen, dass sie gebrochen wurde. Aber konnte sie es selbst verhindern?

Sie drehte sich auf den Rücken und starrte an die Decke. Morgen Nacht, sagte sie sich. Morgen Nacht werde ich ihn wiedersehen.

Mit diesem Gedanken ließ sie sich in den Schlaf fallen – und träumte von golden glühenden Augen und einem Versprechen, das ihr Herz zum Flattern brachte.

Der nächste Morgen brach mit einem sanften goldenen Licht an, das durch die hohen Fenster von Lyrias Gemächern fiel. Doch in ihr fühlte sich alles schwer und grau an.

Sie hatte kaum geschlafen, ihre Gedanken waren ein endloser Strom aus Möglichkeiten und Konsequenzen.

Riven hatte ihr Mut gemacht, aber konnte sie es wirklich wagen, sich offen gegen ihren Vater zu stellen? Tari lag eingerollt an ihrer Seite, seine Ohren zuckten leicht, als sie sich aufrichtete. Mit einem tiefen Atemzug strich sie über sein weiches Fell. „Ich werde mich nicht einfach in mein Schicksal fügen", flüsterte sie mehr zu sich selbst als zu ihm. „Ich werde für mich einstehen."Ein entschlossener Ausdruck trat in ihre Augen, als sie sich erhob und sich ankleidete. Heute würde sie nicht schweigen.

Das Frühstück war eine förmliche Angelegenheit, wie immer, wenn ihr Vater anwesend war. König Vaelthoren saß am Kopfende der langen Tafel, während ihre Mutter, Königin Seloriae, an seiner Seite Platz genommen hatte. Lyria setzte sich ihnen gegenüber, während Elaia leise hinter ihr stand – die ständige Erinnerung daran, dass sie beobachtet wurde.
Faelan war ebenfalls anwesend, sein Blick suchte den ihren, doch sie vermied es, ihn anzusehen.
Das Mahl verlief in unangenehmem Schweigen, bis schließlich ihre Mutter das Wort ergriff.
„Lyria, mein Kind, dein Vater hat mir erzählt, dass du... Bedenken hast, was die Hochzeit betrifft." Ihre Stimme war sanft, aber Lyria erkannte darin den Versuch, die Situation zu entschärfen.
Sie legte ihr Besteck nieder und sah ihre Mutter an.
„Ich habe keine Bedenken, Mutter. Ich weiß, dass ich Faelan nicht heiraten will."
Ein Schatten huschte über Vaelthorens Gesicht. Er legte sein Besteck langsam beiseite. „Lyria", sagte er mit seiner tiefen, väterlichen Strenge. „Wir haben

bereits darüber gesprochen. Diese Hochzeit ist eine Notwendigkeit."

Sie schluckte schwer, aber ihre Entschlossenheit wankte nicht. „Aber was ist mit dem, was ich will?"

Faelan räusperte sich. „Lyria... ich weiß, dass du mich nicht liebst. Aber Liebe kann wachsen. Und du wirst an meiner Seite ein gutes Leben haben."

Sein Blick war ernst, aber nicht ohne Mitgefühl.

Lyria seufzte leise. „Ich glaube nicht, dass eine Ehe, die auf Pflicht statt auf Gefühlen basiert, jemals glücklich sein kann."

Vaelthoren stützte die Hände auf den Tisch. „Du hast keine Wahl", sagte er kühl.

Ein Moment der Stille legte sich über die Tafel. Dann ergriff Seloriae erneut das Wort.

„Vielleicht gibt es einen anderen Weg."Lyria blinzelte überrascht. Ihr Vater runzelte die Stirn. „Seloriae—"

„Lass mich ausreden, Vaelthoren", unterbrach sie ihn sanft, aber bestimmt. Dann wandte sie sich an Lyria.

„Ich verstehe deine Sorgen, meine Tochter. Und ich glaube, dass dein Herz dich leitet. Doch du musst mir helfen, eine Lösung zu finden. Eine, die uns nicht in einen Krieg stürzt."

Lyria spürte, wie ihr Herz schneller schlug. War das eine echte Chance?Vaelthoren schwieg, sein Kiefer angespannt. Faelan beobachtete sie aufmerksam.

„Ich brauche Zeit", sagte Lyria schließlich. „Mehr Zeit, um meinen eigenen Weg zu finden."

Ihr Vater atmete langsam aus. „Wir werden sehen."

Es war keine Zustimmung, aber es war auch kein endgültiges Nein. Und für den Moment war das genug.

Nächte voller Geheimnisse

Die ersten Nächte nach Rivens überraschendem Besuch waren still geblieben. Lyria lag wach in ihrem Bett, lauschte auf jedes Geräusch und hoffte, dass er wiederkommen würde. Ihr Herz zog sich jedes Mal schmerzhaft zusammen, wenn die Stunden verstrichen und nichts geschah. Doch dann, an der dritten Nacht, war er plötzlich da.

Sie hatte gerade das Fenster geöffnet, um frische Luft hereinzulassen, als sie eine Bewegung im Schatten ihres Balkons wahrnahm. Ihr Atem stockte, doch dann erkannte sie ihn. Riven stand dort, mit seinem dunklen Umhang, der im Nachtwind flatterte, und seinen goldenen Augen, die im Mondlicht schimmerten.

„Ich hatte befürchtet, du wärst doch geflohen", sagte er leise und trat näher.

Lyria lächelte schwach. „Ich bin nicht diejenige, die sich ungesehen durch die Schatten bewegt."

Seine Lippen zuckten amüsiert, doch in seinen Augen lag eine tiefe Ernsthaftigkeit. „Darf ich reinkommen?"

Sie nickte, trat einen Schritt zurück, und er glitt lautlos in ihr Gemach.

Von dieser Nacht an kam er immer wieder. Er wartete, bis der Palast still war, bis sie sicher sein konnte, dass niemand mehr durch die Korridore wandelte – dann tauchte er auf ihrem Balkon auf, ein Schatten in der Dunkelheit.

Sie sprachen leise, ihre Stimmen kaum mehr als ein Flüstern. Zuerst über Belanglosigkeiten – über die Tiere des Waldes, über das Wetter, über die Sterne, die durch die hohen Fenster funkelten. Doch je öfter er kam, desto mehr öffneten sie sich einander.

„Mein Vater wird mich nie gehen lassen", gestand Lyria eines Nachts, während sie auf dem Boden vor ihrem Bett saßen, Tari eingerollt zwischen ihnen. „Er hält mich wie eine Gefangene, nur weil ich nicht das tun will, was er von mir erwartet."

Riven betrachtete sie schweigend, seine Finger strichen sanft über Taris weiches Fell. „Und du? Was erwartest du von dir selbst?"

Lyria sah ihn an, suchte in seinem Gesicht nach einer Antwort, die sie sich selbst nicht geben konnte. „Ich weiß es nicht. Ich weiß nur, dass ich mich nicht in ein Leben zwingen lassen will, das sich nicht richtig anfühlt."

Er nickte langsam. „Dann musst du kämpfen."

„Gegen meinen eigenen Vater?" Er schnaubte leise.

„Du kämpfst bereits. Vielleicht nicht mit einer Klinge, aber mit deinem Herzen."

Seine Worte ließen sie erschaudern. Er verstand sie auf eine Weise, wie es niemand sonst tat.

Eines Nachts lag Lyria auf ihrem Bett, während Riven am offenen Fenster lehnte und hinaus in die Dunkelheit blickte.

„Und du?", fragte sie leise. „Hast du nie an deiner Zukunft gezweifelt?"

Er drehte den Kopf zu ihr, sein Blick nachdenklich. „Ich bin ein Schattenelf, Lyria. Mein Leben war nie mein eigenes. Mein Volk erwartet von mir, dass ich diene, dass ich stark bin, dass ich unser Überleben sichere. Gefühle sind eine Schwäche. Bindungen ein Risiko."

Sie setzte sich auf und sah ihn herausfordernd an.

„Und trotzdem bist du hier."

Ein leises Lächeln umspielte seine Lippen. „Ja. Und trotzdem bin ich hier."

Für einen Moment herrschte Stille zwischen ihnen, ein unausgesprochenes Verstehen, das schwer in der Luft lag.

Dann trat er näher, setzte sich an den Rand ihres Bettes. Ihre Knie berührten sich, eine kleine, fast zufällige Berührung – doch Lyria spürte die Wärme, die von ihm ausging.

„Ich sollte gehen", murmelte er, aber machte keine Anstalten, sich zu bewegen.

Sie legte ihre Hand auf seine. „Bleib noch ein bisschen."

Er tat es. Und als die ersten Strahlen der Morgendämmerung durch die Fenster drangen, verschwand er wieder lautlos in der Dunkelheit – zurück in seine Welt, während Lyria in ihrer gefangen blieb. Doch jede Nacht, die sie miteinander verbrachten, ließ die Mauern zwischen ihnen ein Stück weiter bröckeln.

Die folgenden Nächte verstrichen wie ein verborgener Tanz zwischen Schatten und Licht. Immer, wenn der Palast in Dunkelheit gehüllt war und die Wachen sich in ihre Routen vertieft hatten, kam Riven zu ihr. Es war ein gefährliches Spiel, doch jede Nacht fühlte sich wie ein Atemzug Freiheit an – als könnte sie in seiner Gegenwart für einen Moment vergessen, dass ihr Leben bereits für sie entschieden war.

An diesem Abend saß Lyria mit angezogenen Beinen auf ihrem Bett, während Riven auf der Fensterbank hockte. Die kühle Nachtluft spielte mit seinem dunklen Haar, und seine goldenen Augen spiegelten das Mondlicht.

„Ich habe mich gefragt …" Sie hielt inne, unsicher, ob sie es wirklich laut aussprechen wollte.

Riven hob eine Braue. „Was hast du dich gefragt?"

Lyria biss sich auf die Unterlippe, dann sprach sie leise weiter: „Warum kommst du immer wieder? Es ist gefährlich für dich. Wenn dich jemand sieht …" Er lehnte sich leicht nach vorn, stützte seine Unterarme auf seine Knie. „Vielleicht, weil du die erste Lichtelfe bist, die mich nicht nur als Bedrohung sieht."

Sie sah ihn überrascht an. „Aber du bist keine Bedrohung."

Riven lachte leise, ein dunkles, samtiges Geräusch. „Für dich vielleicht nicht. Aber für dein Volk? Für deinen Vater?"

Lyria wusste, dass er recht hatte. Wenn jemand erfuhr, dass ein Schattenelf jede Nacht in ihrem Zimmer weilte, wäre das nicht nur ein Skandal – es wäre Verrat. Und doch … fühlte es sich so richtig an.

Sie ließ sich langsam zurück in die Kissen sinken und sah ihn aus müden, aber wachen Augen an.

„Manchmal wünschte ich, ich wäre in einer anderen Zeit geboren. Einer, in der es keine Grenzen zwischen unseren Völkern gibt."

Er musterte sie eine Weile, dann stand er auf und trat näher. Sein Blick war sanft, aber auch ernst. „Vielleicht sind wir nicht in der falschen Zeit geboren, sondern die, die etwas ändern können."

Seine Worte ließen ihr Herz schneller schlagen.

In den nächsten Tagen fiel es Lyria immer schwerer, sich tagsüber auf ihre Pflichten zu konzentrieren. Während ihre Mutter mit ihr über die bevorstehende Hochzeit sprach, während Elaia versuchte, sie mit harmlosen Gesprächen aufzumuntern, während Faelan ihr seine wohlmeinenden, aber distanzierten Worte schenkte – in all diesen Momenten schwirrte ihr Riven durch den Kopf.

Nachts war er der Einzige, mit dem sie wirklich sprechen konnte. Der Einzige, bei dem sie nicht das Gefühl hatte, eine Rolle spielen zu müssen. Doch an diesem Abend kam er nicht.

Lyria saß lange wach, ihre Decke fest um sich geschlungen, während der Mond durch ihr Fenster schien. Sie lauschte auf jedes Geräusch, auf jedes mögliche Zeichen seiner Anwesenheit – aber die Nacht blieb stumm.

Sie stand auf, trat auf den Balkon und ließ ihren Blick über die Schatten des Gartens wandern. Ein leises Gefühl der Unruhe machte sich in ihr breit. War etwas passiert? Oder war er einfach nicht gekommen, weil er ihre Treffen doch für zu gefährlich hielt?

Gerade als sie seufzend zurück ins Zimmer treten wollte, bewegte sich etwas unten zwischen den Büschen.

Ein dunkler Schatten, kaum erkennbar in der Nacht. Ihr Herz setzte einen Schlag aus. „Riven?" hauchte sie leise. Keine Antwort. Dann, einen Moment später, blitzten zwei stechende Augen durch die Dunkelheit.

Er war hier. Doch etwas an seiner Haltung, an seiner stillen Präsenz ließ ihre Nackenhaare sich aufstellen. Er bewegte sich nicht wie sonst, nicht mit der geschmeidigen Gelassenheit, die sie kannte. Nein – er wirkte angespannt.

Lyria wollte etwas sagen, doch in diesem Moment hörte sie Schritte auf dem Gang vor ihrer Tür. Sie fuhr herum, ihr Herz raste.

Ein Schatten glitt unter der Tür hindurch. Jemand war dort draußen. Lauschte.

Und Riven stand draußen, ungeschützt.

Sie wusste nicht, ob er es auch bemerkt hatte, aber sie konnte nicht riskieren, dass er entdeckt wurde. Hastig schlüpfte sie ins Zimmer zurück, ließ die Vorhänge ein wenig zufallen, sodass sie den Garten noch sehen konnte, aber niemand von draußen hineinblicken konnte. Dann setzte sie sich in ihr Bett und wartete.

Die Schritte draußen hielten für einen Moment inne. Dann entfernten sie sich langsam.

Lyria atmete erleichtert aus. Sie war sich sicher, dass Riven immer noch da war – aber er würde nicht kommen, solange die Gefahr bestand, entdeckt zu werden.

Mit klopfendem Herzen legte sie sich wieder hin.

Er hatte sie beobachtet. Aber diesmal nicht mit der Ruhe und Wärme der letzten Nächte – sondern mit einer Anspannung, die sie sich nicht erklären konnte. Irgendetwas war passiert. Und sie musste herausfinden, was.

Lyria lag regungslos in ihrem Bett, ihr Herz schlug ihr bis zum Hals. Noch immer sah sie Rivens goldene Augen vor sich, das unbestimmte Unbehagen in seinem Blick.

Etwas war anders gewesen. Sie wartete eine Weile,

lauschte den Geräuschen des Palastes, doch die Schritte auf dem Gang kehrten nicht zurück. Nur das entfernte Knistern der Fackeln und das gleichmäßige Ticken der großen Standuhr im Korridor waren zu hören.

Langsam stand sie auf und trat erneut auf den Balkon. Ihr Blick huschte zu den Büschen, in denen sie Riven eben noch gesehen hatte. Doch der Garten lag in tiefer Stille – er war fort.

Ein leiser Stich der Enttäuschung traf sie, doch sie verstand. Er war vorsichtig. Wahrscheinlich war es zu gefährlich gewesen, noch länger zu bleiben. Trotzdem blieb ihr Herz unruhig.

Der nächste Tag zog sich quälend langsam dahin. Lyria versuchte, sich auf ihre Aufgaben zu konzentrieren, aber ihre Gedanken kehrten immer wieder zu Riven zurück.

Warum war er so angespannt gewesen? Hatte er sich beobachtet gefühlt? Oder hatte es einen anderen Grund?

Beim Frühstück saß sie still neben ihrer Mutter, während König Vaelthoren sich angeregt mit Faelan unterhielt. Der Kriegerprinz wirkte wie immer höflich und gefasst, doch sein Blick ruhte auffallend lange auf Lyria.

„Du bist heute sehr still", bemerkte ihre Mutter schließlich sanft.

Lyria blinzelte und zwang sich zu einem Lächeln. „Ich habe nur nicht gut geschlafen."

Vaelthoren musterte sie mit scharfem Blick. „Ich hoffe doch, dass du nicht wieder nachts umherstreifst."

Lyria schüttelte schnell den Kopf. „Nein, Vater. Ich war die ganze Nacht in meinem Zimmer."

Eine halbe Wahrheit. Aber eine, die sie schützen musste.

„Gut", sagte er nur, und das Thema war beendet.

Doch Faelan sah sie weiterhin forschend an.

Erst am Abend, als die Dunkelheit sich wieder über Vaeloria legte, fühlte Lyria, wie die Spannung in ihrem Körper wuchs.

Ob er wiederkommen würde?

Sie wusste nicht, warum, aber sie hatte das Gefühl, dass etwas Bedeutendes in der Luft lag.

Tari sprang auf ihr Bett und rollte sich neben ihr zusammen, doch seine silbernen Augen beobachteten sie aufmerksam, als spüre auch er ihre Unruhe. Lyria konnte nicht länger warten.

Leise stand sie auf, trat auf den Balkon und ließ ihren Blick durch den Garten schweifen. Nichts.

Ihr Herz sank. Vielleicht war es eine Torheit gewesen zu hoffen, dass er wiederkam. Vielleicht war die Gefahr zu groß geworden.

Doch dann – eine Bewegung im Schatten.

Ihr Atem stockte. Langsam lösten sich Konturen aus der Dunkelheit. Eine Gestalt, schlank und geschmeidig, mit dunklem Haar und leuchtenden Augen.

Riven. Er trat näher, hielt sich aber im Schutz der Schatten.

„Du bist doch gekommen", flüsterte sie, ihre Stimme kaum mehr als ein Hauch.

Er sah sie lange an. Dann sprang er mit einer geschmeidigen Bewegung auf den Balkon.

Lyria wich nicht zurück, als er näher trat. „Was ist los?"
fragte sie leise.
Er zögerte. Dann sagte er mit rauer Stimme: „Wir
müssen reden."

Lyria spürte, wie ihr Herz schneller schlug. Etwas an
Rivens Haltung, an der Anspannung in seiner Stimme,
ließ sie erkennen, dass dies kein gewöhnliches
Gespräch werden würde.
„Was ist passiert?" fragte sie besorgt und trat einen
Schritt näher.
Riven musterte sie lange, sein Blick wanderte über ihr
Gesicht, als suche er nach den richtigen Worten.
Schließlich seufzte er leise und fuhr sich mit einer Hand
durch das dunkle Haar.
„Ich sollte nicht hier sein", murmelte er.
„Aber du bist trotzdem gekommen", erwiderte Lyria
sanft.
Riven verzog die Lippen zu einem angedeuteten
Lächeln, das jedoch nicht seine Augen erreichte. „Ja…
Ich konnte nicht anders."
Lyria legte den Kopf leicht schief. „Riven, bitte sag mir,
was los ist."
Er sah sie lange an, als kämpfe er mit sich selbst. Dann
sprach er mit ungewohnter Ernsthaftigkeit:
„Ich habe nachgedacht, Lyria. Über das, was wir hier
tun. Über diese… Treffen."
Lyria schluckte. „Bereust du sie?"
Riven schwieg für einen Moment, bevor er mit einer
leisen Stimme antwortete: „Nein. Aber ich fürchte, was
sie bedeuten."
Seine Worte ließen eine ungewohnte Kälte in ihr

aufsteigen

„Wovor fürchtest du dich?" fragte sie leise.

Riven trat einen Schritt näher, seine dunklen Augen suchten die ihren.

„Ich bin ein Schattenelf, du eine Lichtelfe. Alles, was wir sind, alles, was unsere Völker glauben, steht zwischen uns. Und doch…" Er zögerte, als wäge er seine nächsten Worte sorgfältig ab. „Und doch kann ich nicht aufhören, an dich zu denken."

Lyria spürte, wie ihre Kehle sich zuschnürte

„Geht es dir nicht genauso?" fragte er leise.

Sie schloss für einen Moment die Augen. Sie konnte nicht lügen. Nicht vor ihm.

„Ja", gab sie zu. „Ich denke auch an dich. Ständig."

Riven atmete tief durch. Dann hob er langsam eine Hand, als wolle er nach ihr greifen, hielt jedoch in letzter Sekunde inne.

Lyria konnte die Wärme seiner Haut fast spüren. Ihr Blick wanderte zu seinen Fingern, die nur Zentimeter von ihrer eigenen Hand entfernt waren.

Ein Teil von ihr wollte ihn berühren, die Distanz zwischen ihnen überwinden, aber ein anderer Teil fürchtete genau das.

Sie atmete tief ein. „Riven, ich will das hier nicht aufgeben", flüsterte sie.

Er sah sie lange an. Dann, fast zaghaft, legte er seine Finger über ihre.

Ein feines Kribbeln lief durch ihre Haut, als würde ihre Magie auf seine reagieren.

„Dann gib es nicht auf", flüsterte er zurück.

Sein Blick war so intensiv, so voller unausgesprochener Gefühle, dass Lyria für einen Moment das Atmen vergaß.

Sie wusste nicht, wie lange sie so dastanden, ihre Finger kaum mehr als eine sanfte Berührung. Doch in dieser Stille, in diesem Moment, war alles gesagt.

Schließlich ließ Riven langsam ihre Hand los.

„Ich sollte gehen", sagte er leise, fast widerwillig.

Lyria nickte, obwohl alles in ihr wollte, dass er blieb.

„Wirst du wiederkommen?" Riven zögerte einen Moment, dann lächelte er schwach. „Wenn du mich lässt."

Lyria erwiderte sein Lächeln und trat einen Schritt zurück. „Dann bis bald."

Riven hielt ihren Blick noch einen Moment fest, bevor er sich lautlos umdrehte und in die Nacht verschwand.

Lyria stand noch lange auf dem Balkon, während ihr Herz gegen ihre Rippen pochte und ihre Gedanken nur um einen einzigen Namen kreisten.

Riven.

Lyria stand noch lange auf ihrem Balkon, die Finger noch immer warm von Rivens Berührung. Die Nacht war still, nur das sanfte Rauschen der Bäume erfüllte die Luft. Doch in ihrem Inneren tobte ein Sturm.

Sie wusste nicht, was genau zwischen ihr und Riven geschah, aber sie konnte nicht leugnen, dass es mächtig war – und gefährlich. Ihr Vater würde es niemals dulden, Faelan erst recht nicht. Doch noch mehr als diese Gedanken fürchtete sie das Gefühl, das Riven ihr gab.

Dieses Prickeln unter ihrer Haut. Dieses Ziehen in ihrer Brust.

Seufzend wandte sie sich ab und trat zurück in ihr

Zimmer. Tari lag zusammengerollt auf ihrem Kissen, die Ohren aufmerksam gespitzt. Als sie näherkam, hob er den Kopf und sah sie mit seinen klugen silbernen Augen an.

„Ich weiß", flüsterte sie. „Ich bin dumm, nicht wahr?"

Tari schnaufte leise, sprang auf und stupste ihre Hand mit seiner feuchten Nase an.

Lyria schmunzelte. „Du magst ihn sehr, oder?"

Der kleine Fuchs zuckte nur mit den Ohren, dann sprang er elegant auf die Fensterbank und sah in die Dunkelheit hinaus – dorthin, wo Riven verschwunden war.

Lyria streichelte über sein weiches Fell und atmete tief durch.

„Ich sollte schlafen", murmelte sie, doch als sie sich ins Bett legte, wusste sie bereits, dass sie keine Ruhe finden würde.

Sie drehte sich hin und her, ihre Gedanken kreisten um Riven. Jedes Mal, wenn sie die Augen schloss, sah sie ihn vor sich – seine golden glühenden Augen, die Art, wie sein Blick in sie einzudringen schien, die sanfte Berührung seiner Finger.

Irgendwann, weit nach Mitternacht, fiel sie doch in einen unruhigen Schlaf.

Der nächste Morgen kam viel zu früh.

Die Sonne stand bereits hoch am Himmel, als Elaia ihr Zimmer betrat und die Vorhänge zur Seite zog.

„Lyria, es ist fast Mittag! Dein Vater wird nicht erfreut sein, wenn er erfährt, dass du noch schläfst."

Lyria blinzelte verschlafen, dann richtete sie sich mit einem leisen Stöhnen auf. Ihr Kopf fühlte sich schwer an, ihre Gedanken noch träge von der vergangenen Nacht.

„Ich hatte eine lange Nacht", murmelte sie und rieb sich die Augen.

Elaia stemmte die Hände in die Hüften. „Das sehe ich. Träumst du etwa so viel von deiner Hochzeit mit Faelan?"

Lyria verzog das Gesicht. „Nicht ganz."

„Hmmm." Elaia ließ sich auf den Rand des Bettes sinken. „Nun, ob du willst oder nicht, dein Vater erwartet dich beim Mittagessen. Und Faelan wird auch da sein."

Lyrias Magen zog sich zusammen. „Natürlich wird er das", murmelte sie.

Elaia warf ihr einen prüfenden Blick zu. „Du magst ihn wirklich nicht, oder?"

Lyria seufzte. Sie wollte ihrer Freundin nicht zu viel anvertrauen, aber gleichzeitig konnte sie den Druck in ihrer Brust nicht mehr ignorieren.

„Er ist... nicht der Richtige für mich", sagte sie schließlich vorsichtig.

Elaia nickte langsam. „Aber du hast keine Wahl, oder?" Lyria schwieg.

Statt einer Antwort stand sie auf, zog sich ein frisches Kleid über und bürstete sich das Haar. Ihr Blick wanderte immer wieder zum Balkon, als würde Riven jeden Moment wieder auftauchen.

Aber er war nicht da. Und jetzt musste sie sich Faelan stellen.

Mit einem tiefen Atemzug verließ sie ihr Zimmer, Tari trottete lautlos hinter ihr her.

Es würde ein langer Tag werden.

Das Mittagessen verlief in unangenehmer Stille. Lyria saß neben ihrer Mutter, gegenüber von Faelan, während ihr Vater an der Stirnseite des langen, reich gedeckten Tisches Platz genommen hatte. Der Duft von frischem Brot und gewürztem Braten lag in der Luft, doch Lyria hatte kaum Appetit.

Faelan musterte sie aufmerksam. „Du wirkst müde."

Lyria zwang sich zu einem Lächeln. „Ich habe schlecht geschlafen."

Ihr Vater hob eine Braue. „Gedanken an die Zukunft, nehme ich an?"

Sie fühlte, wie sich ihre Brust zusammenzog. Ihre Mutter hatte am Morgen versucht, noch einmal mit Vaelthoren über die Hochzeit zu sprechen, doch es war vergebens gewesen. Er war entschlossen, und ihre eigenen Versuche, eine Alternative zu finden, hatten keine Ergebnisse gebracht.

Also blieb ihr nur die Wahrheit.

Sie legte das Besteck beiseite, faltete die Hände auf ihrem Schoß und atmete tief durch.

„Vater", begann sie leise, „ich habe darüber nachgedacht… über die Hochzeit. Ich weiß, dass sie wichtig für das Reich ist. Und ich weiß, dass ich meinen Pflichten nachkommen sollte. Aber ich… ich habe keine Lösung gefunden, um sie zu verhindern."

Stille.

Vaelthoren musterte sie, seine grauen Augen funkelten nachdenklich.

Faelan hingegen wirkte weniger überrascht, als sie erwartet hatte. Er lehnte sich mit verschränkten Armen zurück und sagte gelassen: „Also hast du dich damit abgefunden?"

Lyria fühlte, wie ihr Magen sich verkrampfte. „Ich..."

Ihre Mutter legte eine Hand auf ihre. „Es ist nicht einfach für sie, Faelan. Gib ihr Zeit."

Doch ihr Vater ließ sich nicht erweichen. „Zeit ist ein Luxus, den wir nicht haben. Wir müssen stark auftreten, geschlossen. Diese Verbindung sichert unser Volk." Lyria schluckte schwer.

Sie wollte schreien, dass es nicht fair war. Dass ihr Herz jemand anderem gehörte. Doch was hätte es gebracht? Ihr Vater würde nie akzeptieren, was sie wirklich fühlte.

Faelan beugte sich vor, seine Stimme wurde sanfter. „Lyria, ich verlange nicht von dir, mich sofort zu lieben. Aber ich verspreche dir, dass ich dich mit Respekt behandeln werde. Du wirst an meiner Seite frei sein."

Frei. Wie eine Nachtigall im goldenen Käfig.

Sie nickte schwach, obwohl sie innerlich aufschreien wollte. „Ich weiß dein Angebot zu schätzen, Faelan."

Ihr Vater nickte zufrieden. „Gut. Dann ist alles entschieden."

Doch in ihrem Inneren war nichts gut.

Denn in dieser Nacht würde sie wieder an den Teich gehen.

Die Flucht in die Nacht

Lyria wartete kaum, bis der letzte Teller vom Abendessen abgeräumt war. Sie fühlte sich, als würde ihr die Luft zum Atmen genommen werden. Die Worte ihres Vaters hallten in ihrem Kopf wider, und mit jeder Sekunde wurde ihr Entschluss fester. Sie musste Riven sehen. Jetzt.

Als sie ihr Zimmer betrat, schloss sie die Tür hinter sich und lehnte sich für einen Moment dagegen. Ihr Herz schlug heftig in ihrer Brust. Elaia war ihr am Abend nicht mehr gefolgt – vielleicht ein Zeichen, dass ihre Freundin ihr etwas Freiraum ließ.

Sie zögerte keine Sekunde länger. Mit schnellen Bewegungen zog sie ihren dunkelgrünen Umhang aus dem Wandschrank, legte ihn sich um die Schultern und zog die Kapuze tief ins Gesicht. Tari, der zusammengerollt auf ihrem Bett lag, hob den Kopf und musterte sie mit seinen silbernen Augen.

„Ich muss gehen", flüsterte sie.

Der kleine Mondfuchs sprang lautlos zu Boden und trottete an ihre Seite. Lyria kniete sich hin und fuhr ihm sanft über das weiche Fell. „Bleib diesmal hier. Ich kann nicht riskieren, dass sie dich sehen."

Tari winselte leise, doch er gehorchte und zog sich wieder aufs Bett zurück.

Mit einem letzten Blick zum Fenster öffnete sie leise die Tür und schlüpfte hinaus. Der Gang lag ruhig und verlassen da, nur das fahle Licht der magischen Laternen flackerte an den Wänden. Lyria bewegte sich lautlos, ihr Herz hämmerte mit jedem Schritt.

Als sie die Seitentreppe erreichte, die in den Innenhof führte, hielt sie kurz inne und lauschte. Nichts. Nur der entfernte Klang von Stimmen aus dem großen Saal. Sie zog die Kapuze tiefer ins Gesicht und trat hinaus in die frische Nachtluft.

Der Garten lag in Dunkelheit gehüllt, nur der silberne Mond tauchte die Blätter der Bäume in ein sanftes Leuchten. Lyria kannte den Weg in- und auswendig, doch diesmal fühlte sich jeder Schritt wie eine Herausforderung an. Ihre Knie waren weich vor Anspannung, und ihr Atem ging schneller als gewöhnlich.

Als sie den äußeren Rand des Gartens erreichte, duckte sie sich unter das Astwerk eines alten Weidenbaums und presste sich für einen Moment an den Stamm. Sie lauschte. Nichts als das leise Zirpen der Nachtinsekten.

Sie wagte es, weiterzugehen. Der Palast lag bald hinter ihr, und als sie die Wälder erreichte, rannte sie.

Zweige peitschten an ihren Armen vorbei, ihre Füße traten lautlos auf das feuchte Moos. Das Mondlicht warf lange Schatten zwischen den Bäumen, doch sie achtete nicht darauf. Ihr einziger Gedanke galt dem Teich – und Riven.

Sie wusste nicht, warum sie sich so verzweifelt nach ihm sehnte, warum es sich anfühlte, als könnte nur er ihr in diesem Moment Ruhe geben. Doch es war so. Der verborgene Teich lag still und friedlich da, sein dunkles Wasser spiegelte den Himmel wider. Nachtblumen entfalteten ihre leuchtenden Blüten, und der sanfte Wind trug ihren süßen Duft durch die Luft. Lyria hielt inne, ließ ihren Atem zur Ruhe kommen.

Und dann spürte sie es.

Eine Präsenz. Nicht bedrohlich, nicht feindselig – aber intensiv.

„Du bist also doch gekommen." Die tiefe, raue Stimme ließ sie erschauern.

Langsam drehte sie sich um. Und da stand er.

Lyria umklammerte den Stoff ihres Mantels, während sie versuchte, ihre Atmung zu beruhigen. Der Lauf durch den Wald hatte ihr Herz rasen lassen, doch nun, da sie Riven vor sich sah, schlug es aus einem ganz anderen Grund schneller.

Er stand regungslos am Rand des Teiches, sein dunkler Umhang bewegte sich leicht im Wind. Die Nachtblumen um ihn herum leuchteten sanft im Mondlicht, doch es waren seine goldfarbenen Augen, die Lyria fesselten.

„Du bist gekommen", sagte er leise, fast wie eine Feststellung.

Lyria nickte, trat näher und presste die Lippen aufeinander, bevor sie mit belegter Stimme sprach.

„Ich... ich musste kommen. Ich konnte nicht länger warten." Riven musterte sie aufmerksam. „Was ist passiert?" Sie schluckte schwer. Der Kloß in ihrem Hals wollte sich nicht lösen. „Die Hochzeit ist beschlossen."

Sein Gesicht veränderte sich nicht sofort, doch sie sah, wie seine Hände sich zu Fäusten ballten. Ein dunkler Schatten huschte über seine Züge, sein Blick wirkte einen Moment kühler, distanzierter – bis er leise fragte: „Und du hast keine Lösung gefunden?"

Lyria schüttelte langsam den Kopf. „Ich habe alles versucht. Ich habe mit meinem Vater gesprochen. Mit

meiner Mutter. Selbst mit Faelan. Aber es ändert nichts.
Die Allianz mit seinem Volk ist zu wichtig. Mein Vater
wird mich nicht davonkommen lassen."
Riven atmete tief ein, als müsse er einen inneren
Kampf mit sich selbst austragen. „Also kommst du, um
dich zu verabschieden?"
Seine Worte trafen sie wie ein Stich. „Nein!", entfuhr es
ihr hastig, ehe sie einen Schritt auf ihn zuging. „Ich
weiß nicht, was ich tun soll. Aber ich kann nicht... ich
kann dich nicht einfach aufgeben."
Riven sah sie lange an, dann hob er langsam eine
Hand und strich eine lose Strähne aus ihrem Gesicht.
Sein Blick brannte sich in ihren, und sie spürte, wie ihr
ganzer Körper auf seine Berührung reagierte. „Dann
kämpfe", flüsterte er.
Lyria schloss die Augen für einen Moment, ließ die
Worte in sich nachhallen. Doch wie sollte sie kämpfen,
wenn die ganze Welt gegen sie zu sein schien?

Lyria öffnete die Augen wieder und sah Riven an. Seine
Worte hallten in ihrem Kopf wider, doch sie fühlte sich
wie gefangen – in einem Netz aus Verpflichtungen, aus
Angst, aus Zweifeln.
„Wie soll ich kämpfen?" flüsterte sie, ihre Stimme kaum
mehr als ein Hauch. „Mein Vater wird mich niemals
freigeben. Die Hochzeit ist längst beschlossen. Was
kann ich schon tun?"
Riven schwieg einen Moment. Dann ließ er langsam
seine Hand sinken, doch seine Augen hielten ihren
Blick gefangen. „Du kannst wählen, Lyria. Nicht, was
andere von dir erwarten, sondern was du wirklich
willst."

„Und wenn meine Wahl alles zerstört, was mein Volk aufgebaut hat?"

Er schnaubte leise. „Glaubst du wirklich, dein Glück ist so wenig wert, dass es gegen eine politische Allianz verblassen sollte?"

Lyria senkte den Kopf. Sie wusste, dass ihre Gefühle nicht bedeutungslos waren, aber sie hatte nie gelernt, für sich selbst einzustehen – zumindest nicht in einer solchen Situation. Es ging nicht nur um sie. Es ging um ihr Volk, um ihre Familie.

Doch dann hob Riven wieder ihre Hand, drehte sie leicht und legte seine eigene darüber. Eine Welle von Wärme durchzog ihren Körper, ein sanftes, kribbelndes Pulsieren, das sie den Atem anhalten ließ.

„Spürst du das?" Seine Stimme war rau, fast dringlich. „Das ist echt, Lyria. Nicht die Politik, nicht die Pflichten, die dir auferlegt wurden – sondern das hier."

Lyria sog zitternd die Luft ein. Sie wusste nicht, was sie sagen sollte. Ihr Kopf schrie, dass sie sich zurückziehen sollte, dass sie sich nicht weiter in etwas hineinziehen durfte, das unmöglich war.

Doch ihr Herz pochte einen anderen Rhythmus.

Riven schien ihre Unsicherheit zu spüren, doch er ließ ihre Hand nicht los. Stattdessen zog er sie ein Stück näher zu sich, bis nur noch ein schmaler Spalt zwischen ihnen lag.

„Sag mir nur eines", murmelte er. „Willst du mich wiedersehen?"

Lyria sah in seine goldenen Augen, fühlte die Wärme seiner Haut gegen ihre. Ihr Herz raste, ihre Gedanken waren ein einziges Chaos.

Und doch kam ihre Antwort so mühelos, dass sie selbst

überrascht war. „Ja." Riven lächelte – ein dunkles, wissendes Lächeln, das ihr eine Gänsehaut über den Rücken jagte. Dann beugte er sich vor, bis seine Stirn sanft gegen ihre lehnte. „Dann werden wir eine Lösung finden", flüsterte er.

Lyria schloss für einen Moment die Augen und ließ sich von der Nähe, der Wärme und dem vertrauten Gefühl, das sie bei ihm hatte, überwältigen. Der Druck in ihrer Brust, der sie die ganze Zeit begleitet hatte, schien für einen flüchtigen Augenblick zu verschwinden. Doch als sie die Augen wieder öffnete, fühlte sie das Gewicht der Realität zurückkehren.

„Ich will nicht, dass du dich in Gefahr begibst", sagte sie leise, während ihre Stimme einen Hauch von Besorgnis trug. „Es ist zu gefährlich, Riven. Du weißt, was passieren würde, wenn jemand uns sieht – vor allem in dieser Nacht. Ich kann das nicht riskieren."

Riven strich ihr sanft über die Wange, seine Berührung sanft, aber fest. „Die Gefahr war immer da, Lyria. Nicht nur heute Nacht, sondern schon seit dem ersten Moment, als wir uns begegnet sind. Du weißt es genauso gut wie ich. Aber du musst lernen, für das zu kämpfen, was du willst. Nicht nur für das, was dir vorgegeben wird."

Ihre Gedanken rasten, und die Kluft zwischen dem, was sie wusste und dem, was sie fühlte, wurde immer größer. Ihre Welt war nie so komplex gewesen – sie war immer von den Erwartungen ihres Vaters, der Familie und dem Volk geprägt gewesen. Aber mit jedem Moment, den sie mit Riven verbrachte, begann sich die Wahrheit zu verändern.

„Ich... ich weiß nicht, was ich tun soll", flüsterte sie schließlich, der Schmerz der Unentschlossenheit in ihrer Stimme. „Ich will nicht, dass du in Gefahr gerätst, und gleichzeitig kann ich nicht einfach so tun, als ob nichts zwischen uns ist."

„Du musst nicht entscheiden, was du jetzt tun sollst", sagte Riven ruhig. „Aber du musst dir eingestehen, dass du die Macht hast, zu wählen. Du bist nicht machtlos, Lyria. Du kannst deinen eigenen Weg finden."

Ein tiefer Seufzer entwich ihr, als sie ihre Hand auf seine legte und die Nähe genoss, die sie sich selbst niemals zugetraut hatte. Ihre Gedanken waren ein Chaos, aber die Verbindung zwischen ihnen, die spürbare Intensität in der Luft, ließ sie für einen Moment glauben, dass alles möglich war.

„Ich will dich bei mir haben, Riven", gestand sie, während die Worte ihr unbewusst über die Lippen kamen. Sie hatte es schon oft gefühlt, doch jetzt war es das erste Mal, dass sie es laut aussprach.

Riven antwortete mit einem intensiven Blick, der sowohl Verständnis als auch eine unheimliche Intensität in sich trug. „Und ich werde da sein, Lyria. Egal, wie schwierig es wird."

Für einen Moment standen sie einfach nur da, in der Stille der Nacht, und ließen die Worte zwischen ihnen nachklingen. Kein weiterer Laut war zu hören, als der Wind durch die Bäume rauschte und das sanfte Licht der Nachtblumen den Teich in ein magisches, fast surreal wirkendes Licht tauchte.

Lyria wusste, dass der Weg vor ihr nicht einfach war. Dass die Entscheidung, die sie irgendwann treffen musste, alles verändern würde. Doch sie konnte nicht anders, als in diesem Moment zu glauben, dass sie nicht allein war. Riven war da, und das bedeutete mehr, als sie in Worte fassen konnte. „Aber du musst gehen, bevor es zu spät ist", flüsterte sie schließlich, als sie sich von ihm löste und einen Schritt zurücktrat. „Wenn jemand uns sieht..." „Ich weiß", sagte Riven und trat ebenfalls einen Schritt zurück, sein Blick mit einer Mischung aus Bedauern und Entschlossenheit gefüllt. „Aber ich werde kommen, wann immer du es willst. Das verspreche ich dir." Lyria nickte und atmete tief durch. „Pass auf dich auf."

Mit diesen letzten Worten drehte sie sich um und verschwand in der Dunkelheit des Waldes, während Riven in der Ferne verschwand. Der Teich lag nun wieder in Stille, aber Lyria wusste, dass sich zwischen ihnen etwas verändert hatte – etwas, das sie nicht mehr leugnen konnte.

In den nächsten Tagen war der Palast von einer gespannten Atmosphäre durchzogen. Die Nachricht, dass die Hochzeit zwischen Lyria und Faelan in nur drei Tagen stattfinden würde, verbreitete sich schnell wie ein Lauffeuer. Während die Diener und Wächter sich um die Vorbereitungen kümmerten, stand Lyria unter Druck. Jeder Moment schien wie ein weiterer Schritt in eine Richtung, die sie nicht gehen wollte. Die feste Entscheidung ihres Vaters, die Allianz zu sichern und die Tradition zu wahren, ließ Lyria keine Wahl. Sie spürte, wie ihr Herz immer schneller schlug, wie die Panik in ihrem Inneren wuchs, aber sie tat ihr Bestes, um ruhig zu bleiben. Ihr äußerer Schein war nach wie vor der einer Prinzessin, einer Tochter, die ihre Pflicht erfüllte, doch tief in ihr brodelte ein Sturm von Zweifeln, Ängsten und verzweifeltem Wunsch, einen Ausweg zu finden.

Am Morgen des zweiten Tages, als sie die vertrauten Hallen des Palastes betrat, spürte sie, wie jeder Schritt schwerer wurde. Die goldenen Kronleuchter, die den langen Speisesaal erleuchteten, schienen sie zu ersticken. Ihre Gedanken drifteten immer wieder zu dem Bild von Riven, das sie in ihrem Kopf trug. Ihre Erinnerungen an die Nächte am Teich, an die Gespräche mit ihm, an die Momente, in denen sie sich vollkommen verstanden fühlte, ließen sie nicht los. Doch diese Liebe, die in den Schatten wuchs, war unmöglich. Es gab keine Zukunft für sie und Riven – zumindest nicht in der Welt, die ihr Vater für sie vorgesehen hatte.

Lyria atmete tief durch, als sie das Frühstück betrat, wo Faelan bereits auf sie wartete. Er saß an einem Ende des langen Tisches und blickte zu ihr auf, als sie den Raum betrat. Ihr Blick war sanft, aber es war kein Zweifel in seinen Augen. Alles schien in Ordnung, als ob alles nach Plan verlief. Aber für Lyria war es alles andere als das.

„Lyria", sagte er mit einem Lächeln und legte die Gabel beiseite. „Ich freue mich auf unsere Hochzeit. Es wird eine prächtige Feier. Deine Eltern haben wirklich eine tolle Arbeit bei den Vorbereitungen geleistet."

Lyria zwang sich zu einem Lächeln. „Ja, es wird wunderschön", antwortete sie leise, ihre Stimme war fest, obwohl ihre Gedanken ein Chaos waren.

Faelan bemerkte nicht, wie angespannt sie war. Er hatte nie die leisen, inneren Kämpfe bemerkt, die sie

Tag für Tag führte. Er war zu sehr in die Vorstellung von dem „perfekten Leben" eingetaucht, das er ihr zu bieten glaubte, um zu merken, wie unglücklich sie wirklich war. Die Traurigkeit in ihren Augen war nur für diejenigen sichtbar, die wirklich hinsahen – und Faelan sah nicht wirklich hin.

„Ich habe bereits das Kleid gesehen, das du für die Zeremonie tragen wirst", fuhr Faelan fort, seine Stimme hatte nun einen leicht schelmischen Unterton. „Es wird dich umwerfend aussehen lassen. Du wirst die schönste Braut sein, die dieses Reich je gesehen hat."

Lyria nickte und versuchte, sich auf das Gespräch zu konzentrieren, während in ihrem Inneren alles zusammenbrach. Jedes Wort, das er sagte, schien die Ketten, die sie an ihr Leben band, nur noch fester zu ziehen. Sie wusste, dass sie keine Wahl hatte, dass ihr Leben in den Händen ihres Vaters und dieser Hochzeit lag. Doch der Gedanke daran, ihren eigenen Weg zu gehen, den Weg, der sie zu Riven geführt hatte, ließ sie beinahe ersticken.

Als Faelan weiterredete, bemerkte Lyria, dass sich eine Träne in ihrem Auge bildete. Sie blinzelte schnell, um sie zu verbergen, bevor sie noch weiter darüber nachdenken konnte. Der Gedanke, sich von Riven zu trennen, fühlte sich unerträglich an, und doch wusste sie, dass sie ohne den Mut, sich gegen ihre Familie zu stellen, nie wirklich frei sein würde.

„Ich hoffe, du freust dich auch auf die Feierlichkeiten am Abend", sagte Faelan, während er aufstand und sich um den Tisch bewegte. „Wir haben so viel zu besprechen und alles muss perfekt sein."

Lyria antwortete nur mit einem schwachen Lächeln,

aber ihr Herz pochte laut in ihrer Brust. Die Hochzeit war nahe. Drei Tage… und dann würde sie für den Rest ihres Lebens an die Verpflichtungen gebunden sein, die sie nie gewollt hatte. Drei Tage, um ihre Entscheidung zu treffen. Drei Tage, um herauszufinden, ob sie den Mut finden konnte, gegen den Strom zu schwimmen, oder ob sie sich für das Leben entscheiden würde, das ihr vorbestimmt war.

In dem Moment, als sie aus der Tür trat und in den wunderschönen Garten hinausging, konnte sie die frische Luft auf ihrer Haut spüren. Sie konnte nicht mehr weglaufen. Ihre Pflicht als Tochter, als Prinzessin, war zu groß. Aber in der Dunkelheit, wenn die Welt sich veränderte und die Menschen ihre wahren Gesichter zeigten, wusste sie, dass ihr Herz für immer ein anderes Lied singen würde.

Und die Antwort, die sie in den nächsten Tagen finden würde, würde nicht nur ihr eigenes Schicksal, sondern auch das von Riven und von allem, was sie jemals gekannt hatte, bestimmen.

Lyria stand vor dem großen Spiegel in ihrem Zimmer und betrachtete sich im Hochzeitskleid. Es war aus schimmerndem, goldenen Stoff, der fast wie flüssiges Sonnenlicht wirkte, umrahmt von feinen, filigranen Stickereien. Das Kleid war wunderschön, beinahe zu schön, um es zu tragen, doch für Lyria war es ein Gefängnis, das sie nie gewollt hatte. Sie fühlte sich in den edlen Stoff eingewickelt wie in ein Netz aus Erwartungen und Verpflichtungen, das sie immer mehr einengte. Ihre Finger strichen über das kühle, glänzende Material, und ein bitterer Geschmack legte sich auf ihre Zunge.

„Es passt perfekt, Lyria", sagte Elaia, die in der Tür stand und sie beobachtete. „Es ist genau das, was deine Mutter sich für dich gewünscht hat. Du wirst atemberaubend aussehen."

Lyria zwang sich zu einem Lächeln. „Ja, es ist perfekt."

Elaia trat näher und strich sanft über den Stoff. „Und dennoch scheint es dir nicht zu gefallen", bemerkte sie leise. „Warum wirkt es, als ob du dich in diesem Kleid gefangen fühlst?"

„Weil ich es bin", flüsterte Lyria, und ihre Augen füllten sich mit Tränen, die sie sofort zurückhielt. Sie hatte nie ein Leben wie das einer Prinzessin führen wollen, noch weniger eine Ehe wie diese, die so sehr von politischen Interessen und nicht von Gefühlen geprägt war.

„Lyria...", begann Elaia, doch Lyria hob abwehrend die Hand.

„Ich kann das nicht, Elaia", sagte sie entschlossen. „Ich werde es nicht können. Eine Hochzeit mit Faelan wird mich zerstören. Ich muss raus hier, muss weg."

Elaia sah sie mit einem Mangel an Überraschung an. Sie wusste, wie Lyria sich fühlte, doch die Umstände waren unerbittlich. Sie konnte keine Lösung anbieten.

„Du wirst einen Weg finden, das Beste daraus zu machen, Lyria", sagte sie sanft, „auch wenn es jetzt nicht so aussieht."

„Vielleicht", antwortete Lyria, und ihre Stimme klang hohl.

Als Elaia den Raum verließ, blieb Lyria allein. Das Kleid lag schwer auf ihr, und in diesem Moment fühlte sie sich, als würde der Stoff sie erdrücken. Sie wusste, was sie tun musste – sie brauchte frische Luft, den Wald, die Freiheit. Vielleicht, wenn sie einen Moment in der Natur verbringen konnte, würde sie einen klareren Kopf bekommen.

Kurz darauf zog sie sich in aller Eile ihre einfache Reisejacke über und schlich sich aus ihrem Zimmer. Tari folgte ihr, wie er es immer tat, der kleine Mondfuchs, der mittlerweile zu ihrem ständigen Begleiter geworden war. Sie schlich den Gang entlang, achtete darauf, dass niemand sie bemerkte. Der Palast war in tiefem Schlaf, die meisten Bewohner hatten sich bereits zurückgezogen.

Doch als sie gerade die letzte Ecke des Korridors umrundet hatte, hörte sie hinter sich Schritte. Bevor sie reagieren konnte, stand Faelan plötzlich vor ihr.

„Lyria, wohin gehst du?" Seine Stimme war ruhig, aber sie konnte die scharfe Neugier darin hören.

Lyria blieb einen Moment lang stumm, der Druck in ihrer Brust nahm zu. „Ich wollte... ich wollte nur einen Spaziergang im Garten machen. Es ist so stickig hier, und ich brauche frische Luft."

Faelan sah sie mit scharfem Blick an. „Lyria", sagte er und trat einen Schritt näher. „Du kannst mich nicht belügen. Ich habe dich gesehen, wie du dich aus dem Zimmer geschlichen hast. Was versuchst du wirklich zu tun?"

Lyria schluckte. Es war zu spät. Sie hatte gehofft, es würde unbemerkt bleiben, aber Faelan hatte sie ertappt. Sie versuchte, ihre Entschlossenheit zu bewahren, doch es fiel ihr schwer. „Ich wollte..." Ihre Stimme brach, und sie wusste, dass ihre Ausflüchte nicht mehr ausreichten. „Ich wollte in den Wald gehen.

Ich muss weg von hier, Faelan. Ich kann diese Hochzeit nicht. Sie ist nicht das, was ich will."

Faelan sah sie einen Moment lang schweigend an, dann verzog sich sein Gesicht zu einem verächtlichen Lächeln. „Und du glaubst, du kannst einfach weggehen? Das hier ist keine Kinderei, Lyria. Deine Pflicht ist es, deine Familie zu ehren, und du wirst das tun."

„Faelan…", begann Lyria, doch ihre Worte wurden von ihm unterbrochen.

„Es tut mir leid, Lyria. Du bist zu wichtig, um dich einfach so davonzustehlen. Dein Vater wird es erfahren. Ich werde es ihm sagen. Es ist Zeit, dass du zur Vernunft kommst."

Lyria fühlte, wie sich ihr Herz zusammenzog. „Bitte, Faelan, tu das nicht!"

Aber er war bereits zu ihr gegangen und packte sie an der Schulter, sein Griff hart und fest. „Du wirst nicht weglaufen, Lyria. Du wirst deinen Platz an meiner Seite einnehmen, und der König wird dich zur Vernunft bringen."

Mit einem letzten, intensiven Blick ließ Faelan sie stehen und drehte sich um. Lyria stand noch immer wie angewurzelt da, doch sie wusste, dass es zu spät war. Die Freiheit, die sie so verzweifelt gewollt hatte, war für immer verloren.

Als sie mit gesenktem Kopf zurück in ihr Zimmer geführt wurde, fühlte sich ihre Welt enger an als je zuvor. Ihr Vater hatte sie zu seiner Hochzeit mit Faelan bestimmt, und es gab keinen Ausweg. Der König wusste nun von ihrem Versuch, zu fliehen, und die

Strafe würde hart sein.

In ihrem Zimmer angekommen, schloss Lyria die Tür und ließ sich auf den Boden fallen. Ihre Tränen, die sie so lange zurückgehalten hatte, fanden endlich ihren Weg. Sie konnte sich nicht mehr wehren. Alles, was sie wollte, war in dieser Welt aus Pflicht und Tradition für immer zu entkommen, aber sie wusste, dass es nicht mehr möglich war.

Die Hochzeit war nur noch drei Tage entfernt. Drei Tage, in denen sie nichts anderes tun konnte, als sich dem Schicksal zu beugen, das ihr vorgegeben wurde.

Doch tief in ihrem Inneren flackerte eine kleine Flamme der Hoffnung auf. Sie hatte nicht aufgegeben. Und irgendwann würde sie einen Weg finden, sich zu befreien – auch wenn dieser Weg nicht geradeaus führte.

Der Zorn des Königs

Lyria hatte kaum die Gelegenheit, ihre Tränen zu verbergen, als die Tür zu ihrem Zimmer aufgerissen wurde. Ihr Vater, König Vaelthoren, trat mit einem finsteren Blick in den Raum. Die Wut, die in seinen Augen brannte, war unübersehbar. Lyria sprang erschrocken auf und versuchte, ihre Tränen zu verbergen, doch der Blick ihres Vaters bohrte sich tief in ihre Seele.

„Wie kannst du es wagen, mich so zu enttäuschen, Lyria?" Die Worte fielen wie ein harter Schlag. „Du hast dich meinem Befehl widersetzt. Du hast versucht, zu fliehen!"

Lyria öffnete den Mund, doch keine Worte kamen über ihre Lippen. Sie konnte die Enttäuschung in seiner Stimme hören und spürte, wie der Zorn aus ihm herausbrach, als er näher trat.

„Du hast keine Ahnung, wie viel auf dem Spiel steht", fuhr Vaelthoren fort, seine Stimme laut und schneidend. „Du hast mir und deiner Familie das Gesicht genommen. Dies ist keine Kleinigkeit, Lyria. Deine Entscheidung betrifft nicht nur dich, sondern das ganze Reich. Deine Heirat mit Faelan ist der Schlüssel zu unserem Wohlstand. Glaubst du wirklich, du hast das Recht, dich einfach dagegen zu stellen?"

„Aber, Vater..." Lyria versuchte zu sprechen, doch der König unterbrach sie mit einer gebieterischen Geste.

„Du hast keinen Standpunkt mehr, von dem du sprechen kannst. Deine Entscheidung ist gefallen. Deine Pflicht steht über deinen persönlichen Wünschen und Bedürfnissen. Und du wirst dich fügen, Lyria." Er machte eine kurze Pause, dann sprach er mit noch mehr Härte: „Ab sofort bist du bis zur Hochzeit im Palast eingesperrt. Du wirst nicht mehr rausgehen. Kein weiterer Freigang, kein weiteres Treffen mit deinen Freunden. Nichts."

Die Worte fielen wie ein Urteil auf sie, und Lyria spürte, wie sich die Enge ihres Zimmers auf sie legte. Ihre Schultern sanken, und der Funken von Hoffnung, den sie noch in sich getragen hatte, verblasste.

„Aber... aber, Vater! Ich kann nicht... ich kann diese Hochzeit nicht. Ich..."

„Genug!" Der König schrie nun. „Du wirst in deinem Zimmer bleiben. Und du wirst dich nicht noch einmal über meine Entscheidungen hinwegsetzen. Du bist eine Prinzessin, und du hast dich den Erwartungen zu fügen. Dies ist nicht nur für dich, sondern für das gesamte Königreich. Du hast keine Wahl. Verstehst du das?"

Lyria nickte schwach, ihre Schultern zitterten. In ihrem Inneren kämpfte sie gegen die Tränen an, aber sie wusste, dass ihre Worte nichts ändern würden. Vaelthoren hatte die Kontrolle, und sie konnte nichts tun, um sich zu befreien. Ihre Hoffnungen, ihren eigenen Weg zu gehen, zerschlugen sich in diesem Moment endgültig.

„Gehe jetzt in dein Zimmer", befahl der König, „und bleibe dort. Deine Mutter wird dir Gesellschaft leisten, wenn du das wünschst, aber du wirst keinen anderen Kontakt mehr haben."

Lyria konnte kaum atmen. Der Gedanke, in diesem goldenen Käfig eingesperrt zu sein, machte sie krank.

Sie spürte den Drang, zu schreien, sich zu wehren, doch sie wusste, dass jeder Widerstand nur den Zorn ihres Vaters weiter schüren würde. Sie senkte den Kopf und nickte stumm.

„Du bist ein Kind des Königshauses, Lyria", sagte Vaelthoren mit tiefer Enttäuschung in seiner Stimme.

„Und es ist an der Zeit, dass du deine Verantwortung erkennst. Dein persönliches Glück spielt keine Rolle in diesem Spiel. Du wirst dich fügen, wie es deine Pflicht ist."

Lyria wollte ihm entgegnen, wollte ihm sagen, dass sie niemals glücklich sein würde, doch der Gedanke, dass sie ohnehin nichts ändern konnte, ließ sie verstummen. Es war, als ob ein schwerer Schleier über ihren Geist fiel, der sie in einen Zustand der Erschöpfung versetzte.

Mit einem letzten finsteren Blick verließ Vaelthoren das Zimmer, und Lyria blieb allein zurück, in einem Gefängnis, das aus Mauern, Gold und Pflichten bestand. Ihre Welt war still geworden, und das einzige Geräusch, das sie hörte, war das laute Pochen ihres Herzens, das in ihrer Brust dröhnte. Aber auch dieses Geräusch verstummte nach einer Weile, als Lyria sich auf den Boden setzte und ihre Gedanken, so wirr sie auch waren, schweigend zuließ.

Elaia kam wenig später, um Lyria Gesellschaft zu leisten. Sie hatte den Zorn des Königs miterlebt und wusste, wie schlimm es um ihre Freundin stand. Doch sie sagte nichts, setzte sich einfach neben Lyria auf das Bett und nahm ihre Hand.

„Es tut mir leid", sagte Elaia schließlich, ihre Stimme

zögerlich. „Du musst dich jetzt noch mehr beherrschen. Aber du darfst nicht aufgeben, Lyria. Du bist stärker, als du denkst."

Lyria seufzte leise. „Ich weiß nicht, wie lange ich das ertragen kann."

Elaia legte ihr beruhigend eine Hand auf die Schulter. „Du bist nicht allein. Ich werde da sein, egal was passiert. Aber jetzt musst du einen klaren Kopf bewahren. Die Hochzeit wird kommen, das weißt du. Doch vielleicht gibt es noch einen anderen Weg, damit du nicht vollkommen zerbrichst."

Doch Lyria konnte sich in diesem Moment nicht vorstellen, wie ein anderer Weg aussehen könnte. Die Tage bis zur Hochzeit schienen endlos, und sie fühlte sich gefangen in einem goldenen Käfig, aus dem es kein Entkommen zu geben schien.

Die Dunkelheit der kommenden Tage schien auf sie zu sinken, während der Tag der Hochzeit immer näher rückte.

Die Stunden vergingen quälend langsam, während Lyria in ihrem Zimmer saß und auf das unvermeidliche Ereignis wartete. Der Gedanke an die bevorstehende Hochzeit ließ sie fast ersticken. Ihre Augen brannten von den wenigen Stunden Schlaf, die sie in der letzten Nacht gefunden hatte, und ihre Gedanken wirbelten wild in ihrem Kopf umher. Doch es gab eine Entscheidung, die sie noch treffen musste – eine Entscheidung, die sie nicht länger hinauszögern konnte.

Sie stand auf, ging zum Fenster und blickte hinaus in die Dunkelheit. Der Palast lag ruhig vor ihr, und die

Sterne funkelten über den Dächern. Aber ihr Herz fühlte sich schwer an, als ob etwas Dunkles und Bedrohliches über ihr schwebte.

„Tari", flüsterte sie, während sie den kleinen Mondfuchs auf ihrem Bett sah, der ruhig vor sich hin schlummerte. Doch es war nicht seine sanfte Präsenz, die sie jetzt suchte. Es war Riven. Und sie wusste, dass sie ihm nicht mehr einfach aus dem Weg gehen konnte. Sie hatte ihm etwas versprochen, und sie konnte ihre Versprechen nicht brechen – selbst wenn es bedeutete, gegen ihren Vater und ihre eigene Familie zu kämpfen. Lyria nahm einen tiefen Atemzug und drehte sich von der Fensterbank weg. Sie ging zu Tari, hob ihn sanft auf und streichelte ihm über das weiche Fell. „Du musst zu Riven gehen, mein kleiner Freund", sagte sie leise. „Sag ihm, dass ich es nicht schaffen werde, zu ihm zu kommen. Aber dass er wissen muss, was hier passiert. Ich... ich kann nicht mehr bleiben. Ich muss ihm sagen, wie sehr ich ihn brauche."

Der Fuchs, als hätte er ihre Worte verstanden, sprang auf und schlüpfte mit einem sanften Sprung durch das offene Fenster. Lyria sah ihm nach, während er in die Nacht hinausflog und durch den kühlen Wind schlich, wie ein Schatten auf der Jagd. Ein gewisses Gefühl der Erleichterung kam über sie, aber auch eine tiefe Sorge. Würde Riven verstehen? Würde er wissen, wie ernst es war, was sie ihm sagte? Die Wahrheit war, dass sie sich nicht sicher war, ob sie ihm noch vertrauen konnte – nicht in diesem Spiel voller Lügen und Geheimnisse, in dem sie alle gefangen waren.

Wenig später trat Tari wieder in ihr Zimmer zurück, und in seinen Augen lag ein Funkeln, als ob er ihr mitteilte, dass er seine Aufgabe erfüllt hatte. Lyria sah ihn an, das Gefühl, dass sich etwas Entscheidendes in Bewegung setzte, wuchs in ihr. Sie konnte nur hoffen, dass ihre Nachricht bei Riven ankam, und dass er die richtigen Schritte unternehmen würde, um sie aus diesem Gefängnis der Verpflichtungen zu befreien.

„Wir müssen einen Ausweg finden", murmelte sie, als sie sich wieder auf das Bett setzte. „Einen Ausweg für uns beide."

Doch dann klopfte es an der Tür. Lyria zuckte zusammen und sprang erschrocken auf. Ihr Herz pochte laut in ihrer Brust, und ihre Gedanken wirbelten. Wer konnte das sein? Ihre Mutter? Elaia? Oder der Wächter, der vielleicht zum nächsten Schritt in der Überwachung übergegangen war?

„Lyria?" Es war die Stimme ihres Vaters. Der Klang seiner Stimme ließ ihren Magen verkrampfen. Sie konnte förmlich spüren, wie sich der Raum mit der Kälte und dem Zwang füllte, die er stets ausstrahlte.

„Ich will, dass du jetzt zu mir kommst. Es ist Zeit, dass wir noch einmal miteinander sprechen", sagte er, seine Worte eindeutig und unmissverständlich.

Lyria schloss für einen Moment ihre Augen. Es gab keinen Ausweg, keinen versteckten Fluchtweg mehr. Sie musste sich dem stellen, was auf sie zukam. Sie wusste, dass sie keine Wahl mehr hatte. Der Moment, in dem sie wirklich frei sein konnte, lag in der Ferne – aber sie würde alles tun, um diesen Moment irgendwann zu erreichen.

Mit einem letzten Blick auf Tari, der sie mit seinen silbrig leuchtenden Augen ansah, erhob sich Lyria und ging zur Tür. Sie zog tief die Luft ein und öffnete sie.

Ihr Vater stand im Türrahmen, mit einem Ausdruck, der so straff und unnachgiebig war wie eine Mauer. „Komm mit, Lyria", sagte er ruhig. „Es gibt noch zu viele Dinge zu klären, bevor du endgültig deinen Platz an meiner Seite einnimmst."

Lyria nickte, aber tief in ihrem Inneren fühlte sie eine leise Rebellion aufsteigen. Doch sie wusste, dass dies der Moment war, an dem sie das Zepter in die eigene Hand nehmen musste – und dass es immer noch eine Chance gab, den Lauf der Dinge zu ändern.

„Ich komme, Vater", antwortete sie, obwohl sie sich innerlich nach einem ganz anderen Weg sehnte.

Sie schloss die Tür hinter sich und folgte ihrem Vater durch den Palast, aber in ihrem Kopf und Herzen war es Riven, an den sie dachte. Und der Gedanke daran, dass er vielleicht noch den Mut fand, zu kämpfen, hielt ihre Hoffnung am Leben.

Ihr Herz pochte in ihrer Brust, und der Klang ihrer Schritte hallte in den Gängen wider, als wären sie das einzige Geräusch, das noch übrig war. Sie hatte das Gefühl, als würde der Palast sie erdrücken, als würde er sich immer weiter um sie schließen, sie in seiner Kälte und in den Verpflichtungen, die ihr auferlegt wurden, gefangen halten.

Als sie den Besprechungsraum erreichten, trat Vaelthoren vor, öffnete die große Tür und deutete auf einen der Stühle. Lyria setzte sich, auch wenn ihr der Atem stockte. Sie wusste, was auf sie zukam – die letzten Details der Hochzeit. Aber in ihrem Inneren brannte ein Gefühl der Verzweiflung, das sie nicht leugnen konnte.

Ihr Vater stellte sich vor den großen Tisch, auf dem eine sorgfältig ausgelegte Karte des Palastes und ein Stapel von Dokumenten lag. Es war klar, dass er sich auf jedes Detail vorbereitet hatte. Alles musste perfekt sein. „Lyria, wir müssen noch einige letzte Punkte besprechen", sagte Vaelthoren mit einer ernsten Miene, die keinen Widerspruch duldete. „Die Gäste sind eingeladen, der Festsaal ist vorbereitet, und die Zeremonie wird morgen stattfinden. Du wirst, wie bereits besprochen, den Standesbeamten begrüßen und dann..." Lyria hörte zu, aber ihre Gedanken schweiften immer wieder ab. Was war der Sinn dieses ganzen Aufgebots, dieses Theaterstücks, das ihre Zukunft bestimmen sollte? Es war nicht die Hochzeit, die sie wollte. Nicht die Person, die sie wollte. Alles in ihr sträubte sich gegen den Gedanken, dass ihr Leben an den Wünschen eines anderen gescheitert sein sollte. „... und du wirst mit Faelan den ersten Tanz haben. Es ist wichtig, dass du dich gut präsentierst. Unsere Allianz hängt von diesem Moment ab, Lyria", fuhr ihr Vater fort, ohne sich umzusehen, als er mit seiner präzisen Planung fortfuhr.

Lyria nickte nur, versuchte, ihre Gefühle zu verbergen. Sie konnte das Gefühl nicht abschütteln, dass dieser Tag nicht nur ihre Freiheit, sondern auch ihren Willen ersticken würde. Sie hatte die Hoffnung fast verloren, aber irgendwo in den Tiefen ihres Herzens war noch ein kleiner Funken, der an eine andere Möglichkeit glaubte – eine Möglichkeit, in der sie selbst die Kontrolle über ihr Leben hatte.

Vaelthoren sah von den Papieren auf und musterte sie mit einem prüfenden Blick. „Es ist für alle Beteiligten besser, wenn du dich nicht noch weiter gegen den Ablauf der Hochzeit sträubst, Lyria. Es gibt keine andere Wahl. Du wirst morgen deine Rolle spielen und den Menschen zeigen, was wir erreicht haben. Für das Wohl des Reiches."

Lyria schluckte schwer und nickte wieder. Sie konnte die Kälte in seiner Stimme hören, diese unnachgiebige Sicherheit, die ihn durchdrang. Er war der König, und das Königreich hatte Vorrang vor allem anderen. Die Liebe, ihre Wünsche, ihre Träume – sie waren nur Nebensache in diesem Spiel.

„Natürlich, Vater", sagte sie, ihre Stimme so ruhig wie möglich. Doch der Schmerz in ihren Augen war nicht zu verbergen.

Ihr Vater schien ihren Widerstand zu bemerken, aber er sagte nichts mehr dazu. Stattdessen fuhr er fort, seine letzten Anweisungen zu geben. „Die Zeremonie wird am späten Nachmittag stattfinden, direkt nach dem Empfang. Faelan wird da sein, um deine Hand zu nehmen. Du wirst ihm die Rolle des zukünftigen Königs geben, und die Menschen werden sehen, dass du die Frau an seiner Seite bist."

Es war alles so klar und so festgelegt, als wäre ihre Zukunft schon in Stein gemeißelt. Kein Raum für Widerspruch, keine Möglichkeit, den Lauf der Dinge zu ändern. Lyria fühlte sich, als würde sie auf einem Trümmerhaufen ihrer eigenen Wünsche sitzen und zusehen, wie alles, was sie je für sich selbst erträumt hatte, zerbröckelte.

„Gut", sagte Vaelthoren schließlich, als er die letzten Punkte durchgegangen war. „Ich werde den restlichen Teil der Vorbereitungen allein übernehmen. Du kannst dich ausruhen, Lyria. Aber denke daran, dass du morgen für uns alle da sein musst."

Er stand auf und ging zur Tür. Lyria blieb allein zurück, ihre Gedanken wirbelten im Kreis. Die Worte ihres Vaters hallten in ihrem Kopf nach, aber sie spürte einen immer stärker werdenden Widerstand in sich. Der Weg, den sie eingeschlagen hatte, fühlte sich wie ein Gefängnis an, aus dem es keinen Ausweg gab. Und doch konnte sie nicht glauben, dass dies das Ende war. Sie musste etwas tun. Es gab immer noch einen Funken Hoffnung – zumindest wollte sie daran glauben. Als ihr Vater aufstand und ihr den Rücken zuwandte, sank Lyria auf ihren Stuhl und starrte auf den Boden. Ihre Augen brannten, als sie an den Teich dachte – an Riven. Was würde er jetzt tun? Wusste er, wie schwer es für sie war? Konnte er ihr helfen, diesen Albtraum zu beenden?

Doch die Antwort kam nicht sofort. Nur das dumpfe Pochen ihres eigenen Herzens begleitete sie in der Stille des Raumes.

Lyria stand langsam auf, als die Tür sich hinter ihrem Vater schloss, ihre Beine schwer wie Blei. Der Raum fühlte sich plötzlich noch enger an, als würde die Luft immer dünner werden. Sie drehte sich in einem verzweifelten Versuch, den Raum zu verlassen, als plötzlich die Tür erneut aufschwang. Ein Wachmann trat ein, sein Blick fest und unnachgiebig. „Die Anweisungen des Königs", sagte er knapp und bedeutete ihr, ihm zu folgen. Lyria spürte ein Kloß in ihrem Hals, doch sie wusste, dass es keinen Sinn hatte, sich zu wehren. Wortlos folgte sie ihm durch die langen, stillen Korridore des Palastes, der Flur so leer und kalt wie die Aussicht auf ihre Zukunft. Kein Wort wurde gewechselt, als sie vor ihrer Zimmertür ankamen. Der Wachmann öffnete die Tür, und Lyria trat über die Schwelle, wo er die Tür hinter ihr schloss. Sie blieb für einen Moment still stehen, den Blick auf den Boden gerichtet, bevor sie sich ihrem Bett näherte und sich darauf niederließ, das Herz schwerer als je zuvor.

Lyria saß auf ihrem Bett, die Hände in ihrem Schoß verschränkt, während die Tränen unaufhörlich über ihre Wangen liefen. Es war still in ihrem Zimmer, nur das leise Rauschen des Windes, das durch das Fenster strich, begleitete ihre Gedanken. Der Tag war fast vorbei, die Nacht brach herein, und der Gedanke an die Hochzeit am nächsten Morgen ließ sie beinahe ersticken.

Morgen – der Tag, der alles verändern würde. Morgen sollte sie an Faelan, den Kriegerprinzen, gegeben werden, in einer Zeremonie, die die Allianz ihrer Völker besiegeln sollte. Ein Tag, den sie nie gewollt hatte. Ein Tag, der ihre Freiheit und ihre Zukunft auslöschen würde. Sie wollte sich wehren, wollte aufbegehren gegen das, was ihr Vater für sie beschlossen hatte. Doch sie wusste, dass es keine einfache Flucht vor ihrem Schicksal gab.

Die Dunkelheit der Nacht umhüllte sie, doch der Gedanke an Riven, an die Augen, die sie in jener Nacht im Wald gesehen hatte, an den Moment, als er sie in seine Arme geschlossen hatte, ließ sie den Raum vergessen. Was würde er jetzt tun? Sie hatte ihm nicht geschrieben, ihm nicht mitgeteilt, dass sie in Gefahr war, dass die Hochzeit drohte. Sie hatte ihm versprochen, zu ihm zu kommen – aber was, wenn sie morgen in den Palast geführt würde und nie wieder entkommen konnte?

Ihre Hand wanderte unbewusst zu Tari' Platz, doch der kleine Mondfuchs war noch nicht von seinem Ausflug zurückgekehrt. Lyria konnte sich nicht vorstellen, wie lange er noch brauchen würde, um von Riven zurückzukehren. Sie hatte ihn in die Nacht geschickt, um ihm alles zu sagen, um ihn zu warnen. Vielleicht hatte er Riven bereits erreicht, vielleicht würde sie bald eine Nachricht bekommen, die ihr helfen würde, einen Ausweg zu finden. Doch im Moment blieb sie allein, gefangen in ihren eigenen Ängsten.

„Was soll ich nur tun?" flüsterte sie verzweifelt und ließ ihren Kopf in die Kissen sinken. Ihre Tränen tropften auf das weiche Bettzeug, als sie sich fragte, ob sie sich je wieder befreien könnte.

Es war nicht nur die Hochzeit, die ihr Angst machte. Es war die Ungewissheit, das Gefühl der Ohnmacht, dass ihr Leben in den Händen anderer lag. Der Gedanke, dass sie in wenigen Stunden vielleicht ihre Familie, ihre Freunde, alles, was sie je gekannt hatte, hinter sich lassen müsste, um an Faelan gebunden zu werden, war unerträglich.

Sie richtete sich auf, nahm ein tiefes, zitterndes Atemzug und versuchte, ihre Gedanken zu ordnen. Sie wusste, dass es nur noch einen Tag gab, um eine Entscheidung zu treffen, aber welche? Was konnte sie tun? Wohin konnte sie fliehen? Die Wälder von Vaeloria, der einzige Ort, an dem sie sich jemals frei gefühlt hatte, schienen nun unerreichbar. Und Riven… er war der einzige, der ihr in dieser Dunkelheit noch einen Funken Hoffnung gab. Aber konnte sie sich wirklich in seine Welt stürzen? Würde er sie in dieser verzweifelten Lage noch wollen, oder war auch seine Geduld erschöpft?

In dem Moment fiel ihr Blick auf das Fenster, das in der Dunkelheit verschwand. Sie konnte den Mond sehen, der hoch am Himmel stand, und fühlte sich seltsam von ihm angezogen. Wenn sie sich nur in die Nacht flüchten könnte – wenn sie nur Riven erreichen könnte, bevor es zu spät war.

Doch plötzlich hörte sie ein leises Klopfen an ihrer Zimmertür. Ihr Herz zog sich zusammen. Tari? Hatte er Riven bereits gefunden?

„Lyria?" Es war Elaia, ihre Zofe, die vorsichtig ins Zimmer trat. Sie trug einen besorgten Ausdruck auf ihrem Gesicht. „Könnte ich mit dir sprechen?"

Lyria wischte hastig die Tränen weg, als Elaia näher kam. „Natürlich, Elaia. Was ist los?" Ihre Stimme klang müde und brüchig.

Elaia setzte sich auf die Kante des Bettes und sah sie ernst an. „Ich wollte dich nur fragen, ob du wirklich sicher bist, dass das die einzige Möglichkeit ist. Deine Eltern möchten, dass du die Hochzeit annimmst, und es wird sicherlich viele Auswirkungen auf alle Beteiligten haben. Aber du… du bist die Einzige, die etwas ändern kann."

Lyria nickte stumm, doch in ihrem Inneren wusste sie, dass die Entscheidung nicht mehr in ihren Händen lag. Der Druck war zu groß geworden, und der Gedanke an die Hochzeit schnürte ihr die Kehle zu. Sie konnte nichts ändern, sie wusste es. Morgen würde ihr Leben entschieden werden, und sie würde nichts mehr daran ändern können.

„Ich weiß, was du meinst, Elaia", flüsterte Lyria schließlich. „Aber ich kann nicht… ich kann nicht einfach akzeptieren, dass das alles ist, was mir bleibt. Ich will mehr, viel mehr, als diese Heirat und all die Erwartungen."

Elaia legte ihr eine Hand auf die Schulter. „Du musst nicht alles alleine tragen, Lyria. Wenn du willst, kann ich dir helfen. Wir finden einen Weg, vielleicht nicht heute, aber irgendwann."

Lyria versuchte ein schwaches Lächeln, doch es war mehr eine Erschöpfung als wahre Hoffnung.

„Vielleicht", sagte sie leise, „vielleicht ist es auch schon zu spät."

Die Gedanken an Riven, an die Freiheit, an die Wahl, die sie nie hatte, ließen sie nicht los. Doch sie wusste auch, dass sie keine Antwort finden würde, solange sie in diesem goldenen Käfig war.

Und in dieser Dunkelheit, mit der Aussicht auf einen ungewissen Morgen, war das einzige, was sie wirklich hatte, der kleine Funken Hoffnung, dass sie irgendwann die Stärke finden würde, sich aus ihrem Schicksal zu befreien.

Als Elaia das Zimmer verließ, um Lyria einen Tee zu holen, sank Lyria erschöpft auf das Bett und starrte ins Dunkel der Nacht. Der Klang der Schritte, die sich im Flur entfernten, hallte in ihren Ohren nach, und sie fühlte sich für einen Moment völlig allein. Die Wände ihres Zimmers schienen enger zu werden, die Stille unerträglich. Die Gedanken an die bevorstehende Hochzeit quälten sie weiterhin, doch in der Dunkelheit fand sie keine Antworten, nur Fragen, die immer drängender wurden.

Plötzlich bemerkte sie ein leises Geräusch, das aus der Richtung ihres Fensters kam. Ein vertrautes Rascheln von Flügeln – und dann sah sie es: ein dunkler Schatten, der sich auf ihren Balkon senkte. Ihr Herz schlug schneller, als sie die vertrauten, leuchtenden Augen in der Dunkelheit erblickte. Riven.

„Du bist gekommen", flüsterte Lyria, ihre Stimme kaum mehr als ein Atemzug. Ein Moment der Erleichterung überkam sie, gemischt mit einer Welle von Panik. Was wollte er hier? War es nicht zu gefährlich?

Tari sprang geschickt von seinem Rücken und landete sanft auf dem Boden. Der Mondfuchs sah sie mit seinen großen Augen an, als hätte er sie schon immer gewusst. Riven hingegen stand einen Moment lang regungslos da, seine Augen auf Lyria gerichtet, während der Wind sein schwarzes Haar zerzauste.

„Du hast auf mich gewartet", sagte Riven schließlich, seine Stimme tief und leise, fast wie ein vertrautes Murmeln im Wind. „Ich habe es gespürt, Lyria."

Lyria atmete tief ein. „Ich... Ich konnte nicht kommen", gestand sie. „Alles läuft aus dem Ruder. Morgen ist die Hochzeit, und es gibt keine Möglichkeit, dem zu entkommen. Mein Vater hat alles beschlossen."

Riven trat einen Schritt näher, die Dunkelheit um ihn schien sich fast um ihn zu wickeln, als wäre er ein Teil von ihr. „Ich weiß, dass du das nicht willst", sagte er ruhig. „Du hast mir nie gesagt, was du wirklich fühlst, aber ich habe es immer gespürt. Du hast nie deine Wahl getroffen, oder?"

„Es war nie meine Wahl", murmelte Lyria. „Aber jetzt...

jetzt weiß ich nicht mehr, was ich tun soll. Alles, was mir geblieben ist, ist diese Hochzeit, die ich nicht will. Aber ich kann nicht weglaufen. Ich kann nicht einfach alles aufgeben, Riven."

Riven schüttelte den Kopf und trat noch einen Schritt näher, bis er direkt vor ihr stand. „Du bist nicht allein. Du musst nicht kämpfen, indem du dich weiterhin in diese Käfige fügen lässt. Ich kann dir helfen, Lyria. Du kannst alles hinter dir lassen – du musst es nur wollen."

Ihre Handflächen fühlten sich plötzlich heiß an, und der Drang, ihre Hände an ihn zu legen, war fast unkontrollierbar. Ein seltsames Gefühl ergriff sie, ein Ziehen in ihrer Brust, als ihre Blicke sich verhakten. Die Welt um sie herum verschwamm, und es schien, als ob nur noch sie beide existierten – Riven und sie. Sie spürte die Intensität seines Blickes, das Verlangen, das in ihm brannte. Und es erwiderte sich in ihr, zögerlich, aber klar.

„Was, wenn ich es nicht kann?" fragte sie schließlich, ihre Stimme zitterte. „Was, wenn ich mich einfach füge, weil es der einzige Weg ist?"

Riven trat noch einen Schritt näher und nahm langsam ihre Hand in seine. Seine Haut fühlte sich kühl an, im Gegensatz zu der Hitze, die in ihr aufstieg, als er sie berührte. „Du bist stärker, als du denkst. Du hast immer die Wahl, Lyria. Du musst nur die Kraft finden, sie zu treffen."

Ihre Blicke verhakten sich, und sie konnte den leichten Druck seiner Hand auf ihrer spüren, das sanfte, aber dennoch unaufhaltsame Zugunglück, das sie in seinen Bann zog. Der Raum um sie herum schien zu verschwimmen. Es war fast, als würde der Mond selbst näher rücken, als ob er ihren Atem und das, was zwischen ihnen war, verstärkte.

„Was, wenn ich bei dir bleiben will?" flüsterte sie, ihre Lippen kaum mehr als ein Atemzug entfernt von seinen.

„Dann bleib bei mir", sagte er leise. „Komm mit mir und lass uns fliehen, bevor du dich verlieren musst. Ich werde dich nicht lassen. Du musst nicht alleine sein."

In diesem Moment, in der stillen Dunkelheit ihres Zimmers, inmitten der Nacht, in der der Mond wie ein stiller Beobachter alles um sie herum erleuchtete, wusste Lyria, dass dies der einzige Moment war, in dem sie entscheiden konnte. Ihre Zukunft hing von dieser Wahl ab. Und in dieser Entscheidung fühlte sie, dass Riven der einzige war, der sie wirklich verstand – der einzige, der sie nicht mit den Augen der Pflicht oder der Tradition betrachtete. Es war eine Entscheidung, die sie niemals bereuen würde, auch wenn der Weg dorthin von Zweifeln und Ängsten begleitet sein würde. Sie senkte ihren Blick und nickte dann langsam. „Ich werde bei dir sein."

Riven zog sie sanft in seine Arme und hielt sie fest. In diesem Moment fühlte sie sich sicher, als wäre nichts anderes mehr von Bedeutung. Nur die stille Wärme seiner Nähe und die Erkenntnis, dass sie nun endlich für sich selbst entscheiden konnte.

Die letzten Zweifel, die sie geplagt hatten, schienen sich aufzulösen, als sie den beruhigenden Herzschlag von Riven in ihrer Nähe spürte. In diesem Augenblick wusste sie, dass sie den Schritt wagen würde – auch wenn die Zukunft ungewiss war, und der Weg sie in unbekannte Dunkelheit führte. Aber zumindest wusste sie jetzt, dass sie ihn nicht alleine gehen würde.

Das Klirren der Tassen ließ Lyria zusammenzucken, und sie drehte sich erschrocken um. Elaia stand in der Tür, das Tablett mit den zerbrochenen Tassen lag auf dem Boden, der Klang des Fallens hallte noch in der Luft nach. Ihr Blick war weit aufgerissen, die Überraschung und Entsetzen in ihren Augen waren unübersehbar.

Lyria fühlte, wie ihre Brust sich zusammenzog. Ein Moment der Stille verging, bevor Elaia sie mit einem durchdringenden Blick ansah. Doch Lyria wusste, dass es jetzt keine Zeit für Erklärungen gab. Ohne ein Wort zu verlieren, ergriff sie Rivens Hand, die fest und sicher war. Ihre Augen trafen sich, und er nickte nur kurz, als würde er wissen, was zu tun war.

Ohne sich noch einmal umzudrehen, zog Lyria sich von Elaia weg. Ihre Schritte waren schnell, fast panisch, als sie sich der offenen Balkontür näherten. Riven und Tari, die in der Nähe warteten, nahmen ihre Positionen ein, und in einem fließenden Bewegungsablauf, der fast wie aus einem Traum erschien, begaben sie sich alle zusammen in die Dunkelheit der Nacht.

Lyria hörte das leise Rascheln des Mantels, als sie über den Balkon kletterte. Der kalte Wind wehte ihr ins Gesicht, ihre Haare flatterten wild im Wind, aber ihre Entschlossenheit war stärker als alles andere. Ihr Herz pochte wild, doch sie ließ sich nicht von der Angst überwältigen. Kein Wort wurde gesprochen, während sie über die Dächer des Palastes liefen, sich schnell und leise wie Schatten bewegend. Tari, der wie ein treuer Begleiter immer an ihrer Seite war, schlich ebenfalls in völliger Stille neben ihr her, als wäre er Teil dieser Flucht. Riven ging ein paar Schritte voraus, die Umgebung mit seinen scharfen Sinnen durchdringend, immer wachsam, immer bereit, ihre Flucht zu sichern. Die Dunkelheit war ihr Verbündeter, doch die Zeit drängte. Jedes Geräusch, das Lyria hörte, ließ ihren Puls schneller schlagen – das Rauschen des Windes, das Rascheln der Blätter, der leise Tritt von Riven und Tari, der unter ihr den Boden berührte. Sie alle waren ein Teil einer einzigen, fließenden Bewegung.

Der Wald lag vor ihnen, die vertrauten Bäume, der stille Teich, an dem sie Riven in der Nacht getroffen hatte. Alles schien nun noch ferner, wie ein anderes Leben. Lyria fühlte sich von allem abgekapselt, während sie weiter in die Dunkelheit rannte.

Sie spürte die Nähe von Riven, wie er die Hand immer fester hielt. Sie ließ sich von ihm führen, als er sie durch die Bäume navigierte, ohne ein Wort zu verlieren. Lyria dachte an nichts anderes als daran, diesen Moment zu leben – fliehen zu können, selbst wenn sie nicht wusste, wohin der Weg sie führte. Die Zweifel, die sie vorher gehabt hatte, schienen jetzt wie ein ferner Traum, der von der Schwere der Entscheidung überdeckt wurde.

Ihre Füße trugen sie weiter, schneller, bis sie schließlich in der Nähe des Teichs ankamen. Lyria konnte das Plätschern des Wassers hören, das den stillen Wald durchbrach. Der Teich, der für sie der Ort gewesen war, an dem sie ihren eigenen Mut entdeckt hatte – der Ort, an dem Riven und sie sich das erste Mal begegnet waren.

Kaum angekommen, drehte sie sich zu ihm um. Riven

und Tari standen jetzt still, beobachteten die Umgebung, als könnten sie jeden Moment etwas hören, das ihre Flucht verraten könnte. Aber in diesem Moment war es still – nur das Plätschern des Wassers und das Rascheln der Blätter waren zu hören.

Lyria atmete tief durch, als sie sich Riven zuwandte. Kein Wort war nötig. Es war ein Moment voller Verständnis, von dem sie wusste, dass er mehr bedeutete als jede Erklärung. Sie war frei. Aber die Last der letzten Tage, die Verantwortung, die auf ihren Schultern lastete, und die Angst vor dem, was noch kommen würde, drückten sich in ihrer Brust.

„Lyria", sagte Riven schließlich leise, als er ihr eine Hand an die Wange legte. Sie sah ihm in die Augen, die so viele Dinge in sich trugen, die sie nicht benennen konnte. Aber es war in diesem Moment egal. Sie waren hier, und das einzige, was zählte, war, dass sie zusammen waren – fernab von allem, was sie gefangen hielt.

„Wir sind jetzt hier", flüsterte er. „Und ich werde bei dir bleiben, egal was passiert." Lyria nickte langsam, das Zittern in ihrer Hand, die immer noch in seiner lag, verflog langsam. Der Wind streichelte ihre Haut, der Geruch des Waldes umhüllte sie, und für einen Moment schien alles in Ordnung zu sein. Sie hatte einen Schritt getan, der sie weit von der Welt entfernt hatte, die sie gekannt hatte. Und auch, wenn sie nicht wusste, was die Zukunft brachte, so fühlte sie sich in diesem Moment stärker als je zuvor.

Zusammen würden sie nun herausfinden, was der Wald und das Leben für sie bereithielten.

Im Schatten der Flucht

Lyria fühlte das Rascheln der Blätter unter ihren Füßen,
als sie mit Riven durch den dichten Wald lief. Die
Dunkelheit um sie herum schien wie ein schützender
Mantel, der sie von der Welt, die sie zurückgelassen
hatten, abschirmte. Tari lief wie ein treuer Begleiter an
ihrer Seite, sein Fell fast unsichtbar in der Nacht, nur
seine leuchtenden Augen verrieten ihn. Die Luft war
frisch und kühl, doch Lyria spürte keinen Kälteschauer
auf ihrer Haut. Ihr Herz raste, und die Gedanken über
das, was sie gerade hinter sich ließ, überschatteten
alles andere.

Die Flucht war kein überlegter Plan gewesen. Es war
der pure Impuls, der sie vorwärtsgetrieben hatte – der
Drang, sich endlich selbst zu entscheiden. Aber jetzt, in
der Dunkelheit des Waldes, wurde ihr klar, dass sie
keinen Plan hatte. Sie war einfach weggelaufen, ohne
zu wissen, wohin, ohne zu wissen, was sie erwartete.
Die Hochzeit stand bevor, ihr Leben war von
Entscheidungen bestimmt worden, die sie nie treffen
durfte. Und nun? Was sollten sie tun?

„Riven...", flüsterte sie und blieb kurz stehen, um tief
durchzuatmen. „Was tun wir jetzt?"

Riven blickte zu ihr, seine Augen im Dunkeln kaum
mehr als schimmernde Punkte. „Erst einmal müssen
wir sicherstellen, dass wir nicht verfolgt werden. Wenn
sie uns finden, wird es keinen Weg zurück mehr
geben."

Lyria nickte. Es war klar, dass die Wächter des
Palastes sie nicht in Ruhe lassen würden. Aber es war

auch klar, dass sie sich nicht einfach wieder in das goldene Gefängnis zurückbegeben konnte. Sie sah sich um, suchte nach einem sicheren Ort. Der Wald war dicht und unübersichtlich, aber das konnte auch ihr Vorteil sein.

„Glaubst du, sie werden uns finden?" fragte sie leise, während sie neben ihm weiterging.

Riven schwieg einen Moment, seine Gedanken schienen weit weg zu sein. Dann antwortete er mit einem bitteren Lächeln: „Es wird nicht einfach sein, uns zu finden. Aber dein Vater wird keine Ruhe geben, bis er dich zurückhat. Und er hat viele Mittel, um das zu erreichen."

Lyria atmete schwer, die Worte trafen sie härter, als sie erwartet hatte. Ihr Vater würde sie nicht einfach so aufgeben. Aber sie konnte auch nicht wieder zurück. Nicht jetzt. Nicht nach allem, was passiert war.

„Wir müssen uns irgendwo verstecken", sagte sie mit festerer Stimme. „Ein paar Stunden – vielleicht einen Tag – dann können wir weitersehen. Du hast mir gesagt, du kennst einen sicheren Ort."

Riven nickte und griff nach ihrer Hand. Der Kontakt zwischen ihnen war flüchtig, doch er ließ die gleiche Wärme aufsteigen, die sie schon in der letzten Nacht gespürt hatte. „Folge mir", sagte er, und sie gingen weiter in die Dunkelheit des Waldes.

Es dauerte nicht lange, bis sie einen kleinen, abgelegenen Teil des Waldes erreichten, der von hohen Bäumen umgeben war, deren Zweige wie Schutzwälle in den Himmel ragten. Ein versteckter Teich glitzerte schwach im Mondlicht, seine Oberfläche spiegelte die Sterne wider. Es war ein stiller, friedlicher

Ort, der fast so wirkte, als gehöre er der Nacht selbst.
„Hier ist es", sagte Riven und zeigte auf den Teich.
„Keiner wird uns hier finden. Es ist ein Ort, den nur
wenige kennen."
Lyria ließ sich auf den Boden sinken, den Blick auf das
ruhige Wasser gerichtet. Es war der erste Moment seit
ihrer Flucht, in dem sie sich etwas sicherer fühlte. Aber
die Gedanken an ihren Vater und den Palast ließen sie
nicht los.
„Ich hoffe, du hast recht", murmelte sie, ihre Stimme
fast zu einem Flüstern werdend. Sie war müde. Ihre
Füße schmerzten von der langen Reise durch den
Wald, aber noch mehr war ihre Seele erschöpft.
Riven setzte sich neben sie, sein Blick ebenfalls auf
den Teich gerichtet. „Ich habe immer recht, wenn es um
den Wald geht. Aber ob wir hier sicher sind, liegt nicht
an mir. Es liegt an uns, uns gegenseitig zu vertrauen."
Lyria sah ihn an, seine Gesichtszüge wurden von der
Dunkelheit nur schwach umspielt. Sie wusste, dass er
recht hatte. Es war nicht nur der Wald, der sie schützen
konnte. Es war ihr gegenseitiges Vertrauen, das jetzt
alles zusammenhielt. Und trotzdem fühlte sich der
Abgrund, der sich unter ihren Füßen auftat, noch nicht
weniger bedrohlich an. „Ich... ich weiß nicht, was ich
tun soll", sagte sie schließlich, ihre Stimme brüchig.
„Ich kann nicht zurück, aber ich habe auch keine
Ahnung, was uns jetzt erwartet."
Riven schüttelte den Kopf. „Du musst dich nicht
entscheiden. Du musst einfach tun, was du für richtig
hältst. Und ich werde bei dir sein, solange du mich
brauchst."
Für einen Moment herrschte Schweigen zwischen

ihnen. Lyria fühlte sich in diesem Moment seltsam gefestigt. Aber tief in ihrem Inneren wusste sie, dass ihre Flucht nicht das Ende war. Es war nur der Anfang einer neuen, noch ungewissen Reise. Eine Reise, auf der sie nicht nur um ihre Freiheit kämpfte, sondern auch um die Wahrheit und um das, was sie für richtig hielt.

„Danke", flüsterte sie schließlich, als sie sich langsam aufrichtete. Sie fühlte die Verantwortung, die auf ihren Schultern lastete, aber auch die Entschlossenheit, die jetzt in ihr brannte.

Riven nickte nur, stand ebenfalls auf und ging ein paar Schritte zu einem Baum, wo er sich leise nach unten beugte. Dann kam er mit einem kleinen Bündel zurück.

„Du wirst dich ausruhen müssen. Wir haben viel vor uns."

Lyria nickte und setzte sich wieder an den Teich. Ein tiefer, fast beruhigender Frieden kehrte für einen Moment in ihr zurück, als sie in die Wasseroberfläche starrte. Aber der Gedanke an das, was noch kommen würde, war immer noch da. Und der Wald, so sicher er jetzt auch erschien, konnte sie nicht vor allem beschützen.

Die Nacht verging langsam, und der Mond begann sich langsam dem Horizont zu neigen.

Die Stunden zogen sich wie endlose Schatten in der Dunkelheit. Lyria saß am Rande des Teiches, die Beine gekreuzt, den Blick auf das ruhige Wasser gerichtet, das im fahlen Mondlicht schimmerte. Es war ein friedlicher Ort, aber je länger sie dort verweilte, desto mehr merkte sie, dass der Frieden trügerisch war. Der

Gedanke, dass sie in einem Moment alles hinter sich gelassen hatte – ihre Familie, ihre Zukunft – ließ ihre Brust schwer werden. Ihre Flucht war nicht nur eine Flucht vor der Hochzeit, sondern auch vor der Verantwortung, die sie über Jahre hinweg hatte tragen sollen.

Riven setzte sich langsam neben sie, wobei er sich sachte in den weichen Boden fallen ließ, die Beine lang ausgestreckt. Sein Blick war nachdenklich, und für einen Moment sagte er nichts. Er wusste, wie schwer es für sie war, in diesem Moment nicht zu wissen, was als Nächstes kommen würde. Doch das Leben in den Schatten des Waldes hatte ihm beigebracht, dass nicht immer alles sofort geklärt werden konnte. Manchmal musste man einfach weitergehen und auf das Vertrauen in die eigenen Entscheidungen setzen.

„Du weißt, dass wir nicht für immer hier bleiben können", sagte er schließlich, seine Stimme tief und ruhig, fast ein Flüstern.

Lyria nickte, auch wenn sie die Worte schon kannte. Es war nicht der Wald, der sie retten würde. Es war ihre eigene Entschlossenheit. „Ich weiß. Aber ich brauche Zeit. Zeit, um herauszufinden, wie ich den Rest meines Lebens leben möchte." Ihre Stimme klang entschlossener als sie sich fühlte.

Riven drehte sich zu ihr und sah sie mit seinen leuchtenden, stechenden Augen an. „Du hast mehr Zeit, als du denkst. Aber du darfst nicht zulassen, dass Angst dich lähmt. Du hast die Kontrolle über dein eigenes Leben."

Lyria spürte, wie sich ein warmer Strom von Hoffnung in ihr ausbreitete, als er das sagte. Sie hatte in den letzten Tagen so viel Angst gehabt – Angst vor der Hochzeit, Angst vor ihrem Vater, Angst vor einer Zukunft, die sie nicht gewählt hatte. Aber Riven hatte etwas an sich, das diese Ängste für einen Moment verfliegen ließ. Vielleicht war es seine ruhige Stärke, vielleicht aber auch die Art, wie er sie ansah, als wäre sie mehr als nur das, was sie für alle anderen gewesen war: eine Prinzessin, die dazu bestimmt war, zu heiraten.

„Und wenn ich keine Wahl habe?" fragte sie, ihre Stimme unsicherer als sie wollte. „Wenn der König mich nicht freigeben wird?"

„Dann nehmen wir dir die Wahl", antwortete Riven mit einem leicht spöttischen Lächeln, das ihre Sorgen für einen Moment in den Hintergrund rücken ließ. „Du musst nur bereit sein, zu kämpfen.

„Und wenn ich nicht weiß, wie?" fragte sie, ihre Augen suchten seine, als ob sie von ihm eine Antwort auf eine Frage erwarteten, die sie sich selbst nicht zu stellen gewusst hatte.

„Du wirst es wissen, wenn der Moment kommt", sagte er, und seine Stimme war voller Zuversicht. „Und wenn du es nicht weißt, werde ich dir zur Seite stehen."

Die Worte hallten in Lyria nach, und sie fühlte einen inneren Frieden, der sich ausbreitete, als sie sich gegen den kühlen Boden des Waldes lehnte. Riven hatte nicht nur das Wissen um den Wald, sondern auch das Vertrauen in sich selbst, das sie dringend brauchte. Die Stunden vergingen und mit ihnen die Nacht. Der Mond wanderte langsam über den Himmel, und bald begann die Dämmerung sich zu zeigen, die ersten schwachen Lichtstrahlen durchbrachen den Schatten des Waldes. Lyria stand auf, und Riven folgte ihr. Der Morgen war nah, und sie mussten sich auf das vorbereiten, was kommen würde. Doch Lyria wusste, dass sie nicht länger die Tochter eines Königs war, die nur den Wünschen ihres Vaters folgte. Sie hatte sich entschieden, ihren eigenen Weg zu gehen.

„Lass uns gehen", sagte sie entschlossen und drehte sich zu Riven um, ihre Augen auf das Morgengrauen gerichtet.

Er nickte, ein leises Lächeln auf den Lippen, als er ihren Blick erfasste. „Wohin willst du?"

„Weit weg von hier", antwortete sie und ließ ihre Hand in die seine gleiten. „So weit, wie es nötig ist."

Gemeinsam gingen sie den steilen Weg hinauf, durch den Wald, und jeder Schritt, den sie taten, brachte sie weiter von allem entfernt, was sie gekannt hatte. Der Palast, ihr Vater, die Hochzeit – all das verblasste, während der Wald sie einhüllte und der Tag anbrach. Ein neuer Anfang lag vor ihr, und sie wusste, dass sie diesen Weg nicht alleine gehen musste.

Doch in ihrem Inneren wusste sie auch, dass der Weg, den sie gewählt hatte, gefährlich und unsicher war. Aber es war der einzige Weg, der ihr noch offen stand.

„Ich habe keine Ahnung, was uns erwartet", sagte sie leise, „aber ich weiß, dass es meine Entscheidung ist."

„Und ich werde dir helfen, sie zu verteidigen", antwortete Riven. Gemeinsam gingen sie weiter, der Wald vor ihnen noch unberührt von den Tränen und Ängsten, die sie hinter sich gelassen hatten, während die Sonne langsam den Horizont erleuchtete.

Die Sonne war inzwischen vollständig aufgegangen,

und das goldene Licht durchbrach den dichten Wald, wo es in den moosbewachsenen Boden tauchte und die Natur in weiches, fast magisches Licht hüllte. Lyria ging neben Riven, und die frische Luft, die sie umgab, fühlte sich befreiend an. Sie war weit weg von allem, was sie gekannt hatte. Der Palast, die Regeln, der Druck ihrer königlichen Verantwortung – all das war in der Ferne. Doch noch immer hallte der Klang des bevorstehenden Ungewissen in ihrem Kopf. Riven hatte ihr versprochen, dass er sie sicher nach Hause bringen würde – nach seinem Zuhause, der Welt der Schattenelfen, die sie noch nie gesehen hatte. Ein Gedanke, der gleichermaßen faszinierend und beängstigend war.

Nach einer Weile bogen sie von dem schmalen Pfad ab, der sie durch den Wald führte, und Riven führte sie zu einem massiven, hohlen Baum, der hoch und ehrwürdig in den Himmel ragte. Die Rinde war von Moos und Efeu überwuchert, und der Eingang zu dem Baum war mit einer feinen Schicht aus silbrigem Nebel bedeckt, der von einer unsichtbaren Quelle zu stammen schien. Es war, als ob der Baum selbst in der Dunkelheit lebte und sich in die Erde und in das Herz des Waldes verwurzelt hatte.

„Dieser Baum ist ein Portal zwischen den Welten", sagte Riven, als er mit ruhiger Hand die Nebelschicht beiseite schob und Lyria einlud, einzutreten. „Nicht alle Schattenelfen haben Zugang zu diesem Ort, aber diejenigen, die es haben, können ihre Essenz in die Dunkelheit legen und die Energie des Waldes in sich aufnehmen."

Lyria stand noch einen Moment zögernd vor dem

Baum. Es fühlte sich surreal an, hier in diesem uralten Ort zu stehen – weit entfernt von der sicheren, bekannten Welt des Palastes, und doch war sie immer noch von der Gewissheit umgeben, dass sie sich nicht mehr umkehren konnte. Diese Entscheidung, mit Riven zu fliehen, war endgültig. Doch die Dunkelheit des Waldes und der geheimnisvolle Baum hielten sie im Bann. Sie atmete tief ein und betrat den hohlen Baum, das Gefühl des Unbekannten auf ihrer Haut.

Im Inneren des Baumes war es kühl, doch gleichzeitig war eine seltsame Wärme in der Luft spürbar. Der Raum war groß genug, um sich darin zu bewegen, aber dennoch hielt die Dunkelheit eine gewisse Enge aufrecht. Riven zog einen der dicken, weich wirkenden Felle aus einem Eckbereich und legte es sanft auf den Boden. „Du kannst dich hier für die Nacht ausruhen", sagte er leise und warf einen Blick auf den weiten Wald, der sich durch den Baum hindurch erstreckte. „Warum hier? Warum nicht weiter?" „Weil du erst verstehen musst, was dich erwartet", antwortete er mit einem geheimnisvollen Lächeln. „Die Welt der Schattenelfen ist nicht nur eine andere Heimat, es ist eine andere Existenzweise. Du wirst von ihr geprägt, du wirst ein Teil von ihr. Doch du musst bereit sein, diese Reise mit einem offenen Herzen zu beginnen."

Lyria setzte sich auf das Fell und spürte, wie die Dunkelheit des Raumes sie zu umhüllen begann. Die Luft war anders hier – sie war schwer und doch lebendig, durchzogen von einer fremden Energie. Es war, als ob der Baum selbst in der Lage war, das Licht des Waldes zu absorbieren und nur das Nötigste freizugeben, um in diesem Raum der Schatten zu leben. Etwas in ihr sträubte sich dagegen, in diesem Moment innezuhalten, aber sie wusste, dass sie nicht weitermachen konnte, ohne mehr zu wissen.

„Was meinst du mit ‚verstehen'?" fragte sie schließlich, ihre Stimme zögerlich. Sie wollte Antworten, wollte wissen, was es bedeutete, die Schattenelfen zu verstehen. Was bedeutete es, ein Teil ihrer Welt zu sein?

Riven setzte sich neben sie, und als er sprach, war seine Stimme ruhig und voller Weisheit. „Die Welt der Schattenelfen ist anders. Nicht nur der Wald, nicht nur der Nebel, sondern die Art, wie wir die Dinge sehen, wie wir leben. Wir sind nicht wie die Lichtelfen. Unsere Magie ist subtiler, tiefer. Sie lebt in der Dunkelheit, in den Schatten, in den Momenten, in denen nichts gesagt wird, aber alles gehört werden kann. Wir binden uns nicht an die Sonne, sondern an den Mond und die Nacht. Wir hören die unsichtbaren Melodien des Waldes und lernen, uns mit ihm zu verbinden."

Lyria nickte, obwohl sie nicht ganz verstand, was er meinte. Ihre Gedanken drifteten zwischen den Worten hin und her, und sie konnte den Vergleich mit ihrem eigenen Leben nicht ausblenden. Die Welt der Lichtelfen, in der alles geordnet und vorbestimmt war, kam ihr nun so fern vor. Sie hatte immer das Gefühl gehabt, dass sie in einem Käfig lebte, der von außen betrachtet golden schien, aber den sie nicht verlassen konnte. Und nun war sie hier, in einem Reich, das ihr völlig fremd war, aber gleichzeitig fühlte sie sich freier als je zuvor.

„Und was passiert, wenn ich… wenn ich mich mit dieser Welt verbinde?" Ihre Stimme war kaum mehr als ein Flüstern, aber in den stillen Raum hallte die Frage nach.

„Du wirst Teil von etwas Größerem werden", sagte Riven. „Die Schattenelfen leben im Einklang mit dem Wald. Unsere Magie kommt nicht aus uns, sondern aus der Verbindung, die wir mit allem um uns herum eingehen. Du würdest lernen, zu hören, was andere nicht hören, zu sehen, was im Verborgenen liegt. Du würdest lernen, mit der Dunkelheit zu leben und in ihr zu atmen."

„Und die anderen... die Lichtelfen?" Riven schüttelte leicht den Kopf. „Die Lichtelfen leben in einer anderen Welt. Sie glauben, dass Licht und Sonne die einzige wahre Quelle der Magie sind. Aber in Wirklichkeit sind auch die Schatten und die Dunkelheit ein Teil des Ganzen. Es ist nur eine andere Seite der gleichen Medaille."

Lyria schloss die Augen und ließ sich von den Worten in den Bann ziehen. Sie wusste, dass sie an einem Wendepunkt stand – der Moment, in dem sie sich entscheiden musste, ob sie in diese dunkle, geheimnisvolle Welt eintauchen konnte. Es war ein Sprung in das Unbekannte, und sie wusste nicht, ob sie bereit war. Aber sie konnte auch nicht mehr zurückkehren.

„Ich werde es verstehen müssen, oder?" fragte sie. Riven nickte, und für einen Moment lag ein Schweigen zwischen ihnen, während die Dunkelheit des Baumes sie sanft umhüllte. Es war ein Moment der Ruhe, aber auch des Neubeginns. Sie waren zusammen in einem Raum voller Geheimnisse, und Lyria fühlte, wie sich in ihr etwas veränderte.

„Ja", sagte Riven schließlich. „Und du wirst die Wahrheit über dich selbst finden."

Lyria saß still, ihre Gedanken in den weichen, flimmernden Schatten des Baumes verfangen. Riven sprach in einer Weise, die sowohl beruhigend als auch faszinierend war. Als er von seiner Familie erzählte, spürte sie eine unerwartete Verbindung zu ihm, als ob sie plötzlich mehr über ihn erfuhr, als er jemals in seiner geheimen, zurückhaltenden Art preisgegeben hatte.

„Die Schattenelfen...", begann er leise, seine Stimme so tief und durchdringend wie der Wald um sie herum, „wir sind keine typischen Elfen, wie sie die Lichtelfen verstehen. Wir sind weniger an den üblichen Machtstrukturen interessiert. Unsere Gesellschaft ist nicht hierarchisch oder politisch – sie lebt in Harmonie mit der Natur. Unsere Entscheidungen treffen wir gemeinsam, basierend auf dem Wissen, das der Wald uns lehrt. Wir hören, was er uns sagt, wir spüren, was er braucht."

Lyria nickte, spürte jedoch, dass er mit einer gewissen Sehnsucht sprach, die in den Worten mitschwang, als wolle er mehr über seine eigene Herkunft und seine Verpflichtungen berichten. Sie spürte, dass sie mehr erfahren wollte, dass dieses Gespräch ihr eine neue Sicht auf das Leben der Schattenelfen eröffnen würde.

„Und deine Familie?", fragte sie vorsichtig, als wollte sie die Tür zu mehr öffnen.

Rivens Augen verfinsterten sich für einen Moment, als ob er über die Frage nachdachte. Dann fuhr er fort.

„Meine Eltern sind nicht mehr hier. Sie... sie wurden vor vielen Jahren von den Kriegen der anderen Völker ergriffen. Wir Schattenelfen haben lange Zeit in Isolation gelebt, weil wir uns von den Kämpfen der Lichtelfen und der anderen Elfenstämme fernhalten wollten. Aber das bedeutet nicht, dass wir untätig waren. Wir wussten immer, dass eines Tages der Frieden zurückkehren musste. Und wir haben die Hoffnung nie aufgegeben, dass sich dieser Moment eines Tages zeigen würde."

Lyria hörte aufmerksam zu, ihr Herz schwer vor Mitgefühl und Verständnis. Riven hatte ihr schon zuvor seine Unabhängigkeit und die dunkle Schönheit seines Volkes nahegebracht, aber jetzt schien er sich zu öffnen und ließ die Wunden der Vergangenheit durchscheinen.

„Was wünschst du dir für deine Familie?" fragte sie, etwas verunsichert, wie eine Frage, die mehr von ihr selbst als von ihm beantwortet werden wollte.

„Frieden." Seine Antwort kam schnell und bestimmt. „Seit Jahrhunderten haben wir uns nach Frieden gesehnt. Doch nicht nur der Frieden mit den anderen Elfen. Der Frieden in unseren Herzen, der Frieden mit der Dunkelheit und der Stille des Waldes. Wir brauchen keine Kriege oder Kämpfe. Wir sind ein Volk, das in Harmonie mit der Natur lebt und überlebt hat. Was wir brauchen, ist Akzeptanz, und vielleicht ein wenig Verständnis von denen, die uns nie wirklich gesehen haben."

Lyria schluckte, während die Worte in ihrem Geist nachhallten. Frieden. Sie konnte sich vorstellen, dass diese Sehnsucht in einem so alten Volk wie den

Schattenelfen tief verwurzelt war, und sie spürte eine wachsende Bewunderung für die Werte, die sie vertraten.

„Und du denkst, dass sie sich über meinen Besuch freuen werden?", fragte Lyria, als eine gewisse Unsicherheit in ihr aufkam. War sie nicht nur ein Gast, sondern ein Symbol des unbekannten, des anderen, das ihre Welt betreten würde? Konnte sie überhaupt etwas bieten, das diesen Wunsch nach Frieden in ihrem Volk unterstützen würde?

Riven sah sie an, ein zartes Lächeln spielte auf seinen Lippen. „Ja. Sie werden sich freuen. Du bist keine gewöhnliche Besucherin. Du bist die, die mit uns den ersten Schritt geht. Die, die den Wald betritt und ihm ein neues Gesicht zeigt. Sie wissen, dass der Frieden in der Welt der Lichtelfen möglicherweise ein unsicherer Traum bleibt. Doch du bist etwas anderes. Du bist eine der ihren, und doch entscheidest du dich für das, was das Reich der Dunkelheit repräsentiert. Deine Entscheidung, mit uns zu kommen, ist der erste Schritt, diese Brücke zu schlagen."

Seine Worte beruhigten Lyria ein wenig, aber in ihrem Inneren wuchs eine andere Frage. Sie hatte das Gefühl, dass sie mehr in sich tragen musste, mehr zu bieten hatte, um dieses neue Land, in das sie eintauchte, wirklich zu verstehen. Es ging nicht nur um ihre Reise mit Riven. Es ging um ihre Verbindung zu dieser anderen Welt, zu den Schattenelfen, die vielleicht nie von ihr erwartet hatten, dass sie ihre Hand ausstreckt, dass sie ihre Dunkelheit zu ihrer eigenen macht.

„Was, wenn ich nicht bereit bin?", fragte sie sanft.

„Was, wenn ich diese Welt nicht verstehen kann?"

„Du musst es nicht sofort verstehen", antwortete Riven, seine Stimme wie ein beruhigendes Murmeln. „Der Wald und seine Bewohner werden dir Zeit geben. Wir erdrücken niemanden mit Erwartungen. Du wirst die Antworten auf deine Fragen finden – in deinem eigenen Tempo. Du musst nicht perfekt sein, Lyria. Du musst nur offen sein, bereit, den Wald mit den Augen eines Reisenden zu sehen."

Sie schloss die Augen und ließ sich von seinen Worten durchdringen. Irgendwo in ihr wuchs das Gefühl, dass sie sich diesem neuen Kapitel ihres Lebens hingeben konnte. Es war keine Frage mehr, ob sie sich dieser Welt stellen konnte. Es war eine Frage des Glaubens – an sich selbst, an Riven und an die Möglichkeit eines Neuanfangs, fern von allem, was sie bisher gekannt hatte.

Als sie die Augen wieder öffnete, trafen sich ihre Blicke mit Rivens, und sie wusste, dass sie in diesem Moment nicht nur eine Entscheidung getroffen hatte, sondern sich auch selbst gefunden hatte.

„Ich bin bereit, Riven", sagte sie schließlich, ihre Stimme ruhig, aber voller Entschlossenheit. „Ich werde diese Reise mit dir antreten."

Riven nickte, und ein Gefühl von Erleichterung und Hoffnung erfasste sie beide. Sie standen gemeinsam auf, der Wald weitete sich um sie, und die Dunkelheit des Waldes schien weniger bedrohlich, als sie es sich immer vorgestellt hatte. Sie waren nicht nur auf einer Reise zu einem anderen Ort. Sie waren auf einer Reise zu sich selbst.

Als die Nacht weiter in den Himmel kroch, wurde die Luft zwischen Lyria und Riven dichter, als ihre Blicke sich begegneten. Die Spannung, die sie beide unbewusst aufgebaut hatten, fand ihren Höhepunkt, als Riven vorsichtig ihre Hand ergriff und sie sanft näher zog. Ihre Herzen schlugen schneller, als sie sich näherkamen, und ohne ein weiteres Wort legte er seine Arme um sie, als ob er sie vor der Welt schützen wollte. Die Stille der Nacht umhüllte sie, und sie spürte, wie der Kummer und die Sorgen der letzten Tage von ihr abfielen. In dieser Umarmung fand sie eine Art von Frieden, den sie schon so lange nicht mehr gekannt hatte. Riven war mehr als nur der mysteriöse Schattenelf, er war jemand, der sie verstand, der ihre innere Zerrissenheit wahrnahm und sie dennoch in diesem Moment annahm.

Ihre Nähe war nicht nur ein körperliches Verlangen, sondern auch ein tiefes, emotionales Band, das sie einander näher brachte. Langsam, fast zärtlich, ließen sie sich in die weichen Moospolster des Waldbodens sinken, und sie schlossen die Augen, als ihre Körper in eine natürliche Harmonie fielen.

Die Nacht zog weiter, und sie ließen sich in die Welt der Schattenelfen und ihrer eigenen Gefühle treiben. Lyria spürte, wie eine Verbindung zwischen ihnen wuchs, etwas, das über Worte hinausging. In den stillen Momenten, als ihre Körper sich aneinander schmiegt und ihre Gedanken sich vermischten, vergaß sie für einen Augenblick die Welt außerhalb dieses Waldes. Lyria schlief schließlich ein, ihre Stirn an seiner Brust ruhend. Die sanften Atemzüge von Riven ließen sie in einen tiefen, beruhigenden Schlaf gleiten. Die

Dunkelheit der Nacht umhüllte sie, während sie in einem Moment völliger Ruhe und Geborgenheit versank, in einem Wald, der ihre beiden Welten miteinander verband.

Die Morgensonne tauchte den Wald in ein sanftes, goldenes Licht, als Lyria langsam die Augen öffnete. Sie spürte die Wärme von Rivens Körper neben sich, seinen ruhigen Atem und die Sicherheit, die seine Nähe ihr gab. Für einen Moment vergaß sie alles – die bevorstehende Hochzeit, die Wut ihres Vaters, die unüberbrückbaren Unterschiede zwischen ihren Völkern. Hier, in diesem Moment, war sie einfach nur Lyria. Und Riven war Riven.

Tari, der zusammengerollt an ihren Füßen geschlafen hatte, reckte sich und gähnte herzhaft. Als er bemerkte, dass Lyria wach war, sprang er mit einem leichten Laut auf ihren Bauch und sah sie mit seinen leuchtenden Augen neugierig an. Sie kraulte sanft sein weiches Fell, bevor sie sich langsam aufrichtete. Riven bewegte sich neben ihr und öffnete blinzelnd die Augen.

„Guten Morgen", murmelte er mit einer tiefen, rauen Stimme.

„Guten Morgen", erwiderte sie leise und schenkte ihm ein Lächeln. Sie blieben noch einen Moment so sitzen, bis Riven schließlich aufstand und ihr eine Hand entgegenstreckte. „Komm, wir sollten weiter. Mein Zuhause ist nicht mehr weit."

Lyria nahm seine Hand, ließ sich hochziehen und klopfte die Moosreste von ihrem Kleid. Der Gedanke, die Welt der Schattenelfen zu betreten, ließ ihre Aufregung steigen – aber auch ihre Unsicherheit.

Würde sie dort willkommen sein? Was, wenn sie dort genauso gefangen sein würde wie im Palast ihres Vaters?

Sie schüttelte die Zweifel ab, als sie sich an Rivens Worte von letzter Nacht erinnerte. Er hatte ihr versichert, dass die Schattenelfen sich nach Frieden sehnten. Und er hatte keinen Grund, sie zu belügen.

Gemeinsam machten sie sich auf den Weg, Tari trottete neugierig zwischen ihnen her. Der Wald um sie herum wurde allmählich dunkler, die Bäume dichter, und die Luft kühler. Dennoch fühlte sich nichts an diesem Ort bedrohlich an – im Gegenteil, es war eine andere Art von Schönheit, eine, die sich von den schimmernden Wäldern ihrer Heimat unterschied, aber nicht weniger faszinierend war.

Nach einer Weile blieb Riven stehen, bückte sich und pflückte eine Handvoll kleiner, dunkelblauer Beeren von einem niedrigen Strauch. Er drehte sich zu Lyria um und hielt ihr eine hin.

„Probier mal", forderte er sie mit einem leichten Lächeln auf.

Lyria betrachtete die Beeren skeptisch. Sie hatte sie noch nie zuvor gesehen – und dabei kannte sie beinahe jede Pflanze in Vaeloria. „Was ist das?"

„Mondbeeren. Sie wachsen nur im Schatten und schmecken süß, fast wie Honig."

Sie nahm vorsichtig eine der Beeren und legte sie auf ihre Zunge. Sofort breitete sich eine angenehme Süße in ihrem Mund aus, gefolgt von einem Hauch kühler Frische, als hätte sie Tau getrunken.

„Sie sind köstlich", stellte sie überrascht fest und nahm noch eine. Riven grinste. „Ich wusste, dass sie dir gefallen würden."

Sie aßen eine Weile schweigend, bevor sie weitergingen. Lyria fühlte sich mit jedem Schritt, den sie in Rivens Welt tat, leichter. Vielleicht war sie tatsächlich auf dem richtigen Weg. Vielleicht gab es für sie doch eine Zukunft jenseits der Fesseln, die ihr auferlegt worden waren.

Kaum hatten sie den schmalen Pfad zwischen den Bäumen hinter sich gelassen, hörte Lyria plötzlich das dumpfe Geräusch von Hufen, die den weichen Waldboden berührten. Ihr Herz setzte für einen Moment aus, bevor es doppelt so schnell weiterzuschlagen schien.

Riven reagierte sofort. Ohne ein Wort zu verlieren, packte er sanft aber bestimmt ihre Hand und zog sie hinter eine große, moosbewachsene Wurzel, die sich am Fuße eines alten Baumes wölbte. Tari, als hätte er die Gefahr ebenfalls gespürt, duckte sich instinktiv neben Lyria ins Unterholz.

Lyria hielt den Atem an und spähte vorsichtig zwischen den Blättern hindurch. Ihr Magen zog sich zusammen, als sie eine vertraute Gestalt im fahlen Morgenlicht erkannte.

Faelan. Er saß auf Elarion, seinem prächtigen schwarzen Hengst, und ritt langsam zwischen den Bäumen hindurch. Seine Haltung war angespannt, als würde er jeden Schatten mustern, jede Bewegung aufmerksam verfolgen. Er trug seine übliche Jagdkleidung, doch es war nicht die Kleidung eines Mannes, der nur auf der Suche nach Wild war. Er suchte etwas – oder jemanden.

Sie. Lyria presste die Lippen aufeinander. Ihr Vater hatte sicher schon bemerkt, dass sie verschwunden war. Und Faelan hatte sich freiwillig angeboten, nach ihr zu suchen. Natürlich hatte er das. Er würde sie immer wieder zu sich zurückholen, so lange, bis sie keinen anderen Ausweg mehr sah.

Riven spürte ihre Anspannung. Ganz langsam lehnte er sich näher zu ihr, bis sein Atem ihre Wange streifte. „Er darf uns nicht sehen", flüsterte er kaum hörbar.

Lyria nickte. Ihr Herz hämmerte, als Faelan nur wenige Meter an ihnen vorbeiritt. Elarions Hufe traten leise auf, Faelan hielt die Zügel locker, doch seine Augen durchbohrten jeden Schatten.

Ein Windstoß ließ einige Blätter rascheln, und Lyria fürchtete für einen Moment, dass sie entdeckt worden waren. Doch dann ritt Faelan weiter. Sein Blick wanderte über die Bäume, aber er hielt nicht an. Nach einer Weile verschwand er zwischen den Büschen, das Geräusch der Hufe wurde leiser, bis es schließlich völlig verstummte.

Lyria wagte es kaum zu atmen. Erst als Riven sich langsam aus ihrer versteckten Position erhob, folgte sie ihm und ließ die angestaute Luft aus ihren Lungen entweichen.

„Das war zu knapp", murmelte sie. Riven musterte sie mit scharfen Augen. „Er gibt nicht auf." „Nein", bestätigte sie leise. „Er wird mich weiter suchen. Und wenn er mich findet, wird er mich zurückbringen."

Riven trat näher. „Dann müssen wir schneller sein." Lyria spürte die Dringlichkeit in seiner Stimme, aber auch die Entschlossenheit. Sie wusste nicht, was auf sie wartete, aber eines war klar: Zurück konnte sie nicht mehr. Sie war auf diesem Weg nicht allein.

Lyria und Riven warteten noch eine Weile in ihrem Versteck, bis sie sicher waren, dass Faelan endgültig verschwunden war. Dann setzten sie ihren Weg fort, wobei Riven noch aufmerksamer als zuvor die Umgebung im Auge behielt.

Der Wald wurde dunkler, je weiter sie gingen. Nicht, weil es an Tageslicht mangelte, sondern weil die Bäume hier anders waren. Ihre Blätter schimmerten in dunklen Blau- und Violetttönen, und aus der Erde wuchsen leuchtende Pilze, die sanft in einem tiefen Lila glühten. Lyria hatte noch nie etwas Vergleichbares gesehen.

„Wir sind fast da", sagte Riven und deutete auf einen kaum sichtbaren Pfad zwischen den Schatten der Bäume.

Lyria folgte ihm, während Tari neugierig an ihrer Seite lief. Der kleine Mondfuchs schien sich in dieser fremden Umgebung wohlzufühlen, als gehörte sie genauso zu ihm wie zu Riven.

Gerade als Lyria sich sicher fühlte, hörte sie ein tiefes Knurren. Ihr Körper versteifte sich, und sie drehte sich ruckartig um.

Aus den Schatten trat eine große, katzenartige Kreatur mit dunklem Fell, das in der Dämmerung beinahe mit der Umgebung verschmolz. Ihre Augen funkelten in einem unheimlichen Goldton, und die langen Krallen hinterließen tiefe Furchen im Waldboden.

„Bleib ruhig", flüsterte Riven und stellte sich vor Lyria. Die Kreatur fauchte und trat einen Schritt näher.

Lyria griff instinktiv nach ihrem Dolch, den sie in ihrem

Schuh stecken hatte, doch bevor sie etwas tun konnte, hob Riven langsam die Hand. Eine dunkle, schattenhafte Energie pulsierte um seine Finger, und er sprach mit ruhiger, fester Stimme eine Reihe von Worten in einer Sprache, die Lyria nicht verstand.

Das Wesen starrte ihn für einen Moment an – dann ließ es ein kehliges Geräusch hören und zog sich langsam zurück, bis es wieder in den Schatten verschwand.

Lyria atmete schwer. „Was war das?" „Ein Dunkelpanther", erklärte Riven, während er sich umdrehte und sie musterte. „Sie sind Wächter unseres Reiches. Er hat mich erkannt – sonst hätten wir kämpfen müssen."

Lyria schluckte. Sie war noch nie so nah an einer Kreatur gewesen, die sie als potenzielle Bedrohung hätte einstufen müssen.

Riven legte eine Hand auf ihre Schulter. „Du bist sicher. Ich lasse nicht zu, dass dir etwas passiert."

Lyria sah ihn an, ihre Angst wich langsam einem tiefen Vertrauen. Schließlich setzten sie ihren Weg fort. Der Wald wurde noch dunkler, doch dann, nach einigen Minuten, traten sie aus den Bäumen heraus – und Lyria blieb wie angewurzelt stehen.

Vor ihr erstreckte sich eine Stadt aus schimmerndem schwarzem Stein, deren Gebäude sich in kunstvollen Bögen in die Höhe reckten. Zwischen ihnen schwebten kleine Lichtkugeln, die alles in ein geheimnisvolles Glühen tauchten.

Schattenelfen bewegten sich durch die Straßen, ihre Silhouetten schlank und elegant. Manche blieben stehen und starrten in ihre Richtung, als sie Riven und die Fremde an seiner Seite erblickten.

„Willkommen in meiner Heimat", sagte Riven leise.
Lyria konnte nichts erwidern. Sie war zu fasziniert –
und ahnte nicht, dass diese Welt ihr Leben für immer
verändern würde.

Lyria spürte die Blicke der Schattenelfen auf sich,
während sie Riven durch die Straßen folgte. Es war
kein feindseliges Starren, eher eine Mischung aus
Neugier und Argwohn. Manche Elfen flüsterten
miteinander, andere traten beiseite, um ihr Platz zu
machen, doch ihre Augen blieben auf sie gerichtet.
Tari tappte eng an ihrer Seite und zuckte nervös mit
den Ohren. Auch er schien zu spüren, dass sie hier
nicht unbemerkt bleiben würden.
„Warum schauen sie mich so an?" flüsterte Lyria.
„Du bist die erste Lichtelfe, die je unsere Stadt betreten
hat", erwiderte Riven ruhig. „Sie wissen nicht, was sie
von dir halten sollen."
Lyria spürte, wie ihr Herz schneller schlug. Die engen
Gassen und die zunehmende Anzahl von
Schattenelfen, die ihnen folgten, verstärkten ihr
Unbehagen. Sie hatte gehofft, in Rivens Welt für eine
Weile Ruhe zu finden, aber nun fühlte sie sich wie eine
Fremde, die fehl am Platz war.
„Komm, wir sollten uns beeilen." Riven nahm sanft ihre
Hand, um sie schneller durch die Straßen zu lotsen.
Lyria ließ es zu, ihre Finger umschlossen seine,
während sie ihm durch das Gewirr der Stadt folgte. Die
Häuser aus dunklem Stein waren kunstvoll verziert,
ihre Fassaden mit feinen Mustern durchzogen, die im
schwachen Licht der schwebenden Kugeln
schimmerten.

Doch sie hatte keine Zeit, all die Details zu bestaunen. Hinter ihnen wuchs die Gruppe an neugierigen Schattenelfen, und Lyria fühlte sich immer unwohler unter ihren Blicken.

Endlich bog Riven in eine schmale Seitenstraße ab, die steil anstieg. Sie führte auf eine große, uralte Baumkrone zu, in der ein kunstvoll gefertigtes Haus verborgen lag. Mehrere geschwungene Stege verbanden es mit anderen Baumhäusern in der Nähe. Riven ließ erst ihre Hand los, als sie eine kleine Treppe aus dunklem Holz erreichten. „Hier sind wir sicher", sagte er.

Er zog einen Schlüssel hervor, öffnete die kunstvoll verzierte Tür und ließ Lyria und Tari eintreten.

Kaum hatte sich die Tür hinter ihnen geschlossen, ließ Lyria sich erschöpft auf das weiche Fell am Boden sinken. „Das war… anstrengender als erwartet."

Riven setzte sich neben sie, sein Blick ruhiger als noch vor wenigen Minuten. „Es wird sich legen. Sie brauchen nur Zeit, um sich an dich zu gewöhnen."

Lyria schloss kurz die Augen, versuchte ihre Gedanken zu ordnen. Dann sah sie ihn an. „Und was ist mit deiner Familie? Wissen sie, dass ich hier bin?"

Riven lehnte sich zurück und ließ den Blick über den Raum schweifen. „Noch nicht. Aber das wird sich bald ändern."

Lyria wusste nicht, ob sie sich darauf freuen oder davor fürchten sollte.

Lyria spürte die Erschöpfung in ihren Knochen. Die langen Stunden der Flucht, die angespannte Ankunft und die unzähligen Blicke, die sie verfolgt hatten,

lasteten schwer auf ihr. Als sie das weiche, dunkle Fell
auf Rivens Bett sah, konnte sie nicht widerstehen. Sie
legte sich vorsichtig hin und zog die Decke über sich.
Tari sprang lautlos dazu, schmiegte sich eng an sie und
schnurrte leise. Seine Wärme beruhigte sie, und für
einen Moment ließ sie sich in das Gefühl von Sicherheit
fallen, das Rivens Zuhause ausstrahlte.

Riven stand noch immer am Fenster, seine Silhouette
zeichnete sich gegen das schwache Licht ab, das von
den schwebenden Laternen draußen herüber flackerte.
„Ruh dich aus, ich bleibe in der Nähe", sagte er leise.
Lyria wollte noch etwas sagen, doch bevor sie eine
Antwort finden konnte, fiel ihre Atmung tiefer, und ihre
Lider wurden schwer.

Gerade als sie in den Schlaf hinübergleiten wollte,
klopfte es plötzlich an der Tür. Das Geräusch war fest,
aber nicht ungeduldig. Tari hob ruckartig den Kopf, und
Riven wirbelte herum.

Lyria blinzelte verschlafen. „Wer kann das sein?"
flüsterte sie.

Riven ging langsam zur Tür, legte eine Hand an das
Holz und schloss für einen Moment die Augen, als
könnte er die Person dahinter spüren. Dann atmete er
tief durch und öffnete sie vorsichtig.

Draußen stand eine ältere Schattenelfe mit silbernen
Haaren, die in einem kunstvollen Zopf geflochten
waren. Ihre dunkle Haut hatte feine Linien, die ihr
Gesicht weise, aber auch streng wirken ließen. Ihre
bernsteinfarbenen Augen musterten Riven mit ruhiger
Bestimmtheit, bevor ihr Blick an ihm vorbei in den
Raum glitt und auf Lyria fiel.

„Also ist es wahr", sagte die alte Frau leise. Ihre

Stimme war sanft, aber voller Autorität.

Riven ließ sie ein, trat beiseite und schloss die Tür hinter ihr. „Großmutter", sagte er mit einer Mischung aus Respekt und Vorsicht.

Lyria setzte sich langsam auf, ihre Finger krallten sich unbewusst in die Decke. Sie hatte erwartet, Rivens Familie bald kennenzulernen – aber nicht so.

Die alte Elfe musterte sie lange, dann nickte sie leicht. „Eine Lichtelfe in meinem Haus. Wer hätte das gedacht?"

Lyria wusste nicht, was sie sagen sollte. Also schwieg sie, während die alte Frau weiter sprach. „Ich habe von deiner Ankunft gehört. Die ganze Stadt spricht darüber."

Riven verzog leicht das Gesicht. „Das habe ich mir gedacht." Die Großmutter trat näher, ihre Bewegungen fließend und elegant. „Kind, weißt du eigentlich, was es bedeutet, hier zu sein?"

Lyria schluckte. Sie wusste, dass diese Frage nicht leichtfertig gestellt wurde. „Ich weiß nur, dass ich nirgendwo anders hin konnte."

Die alte Elfe musterte sie noch einen Moment, dann seufzte sie leise. „Dann sollten wir reden."

Lyria spürte, wie ihr Herz schneller schlug. Die Art, wie Rivens Großmutter sie ansah, war nicht feindselig, aber auch nicht besonders warm. Es war eher ein prüfender Blick, als würde sie durch Lyrias Fassade hindurchsehen.

„Setz dich zu mir", sagte die alte Elfe schließlich und nahm auf einem kunstvoll geschnitzten Hocker Platz. Lyria warf Riven einen kurzen Blick zu, doch er nickte ihr nur ermutigend zu. Also schob sie die Decke beiseite, stand langsam auf und setzte sich mit geradem Rücken gegenüber der älteren Frau. Tari sprang auf ihren Schoß und sah die Schattenelfe mit wachsamen Augen an.

„Ich bin Meara", stellte sich Rivens Großmutter vor. „Und du bist also die Lichtelfe, die bereit war, ihr Zuhause hinter sich zu lassen."

„Ich bin Lyria", antwortete sie leise.

Meara nickte und faltete die Hände auf ihrem Schoß.

„Weißt du, Lyria, deine Ankunft wird nicht ohne Folgen bleiben. Viele haben dich heute gesehen, und nicht jeder wird erfreut darüber sein."

Lyria schluckte. „Ich verstehe, dass es ungewöhnlich ist…"

Meara hob eine Braue. „Ungewöhnlich ist kein Ausdruck. Du bist die Tochter von König Vaelthoren, und deine Anwesenheit hier wird Fragen aufwerfen. Warum bist du wirklich hier? Was suchst du?"

Lyria spürte den Druck in ihrer Brust. „Ich wollte nur frei sein. Ich wollte der Ehe entkommen, zu der ich gezwungen werde."

Mearas Augen verengten sich leicht. „Und du glaubst, dass Freiheit bedeutet, vor etwas davonzulaufen?"

Lyria fühlte sich ertappt. Sie senkte den Blick, fuhr mit der Hand über Taris weiches Fell und suchte nach einer Antwort. „Ich weiß es nicht. Aber ich wusste, dass ich dort nicht bleiben konnte."

Meara schwieg einen Moment, dann sah sie zu Riven.

„Und du hast sie mitgebracht, ohne zu überlegen, welche Konsequenzen das für uns alle hat."

Riven kreuzte die Arme vor der Brust. „Ich habe es

überlegt, Großmutter. Und ich stehe zu meiner Entscheidung."

Meara musterte ihn lange, dann seufzte sie. „Nun gut. Was geschehen ist, lässt sich nicht ändern. Aber wenn du wirklich bleiben willst, Lyria, musst du lernen, was es bedeutet, hier zu sein."

Lyria hob langsam den Blick. „Was meint Ihr damit?"

Meara lehnte sich vor. „Unsere Welt ist nicht wie deine. Hier gibt es keine Paläste, keine Bälle und keine höfischen Intrigen. Es gibt Gesetze, und nicht jeder wird dich mit offenen Armen empfangen. Du wirst dich beweisen müssen – nicht nur vor unserem Volk, sondern vor dir selbst."

Lyria schluckte. „Ich bin bereit zu lernen."

Meara musterte sie lange, dann stand sie auf. „Gut. Dann werden wir morgen beginnen."

Ohne ein weiteres Wort verließ sie das Baumhaus, ihre Gestalt verschmolz beinahe mit den Schatten der Nacht.

Lyria atmete tief durch und ließ sich zurück in die weichen Felle sinken. Riven setzte sich neben sie, nahm ihre Hand in seine und sah sie eindringlich an. „Es wird nicht leicht werden", sagte er leise.

Lyria erwiderte seinen Blick und drückte seine Hand. „Ich weiß. Aber ich bin bereit."

Riven beobachtete sie für einen Moment, dann nickte er langsam. „Dann werde ich an deiner Seite sein."

Lyria ließ ihren Blick durch das dunkle Zimmer schweifen. Trotz der ungewohnten Umgebung fühlte sie sich hier sicherer als je zuvor im Palast ihres Vaters. Tari rollte sich neben ihr zusammen und atmete ruhig.

„Ich sollte schlafen", murmelte sie schließlich. „Morgen wird ein langer Tag."

Riven strich sanft mit den Fingern über ihren Handrücken, bevor er aufstand. „Ich werde unten Wache halten. Falls jemand Fragen hat oder sich aufregt, will ich derjenige sein, der ihnen antwortet."

Lyria lächelte müde. „Danke."

Er zögerte, als wolle er noch etwas sagen, doch dann zog er die Tür hinter sich zu und ließ sie mit Tari allein.

Am nächsten Morgen wurde Lyria von sanftem Licht geweckt, das durch die Fenster des Baumhauses fiel. Einen Moment lang wusste sie nicht, wo sie war. Dann erinnerte sie sich – an die Flucht, an den Wald, an Riven und an seine Großmutter, die ihr am Vorabend eine Herausforderung gestellt hatte.

Tari reckte sich und blinzelte sie an, bevor er von der Bettkante sprang. Lyria setzte sich auf, fuhr sich durch das zerzauste Haar und stand langsam auf.

Lyria trat vorsichtig die Treppe des Baumhauses hinunter, Tari sprang elegant neben ihr her. Draußen war die Luft kühl und frisch, das Blätterdach ließ nur vereinzelte Lichtstrahlen hindurch. Am Fuß der Treppe stand Riven mit verschränkten Armen, neben ihm Meara, die sie mit scharfem Blick musterte.

„Gut geschlafen?" fragte die alte Schattenelfe ohne Umschweife.

Lyria nickte vorsichtig. „Ja, danke."

Meara neigte leicht den Kopf. „Riven erzählt mir, dass du eine Lichtelfe mit Magie bist." Ihre Augen verengten sich leicht. „Ist das wahr?"

Lyria wechselte einen kurzen Blick mit Riven, der

stumm blieb und sie entscheiden ließ, was sie preisgeben wollte. Sie straffte die Schultern. „Ja, ich habe Magie."

Meara betrachtete sie einen Moment nachdenklich, dann deutete sie auf eine Wurzelbank in der Nähe. „Setz dich zu mir, Kind. Ich will wissen, wer du bist. Wie hast du meinen Enkel kennengelernt?"

Lyria setzte sich neben die alte Elfe, spürte ihre prüfende Aura und zwang sich, ruhig zu bleiben. „Wir haben uns zufällig getroffen", begann sie und erzählte vorsichtig von ihrer ersten Begegnung mit Riven am Waldrand. Sie ließ vieles aus – die intensive Verbindung, die Anziehung, die heimlichen Treffen –, aber sie sprach von ihrer Neugier auf die Schattenelfen, von den Gesprächen und davon, dass Riven ihr die Wahrheit über sein Volk gezeigt hatte.

Meara hörte aufmerksam zu, ihre Augen ruhten die ganze Zeit auf Lyrias Gesicht. Schließlich lehnte sie sich zurück. „Eine Lichtelfe, die sich nicht vor der Dunkelheit fürchtet. Das ist selten."

Lyria schüttelte den Kopf. „Ich habe gelernt, dass die Dunkelheit nichts Bedrohliches ist. Sie ist einfach nur... anders."

Ein kurzes, anerkennendes Lächeln huschte über Mearas Lippen. „Kluges Mädchen." Dann beugte sie sich leicht vor. „Und deine Magie? Welche Gaben hast du?"

Lyria zögerte. Bisher hatte sie ihre Fähigkeiten selten wirklich einsetzen müssen. „Ich kann Pflanzen beeinflussen. Sie wachsen lassen, ihre Essenz spüren."

Meara nickte. „Eine Gabe der Natur. Eine Gabe des

Lebens." Ihr Blick wurde schärfer. „Hast du dich je gefragt, was passiert, wenn eine Magie wie deine auf die unsere trifft?"

Lyria schluckte. Sie hatte keine Antwort darauf. Doch Mearas wissendes Lächeln verriet ihr, dass die alte Elfe sehr genau wusste, welche Möglichkeiten in ihr schlummerten.

„Ich denke, es wird Zeit, dass du es herausfindest", sagte Meara ruhig.

Die Geheimnisse von Velmora

Die nächsten Tage verbrachte Lyria an Mearas Seite und lernte mehr über das Velmora, als sie jemals für möglich gehalten hatte. Riven begleitete sie oft, beobachtete sie mit einem kaum merklichen Lächeln, wenn sie neugierig über die fremde Flora und Fauna staunte.

Der Wald hier war anders als in ihrer Heimat – wilder, ursprünglicher und voller Geheimnisse. Die Pflanzen schienen in einem ewigen Dämmerlicht zu wachsen, ihre Blätter schimmerten in tiefem Blau und Violett, und einige strahlten sogar sanftes Licht aus, wenn man sie berührte.

„Das sind Mondblumen", erklärte Meara eines Morgens, als sie Lyria zu einem kleinen Hain führte. „Sie öffnen sich nur in der Nacht und spenden Licht für jene, die den Weg suchen."

Lyria strich vorsichtig über eine der Blüten und beobachtete fasziniert, wie sie langsam erblühte und dabei ein sanftes, silbriges Leuchten verströmte.

„Unglaublich…", murmelte sie ehrfürchtig.

Meara nickte zufrieden. „Jede Pflanze hier hat eine Bedeutung. Nichts wächst ohne Grund."

Am nächsten Tag brachte Meara sie zu einem klaren Bach, an dessen Ufer eine Gruppe schwarzer Vögel saß. Ihre Federn glänzten wie polierter Obsidian, und ihre Augen leuchteten in einem tiefen Blau.

„Nachtfalken", sagte Riven leise. „Sie sind unsere Boten. Sie überbringen Nachrichten über weite Entfernungen und finden immer den Weg zurück nach

Hause."

Einer der Vögel drehte den Kopf und musterte Lyria mit neugierigem Blick. Zögernd streckte sie die Hand aus, doch noch bevor sie ihn berührte, breitete er seine Flügel aus und flog davon.

Meara lachte leise. „Sie sind wählerisch. Aber wer ihr Vertrauen gewinnt, hat einen Verbündeten fürs Leben."

Lyria sog all diese neuen Eindrücke in sich auf. Es war eine völlig andere Art des Zusammenlebens mit der Natur als in ihrer Heimat. Die Schattenelfen sahen sich nicht als Herrscher über die Natur – sie waren ein Teil von ihr, untrennbar verbunden mit dem, was wuchs und lebte.

Als sie am Abend in Rivens Baumhaus zurückkehrten, setzte sie sich auf den Holzboden und lehnte sich gegen eine der Wände. Tari sprang auf ihren Schoß und sah sie mit seinen großen, silbernen Augen an.

„Es ist so anders hier", sagte sie leise.

Riven setzte sich neben sie. „Bereust du es, hergekommen zu sein?"

Sie schüttelte langsam den Kopf. „Nein. Es fühlt sich… richtig an."

Er lächelte nur leicht und strich ihr sanft eine Haarsträhne aus dem Gesicht. „Dann wirst du noch viel mehr zu entdecken haben."

Als das warme Licht der Laternen in Rivens Baumhaus flackerte, setzte sich Meara auf einen der niedrigen Sessel aus gewebten Ranken und musterte Lyria nachdenklich. Ihre uralten, bernsteinfarbenen Augen schienen tiefer zu sehen, als es möglich sein sollte.

„Dieses Tier…" Ihre Stimme war leise, aber bestimmt,

als sie auf Tari deutete, der zusammengerollt auf Lyrias Schoß lag. „Er ist mehr als nur ein Begleiter, nicht wahr?"

Lyria strich dem kleinen Fuchs über das weiche Fell und nickte. „Seit ich ihn gefunden habe, ist er immer bei mir. Es fühlt sich an, als würde er mich verstehen... fast, als könnte er meine Gedanken fühlen."

Mearas Blick wurde nachdenklich. „Das könnte er vielleicht tatsächlich."

Riven, der bis dahin still zugehört hatte, lehnte sich leicht nach vorn. „Was meinst du damit, Großmutter?"

Die alte Schattenelfe streckte die Hand nach Tari aus, ließ ihn an ihren Fingern schnuppern und berührte dann sanft seine Stirn. Der Fuchs öffnete kurz seine silbernen Augen und sah sie prüfend an, bevor er sich wieder an Lyria schmiegte.

„Es gibt alte Geschichten", begann Meara langsam. „Von Seelentieren. Wesen, die sich an einen Elfen binden – nicht einfach als Gefährten, sondern als Teil ihrer Seele. Sie sind untrennbar miteinander verbunden, spüren die Emotionen und den Schmerz des anderen. Und wenn einer stirbt..." Sie hielt einen Moment inne. „Dann folgt der andere ihm oft kurz darauf."

Lyria spürte, wie sich ein kalter Schauer über ihre Arme legte. Sie hatte schon von solchen Legenden gehört, aber nie wirklich daran geglaubt. Doch jetzt, unter Mearas prüfendem Blick, wirkte es plötzlich so real.

„Und du glaubst, dass Tari..." Sie wagte es kaum, den Satz zu beenden.

Meara nickte langsam. „Ich bin mir sicher. Sein Blick, seine Art, wie er auf dich achtet... das ist kein gewöhnlicher Fuchs. Ihr beide seid verbunden, mehr als du vielleicht bisher verstanden hast."

Lyria senkte den Blick zu Tari, der sich eng an sie schmiegte. Ihr Herz klopfte schneller. Wenn das stimmte… dann war Tari nicht nur ein treuer Freund. Er war ein Teil von ihr.

Riven legte eine Hand auf ihre Schulter und sah sie ernst an. „Das bedeutet auch, dass er in Gefahr ist, wenn du es bist."

Lyria schluckte. Die Vorstellung, dass Tari leiden könnte, wenn ihr etwas zustieß, erfüllte sie mit Angst. „Was kann ich tun?" fragte sie leise.

Meara lächelte sanft. „Lernen. Verstehen. Und vor allem – ihn beschützen, so wie er dich beschützt."

Lyria strich Tari sanft durchs Fell, während ihr Geist von Gedanken über diese neue Offenbarung wirbelte. Sie war hierhergekommen, um dem einen Schicksal zu entfliehen – und hatte stattdessen ein anderes entdeckt, das vielleicht noch größer war, als sie es sich vorgestellt hatte.

Meara beobachtete Lyria aufmerksam und sprach dann, als wäre sie sich ihrer Gedanken schon längst bewusst. „Es gibt noch eine andere Sache, die du wissen solltest, Lyria." Ihre Stimme war sanft, aber mit einer Schärfe, die die Bedeutung ihrer Worte unterstrich.

Lyria sah zu ihr auf, neugierig und etwas besorgt. „Was ist es?"

„Die Bindung zwischen dir und deinem Seelentier, das weißt du sicher, ist nicht nur eine Quelle der Stärke. Sie kann dir auch Türen öffnen, die du bisher nicht gesehen hast. Deine Magie, sie wird sich ändern, wenn du die Verbindung vollständig verstehst. Deine Fähigkeiten könnten weit über das hinausgehen, was du bisher erlebt hast."

Lyria nickte nachdenklich. „Ich habe bereits bemerkt, dass ich mehr und mehr spüre, als nur die Magie in der Luft. Als ob ich mit allem um mich herum verbunden wäre."

„Ja", stimmte Meara zu. „Die Natur von Velmora ist besonders. Ihre Magie ist älter, tiefgründiger und subtiler als die der Lichtelfen. Hier verbindet sich alles miteinander, von den tiefen Wurzeln bis zu den höchsten Ästen, von den Tieren bis zu den Bäumen. Wenn du lernst, in diese Verbindungen einzutauchen, wirst du selbst ein Teil davon werden."

Lyria lauschte, wie von Mearas Worten ein Hauch von Hoffnung und Entschlossenheit in ihr wuchs. Sie konnte sich das alles noch nicht ganz vorstellen, aber der Gedanke, ihre Magie und ihr Schicksal selbst in die Hand zu nehmen, war verlockend. Es fühlte sich nicht mehr wie ein Gefängnis an. Es fühlte sich an, als könnte sie endlich ein Teil von etwas Größerem sein.

„Es wird nicht einfach sein", fügte Meara hinzu, als sie die Spannung in Lyrias Blick sah. „Aber du bist stärker, als du denkst. Und du hast Tari. Und Riven. Ihr seid nicht allein."

Lyria drehte sich zu Riven, der sie mit einem ernsten, aber zugleich beruhigenden Blick ansah. Ihre Gedanken waren durcheinander, aber der Gedanke, nicht mehr allein zu sein, tröstete sie.

„Ich will lernen", sagte sie schließlich. „Ich will verstehen, wie ich diese Verbindung nutzen kann – für mich und für alle, die ich beschützen will."

Riven nickte zustimmend. „Und ich werde dir dabei helfen. Wir werden zusammen herausfinden, was du bist und was du werden kannst."

Die Worte klangen wie ein Versprechen, ein Band, das tiefer war als nur das, was sie im Moment sahen.

„Aber es gibt noch eine andere Sache, die du wissen solltest, Lyria", fügte Meara nach einer kurzen Pause hinzu. „Das, was du und Tari teilen, ist nicht nur eine Quelle der Stärke. Es ist auch ein Test. Je stärker die Bindung zwischen euch wird, desto mehr wird es euch verbinden. Es wird immer schwerer, sich zu trennen – und das bedeutet, dass du sehr vorsichtig sein musst. Wenn du Tari zu sehr verlierst, wirst du auch einen Teil von dir selbst verlieren."

Lyria spürte, wie ihr Herz schneller schlug. „Und was bedeutet das? Was soll ich tun?"

Meara stand langsam auf und legte eine Hand auf ihre Schulter. „Das ist der Punkt, an dem du verstehen musst, was du wirklich willst. Wenn du in dieser Welt bleibst, wird sich vieles ändern. Du wirst nicht nur ein Teil der Schattenelfen werden – du wirst ein Teil von etwas noch Größerem. Aber du musst dich fragen, ob du bereit bist, all das zu akzeptieren."

Riven trat näher und legte eine Hand auf Lyrias Hand, die auf ihrem Schoß ruhte. „Wir sind hier, Lyria. Und wir werden dich nicht verlassen. Wenn du uns vertraust, werden wir dir zeigen, wie du deine wahre Stärke findest."

Lyria blickte von Riven zu Meara und dann auf Tari, der sich an ihre Füße gekuschelt hatte und sie mit seinen klugen Augen anstarrte. „Ich... ich vertraue euch", flüsterte sie schließlich. „Ich werde meinen Weg finden."

Meara nickte und zog sich dann langsam zurück. „Wir alle müssen unsere eigenen Wege finden. Aber du bist nicht allein. Denk daran."

Als sie die Tür des Baumhauses hinter sich schloss, saßen Lyria und Riven allein da, umgeben von der geheimnisvollen Atmosphäre des Waldes. Lyria fühlte sich plötzlich klarer, als ob ein Teil von ihr, der lange verschlossen war, nun einen Weg gefunden hatte, zu atmen.

„Ich will wirklich verstehen, Riven", sagte sie, ihre Stimme fest, aber leise. „Ich will wissen, was ich wirklich kann."

„Und du wirst es lernen", antwortete Riven, ein Lächeln auf seinen Lippen. „Wir werden es gemeinsam tun. Der Weg ist nicht immer leicht, aber er führt zu dir selbst."

Lyria nickte, die Entschlossenheit in ihrem Inneren wuchs, als sie mit Riven und Tari an ihrer Seite, bereit war, die Geheimnisse ihrer eigenen Magie und die Wahrheit ihrer Verbindung zu entdecken.

Am nächsten Morgen, als die ersten Sonnenstrahlen durch die dichten Baumkronen des Waldes brachen, stand Lyria früh auf. Die Luft war frisch, und der Wald wirkte friedlich, doch sie konnte die Spannung der letzten Tage noch immer in ihren Knochen spüren. Sie trat vorsichtig aus dem Baumhaus, wo sie und Tari die Nacht verbracht hatten, und atmete die frische, kühlende Morgenluft ein.

Riven stand bereits draußen und wartete auf sie. An seiner Seite war ein älterer Schattenelf, der sie mit einem freundlichen Lächeln begrüßte, und eine junge Elfin, deren Augen neugierig funkelten. Beide wirkten so selbstverständlich in diesem Wald, als ob sie genau hierher gehörten – und Lyria fühlte sich plötzlich etwas fehl am Platz, obwohl sie wusste, dass dies genau der Ort war, den sie gesucht hatte.

„Lyria, das sind Ailin und Talar", sagte Riven, während er auf die beiden Elfen deutete. „Ailin ist eine gute Freundin und eine erfahrene Kräuterkundige. Talar hilft oft bei der Jagd und kennt die Wälder wie seine Westentasche. Sie werden dir einiges zeigen und dir helfen, dich hier zurechtzufinden."

Lyria nickte und versuchte, sich ebenfalls zu einem Lächeln zu zwingen. „Es ist schön, euch kennenzulernen", sagte sie höflich, obwohl die Unsicherheit sie noch immer fest im Griff hatte.

„Ganz das Gegenteil von den anderen", scherzte Talar mit einem breiten Grinsen, was Lyria dazu brachte, ein wenig zu schmunzeln.

Gerade als sie sich alle in eine entspannte Unterhaltung vertieften, durchbrach das Rauschen der Bäume plötzlich die Atmosphäre. Ein junger Wächterelf, mit leicht zerzaustem Haar und einer angespannten Haltung, stürmte aus dem Dickicht. Er atmete schwer und wirkte besorgt, als er direkt auf Riven zutrat.

„Riven", sagte der Wächterelf atemlos, „ich habe etwas Wichtiges gesehen." Er hielt kurz inne, um sich zu fassen, dann fuhr er fort: „Ich habe bewaffnete Lichtelfen gesehen, die durch den Wald reiten. Sie scheinen in Richtung des westlichen Randes des

Waldes zu kommen. Sie sind schwer bewaffnet und wirken nicht wie gewöhnliche Reisende."

Ein kalter Schauer lief Lyria über den Rücken, als die Worte des Wächterelfen in ihr Bewusstsein sanken. „Lichtelfen? Hier?" Sie wusste, dass dies nichts Gutes bedeutete.

Riven verschränkte die Arme und blickte in die Ferne, seine Miene wurde ernst. „Das könnte ein Problem werden. Es gibt Gerüchte, dass die Lichtelfen meinen, wir hätten dich entführt. Wenn sie uns angreifen oder uns verfolgen, wird es gefährlich für alle hier."

„Was sollen wir tun?" Lyria fragte, ihre Stimme klang fester, als sie sich fühlte. Ihr Blick fiel auf die Wächterelfe, die anscheinend auf eine Antwort von Riven wartete.

„Talar, Ailin, geht voraus und prüft, was da los ist. Lyria, bleib hier mit mir", sagte Riven, ohne Lyria anzusehen. Es war eine direkte Anweisung, und obwohl sie nicht gerne unbeteiligt bleiben wollte, verstand sie die Notwendigkeit der Vorsicht.

Ailin und Talar nickten und verschwanden sofort in den Wald, ihre Bewegungen geschmeidig und geübt. Riven drehte sich dann zu Lyria, seine Augen intensiv. „Du solltest in Sicherheit bleiben. Es ist besser, du bleibst hier, während wir herausfinden, was genau sie hier wollen."

Lyria spürte, wie sich ihre Nervosität verstärkte, aber sie wusste, dass er recht hatte. Wenn diese Lichtelfen tatsächlich auf Krieg aus waren, war es besser, vorbereitet zu sein und nicht unüberlegt in Gefahr zu geraten. Sie nickte stumm und ließ sich auf einen nahegelegenen Baumstumpf sinken.

„Ich habe nicht gedacht, dass die Dinge so schnell eskalieren würden", murmelte Riven mehr zu sich selbst. „Ich dachte, wir hätten mehr Zeit, um alles zu klären."

Lyria beobachtete ihn, spürte, wie sich in ihr eine Mischung aus Sorge und etwas anderem regte – etwas, das sie nicht ganz einordnen konnte. Sie hatte das Gefühl, dass sie mehr und mehr in diese Welt eintauchte, dass sie nicht nur Riven, sondern auch die Schattenelfen und alles, was damit verbunden war, immer mehr verstand und akzeptierte.

„Aber ich will nicht, dass du in Gefahr gerätst", fügte Riven leise hinzu und sah sie jetzt doch direkt an. „Es ist nicht nur dein Leben, das auf dem Spiel steht. Es ist auch das derjenigen, die dir nahe sind."

Lyria warf einen Blick in den Wald, wo sich die Bäume in tiefer, wilder Stille bewegten. „Ich weiß, dass du dich um mich sorgst", sagte sie. „Aber ich will nicht nur still in Sicherheit sitzen, während andere um mich kämpfen. Ich werde nicht immer hier bleiben. Ich möchte verstehen, was passiert."

„Das verstehe ich", antwortete Riven ruhig, als er sich neben sie setzte, „aber wir müssen vorbereitet sein. Wir dürfen nicht leichtsinnig sein."

Lyria nickte, und für einen Moment herrschte nur das Rascheln der Blätter und das gelegentliche Zwitschern eines Vogels in der Ferne.

Lyria stand im kühlen Schatten des Waldes und spürte, wie die Anspannung in der Luft immer stärker wurde. Die Lichtelfen wussten nun, wo sie war, und alle in

Rivens Kreis waren sich einig: Sie wollten sie zurück.
Niemand konnte sagen, wie lange es dauern würde, bis
die Lichtelfen ihren Anspruch auf sie durchsetzen
würden, aber eines war klar: Es war nur eine Frage der
Zeit, bis der Konflikt unausweichlich wurde.

„Du weißt, dass sie dich zurückholen wollen, oder?",
sagte Riven mit einer ernsten Miene, als er neben ihr
stand und auf das unruhige Dunkel des Waldes
hinausblickte. Seine Stimme klang schwer, als wüsste
er, dass es keine einfache Lösung gab.

Lyria nickte, aber das Gefühl der Ohnmacht, das sich in
ihr breitmachte, ließ sie zögern. „Ja", antwortete sie
leise. „Ich weiß. Aber ich kann nicht einfach
zurückgehen. Ich kann nicht zurück in das Leben, das
sie mir vorbestimmt haben. Ich... Ich gehöre hierher."
Ihre Stimme war fest, doch sie wusste, dass der Weg,
den sie gewählt hatte, alles andere als einfach war.

„Wir werden einen Weg finden", sagte Riven mit
Entschlossenheit. „Die Lichtelfen können uns nicht
einfach so auseinanderreißen. Sie haben keinen
Anspruch auf dich. Du bist mehr als nur eine Lichtelfe,
du bist Teil von etwas Größerem, und du gehörst zu
dieser Welt. Zu meiner Welt." Er drehte sich zu ihr und
sah sie intensiv an, als wolle er ihr all die Dinge sagen,
die in seinem Inneren brannten.

Lyria schluckte schwer und konnte die aufkommende
Angst nicht abschütteln. „Und was ist, wenn sie mich
trotzdem zurückholen? Wenn sie es einfach
erzwingen?", fragte sie mit zitternder Stimme.

„Dann kämpfen wir", antwortete Riven entschlossen.
„Ich werde nicht zulassen, dass du gegen deinen
Willen zurück in das Leben gehst, das dir nicht

entspricht. Du bist hier, du bist bei mir und bei uns. Du hast das Recht, zu entscheiden, wohin du gehörst."

Doch Lyria wusste, dass der Kampf nicht nur gegen die Lichtelfen geführt werden würde. Es war auch der Kampf gegen das, was sie einmal gekannt hatte – das Leben im Palast, die Regeln und Normen, die ihr übergestülpt wurden. Sie hatte sich längst von diesem Leben losgesagt, aber es war immer noch ein Teil von ihr, ein Teil, den sie nicht einfach abstreifen konnte.

„Und was, wenn sie stärker sind als wir? Was, wenn wir den Kampf verlieren?" Ihre Stimme war kaum mehr als ein Flüstern, als sie die Möglichkeit in den Raum stellte, dass ihr Leben, so wie sie es nun kannte, bald enden könnte.

Riven legte eine Hand auf ihre Schulter. „Wir verlieren nicht, solange du bei uns bist. Du bist ein Teil von mir, Lyria. Und das wird uns stärker machen als alles, was sie uns entgegenwerfen können. Glaub mir."

Der Moment zwischen ihnen war intensiv, fast wie eine stille Verbindung, die über Worte hinausging. Lyria spürte die Wärme seiner Hand auf ihrer Haut, das Vertrauen, das er in sie setzte, und für einen kurzen Augenblick fühlte sie sich sicher. Doch die Realität war immer noch da, drückend und allgegenwärtig. Sie wusste, dass ihre Zeit in Sicherheit nur begrenzt war.

„Lass uns gehen", sagte sie schließlich. „Ich kann nicht länger hier stehen und warten. Es ist Zeit, dass ich mich dem stelle, was kommt."

Riven nickte und zog sie sanft in die Nähe eines nahegelegenen Baumes. „Komm mit mir. Ich will dir noch mehr von dieser Welt zeigen, bevor es zu spät ist. Du bist stark, Lyria. Und du bist nicht allein."

Während sie sich in Bewegung setzten und tief in den Wald vordrangen, spürte Lyria, wie sich ein leises, aber stetiges Gefühl der Entschlossenheit in ihr ausbreitete. Es gab keinen Weg zurück, das wusste sie jetzt. Sie musste ihren eigenen Weg finden, und sei es auch durch die Schatten der Welt, in der sie sich gerade befand.

Der Abend senkte sich über den Wald der Schattenelfen, und eine unheimliche Ruhe legte sich über das Reich. Die Dunkelheit wurde nur von dem fahlen Licht des Mondes erhellt, der durch die Baumkronen brach und den Boden in silbernes Licht tauchte. Lyria, Riven und Tari hatten sich zurückgezogen, doch Riven wusste, dass es bald eine Versammlung geben würde. Die Schattenelfen mussten sich beraten, wie sie weiter vorgehen würden, und heute Abend war der Zeitpunkt gekommen, dass sie sich offen zu ihrer Haltung und zu den möglichen Konsequenzen des Konflikts mit den Lichtelfen äußern würden.

Als die Dämmerung sich vertiefte, begannen die Schattenelfen, sich zu versammeln. Lyria hatte schon durch Rivens Erzählungen von diesen Treffen gehört – diese geheimen Besprechungen, die oft in den Tiefen des Waldes oder in den Höhlen der Bäume stattfanden. Heute jedoch fand die Versammlung an einem offenen Platz statt, der von den gewaltigen Bäumen des Waldes umrahmt wurde. Ihre dicke Rinde schützte sie nicht nur vor den Stürmen, sondern dämpfte auch die Geräusche von außen, was die Versammlung noch intimer machte.

Riven, der sich mit Lyria an seine Seite stellte, war nicht der einzige, der eine starke Stellung im Kreis der Elfen innehatte. Verschiedene ältere und weisere Elfen, die das Wohl ihres Volkes über alles stellten, hatten ihre Plätze eingenommen. In der Mitte der Versammlung stand Meara, Rivens Großmutter, die für ihre Weisheit und ihre nüchterne Betrachtungsweise bekannt war.

Die Versammlung der Schattenelfen war von einer spürbaren Anspannung durchzogen. Der Luft war ein fast greifbarer Widerstand eigen, der sich aus den Blicken der Elfen speiste, die aufmerksam auf das Geschehen lauschten. Lyria saß in der Mitte des Kreises, ihre Gedanken wirbelten, während sie die Worte der anderen Elfen auf sich wirken ließ.
Es war klar, dass die Entscheidung über sie selbst nicht nur für ihr eigenes Leben, sondern für das Schicksal der beiden Völker von entscheidender Bedeutung war. Der Plan, sie zurück zu den Lichtelfen zu bringen, wurde immer konkreter, je mehr die Schattenelfen über die Möglichkeit sprachen, Konflikte zu vermeiden und Frieden zu sichern.
„Wir können es uns nicht leisten, diese Gelegenheit zu verpassen", sagte Meara, Rivens Großmutter, mit einer ernsten Miene. „Wir müssen Frieden suchen, und das bedeutet, dass Lyria uns verlassen muss, um zurück zu ihrem Volk zu gehen. Nur dann können wir hoffen, einen weiteren Krieg zu verhindern."
Ein leises Murmeln ging durch die Versammlung. Lyria spürte, wie der Druck in ihrem Inneren wuchs. Sie konnte es kaum ertragen, dass ihre Zukunft nun in den

Händen der Elfen lag – einer Zukunft, die nicht nur von ihrer eigenen Entscheidung abhingen würde, sondern auch von der Notwendigkeit, zwischen zwei Welten zu vermitteln. Eine Welt, die sie verstand, aber nicht in der Form, wie sie sie wollte, und eine andere, die sie längst als ihre Heimat akzeptiert hatte. Doch der Gedanke, als „Bote des Friedens" geopfert zu werden, zerriss sie innerlich.

„Aber was ist, wenn wir uns in die Falle der Lichtelfen begeben?" fragte einer der Wächterelfen, der sich an den Rand der Versammlung gestellt hatte. „Wir wissen, dass sie uns nicht nur als ein weiteres Hindernis auf ihrem Weg zum Weltherrschaftsplan sehen. Sie sehen in Lyria ein Symbol ihrer Macht, das sie zurückhaben wollen. Und was, wenn sie uns nicht in Ruhe lassen?"
Meara nickte nachdenklich. „Das ist der Punkt, an dem wir vorsichtig sein müssen. Aber die Lichtelfen werden uns nicht in den Krieg ziehen wollen, wenn wir ihnen Lyria zurückgeben. Ein Konflikt wäre für alle Seiten zu gefährlich."

„Vielleicht sollten wir mehr über ihre Absichten herausfinden", sagte der Wächterelf, ein Elf mit scharfen Augen und einem wachsamen Blick. „Ich könnte morgen zum Palast der Lichtelfen reisen und herausfinden, was sie wirklich planen. Es ist immer noch unklar, was sie mit ihr beabsichtigen, nachdem sie sie zurückhaben. Wir müssen wissen, wie weit sie bereit sind zu gehen."

Lyria spürte ein Knistern in der Luft. Der Wächterelf – sein Name war Kaelen – war bekannt für seine Neugier und sein Gespür für Geheimnisse. Doch dieser Vorschlag ließ sie nicht ganz ruhig. Sie hatte immer noch das Gefühl, dass der Preis für den Frieden in eine noch größere Falle führen könnte. Wie weit würde die Versöhnung wirklich reichen? Und was war mit ihr? War sie nur ein Druckmittel, ein Opfer, das geopfert werden konnte?

„Und was, wenn die Lichtelfen keine Verhandlungen mehr wollen?" fragte Lyria plötzlich, ihre Stimme von einer Nervosität durchzogen, die sie nicht ganz verbergen konnte. „Was, wenn sie angreifen, ohne uns die Chance zu geben, Frieden zu schließen? Was, wenn sie nur auf einen Vorwand warten, um uns zu vernichten?"

Die Elfen sahen sich an, und für einen kurzen Moment herrschte Schweigen. Kaelen jedoch trat vor und nickte entschlossen. „Dann müssen wir vorbereitet sein. Aber es ist besser, jetzt vorsichtig vorzugehen, als in einen Krieg zu stolpern, der uns alle zerstören könnte."

„Die Entscheidung über Lyria liegt in den Händen der Lichtelfen", sagte Meara schließlich, und ihre Stimme war ernster denn je. „Die Versammlung ist hier, um die diplomatische Lösung zu finden. Doch wir müssen auf alles vorbereitet sein. Der Wächterelf wird morgen also herausfinden, was sie vorhaben. Und dann werden wir sehen, wie wir weiter verfahren."

Lyria fühlte, wie ihre Brust sich zusammenzog. Was auch immer passierte, sie würde keine Kontrolle über den Verlauf der Ereignisse haben. Der Gedanke, dass ihr Schicksal nun in den Händen von Außenstehenden lag, ließ sie in eine tiefe Melancholie sinken.

„Gut", sagte sie schließlich, ihre Stimme leise, aber klar. „Ich hoffe nur, dass wir den Frieden nicht zu leichtfertig opfern."

Die Versammlung wurde geschlossen, und alle Elfen verließen den Platz, während Riven an ihrer Seite blieb. Der Wächterelf Kaelen hatte bereits das Weite gesucht, um sich für seine Mission vorzubereiten.

„Mach dir keine Sorgen", sagte Riven leise zu Lyria, als sie in die Dunkelheit des Waldes gingen. „Wir werden herausfinden, was sie planen. Du wirst nicht allein sein."

Lyria seufzte tief und sah ihm in die Augen. Aber in ihrem Inneren wusste sie, dass die wahre Herausforderung erst noch bevorstand. Sie war ein Schachbrettstück in einem gefährlichen Spiel – und es war noch unklar, wie dieser Krieg ausgehen würde. Aber sie würde ihren Platz finden. Irgendwie.

Der Druck der Lichtelfen

Es war ein frischer Morgen im Velmora, der Wald lag still und ruhig, als der erwartete Bote der Lichtelfen endlich eintraf. Die Nachricht von seiner Ankunft verbreitete sich schnell durch das Reich der Schattenelfen, wie ein unheilvolles Rauschen, das die Luft auflud. Lyria saß mit Riven auf dem Balkon ihres Baumhauses und konnte in der Ferne die Schatten eines Reiters sehen, der sich durch den Wald bewegte. Die Spannung war förmlich zu spüren, als sie den Abgesandten der Lichtelfen erkannten.

„Er kommt", murmelte Lyria und starrte in die Dämmerung, wo die ersten Sonnenstrahlen die grünen Bäume in ein sanftes Licht tauchten.

„Ja", antwortete Riven mit einem ernsten Blick. „Und mit ihm wird die Entscheidung näher rücken. Wir müssen vorsichtig sein."

Der Abgesandte der Lichtelfen, ein hochgewachsener Elf mit silbernen Haaren und einem ernsten Gesicht, ritt auf seinem Pferd in den Innenhof des Baumhauses. Seine Kleidung war prachtvoll und auf eine Art unmissverständlich: Die Lichtelfen erwarteten, dass man ihnen Gehorsam leistete. Kaelen, der Wächterelf, trat vor und betrachtete den Neuankömmling mit einem misstrauischen Blick. Der Abgesandte sprang von seinem Pferd und trat mit ruhigem Schritt vor die versammelten Elfen.

„Ihr wisst, warum ich hier bin", begann der Abgesandte mit klarer Stimme. „Die Lichtelfen fordern die Rückgabe von Prinzessin Lyria. Wenn ihr sie nicht herausgebt, werdet ihr es bereuen. Wir werden keine Zeit mit weiteren Verhandlungen verschwenden. Wenn sie nicht innerhalb der nächsten drei Tage zu uns zurückkehrt, werden wir einen Krieg beginnen."

Der Blick des Abgesandten war hart, unerschütterlich. Lyria fühlte, wie sich eine Kälte in ihr Herz legte. Sie wusste, dass dies keine leeren Drohungen waren. Es war nicht nur die Macht der Lichtelfen, die hier auf dem Spiel stand, sondern auch ihre Entscheidung, zwischen zwei Welten zu wählen.

Riven trat einen Schritt vor, seine Stimme tief und bestimmt. „Du bist also gekommen, um uns zu sagen, dass die Lichtelfen keine andere Wahl haben, als uns mit Gewalt zu zwingen?"

Der Abgesandte nickte, und ein düsteres Lächeln glitt über sein Gesicht. „Die Entscheidung liegt nun nicht mehr bei uns. Sie liegt bei euch. Lyria muss zurück. Und das schnell."

Lyria hatte das Gefühl, als würde der Boden unter ihren Füßen wanken. Sie spürte den Blick des Abgesandten auf sich, und eine Welle der Panik stieg in ihr auf. Was sollte sie tun? Konnte sie wirklich zurückkehren? Hätte sie die Wahl, gegen die Macht ihrer Herkunft und das, was sie liebte, zu kämpfen?

„Warum diese Dringlichkeit?" fragte Kaelen, der Wächterelf, der die Situation aufmerksam beobachtete. „Was hat sich in der letzten Zeit verändert, dass die Lichtelfen so schnell zu Gewalt greifen wollen?"

„Die Zeit ist gekommen", antwortete der Abgesandte, ohne zu zögern. „Die Welt ist nicht mehr so sicher wie früher. Und sie wissen, dass sie nicht ewig warten können. Sie haben sich entschlossen, uns zu drängen.

Und sie erwarten, dass wir uns beugen."

„Ich werde nicht zurückkehren", flüsterte Lyria, ihre Stimme voller Entschlossenheit, aber auch voller Unsicherheit. Sie wusste, dass es keine einfache Entscheidung war, aber es war die einzige, die sie treffen konnte. Sie hatte sich selbst in das Reich der Schattenelfen begeben, hatte eine Verbindung zu ihnen aufgebaut, und sie konnte nicht einfach alles wieder aufgeben, um in das Leben der Lichtelfen zurückzukehren.

„Lyria", flüsterte Riven, als er sich neben sie stellte und ihre Hand nahm. „Ich verstehe dich. Und du musst keine Entscheidung überstürzt treffen. Aber wir müssen wissen, wie wir weiter vorgehen. Wenn die Lichtelfen drohen, gibt es keine einfachen Lösungen."

Der Abgesandte musterte die beiden mit einem finsteren Blick. „Ich werde eure Entscheidung an mein Volk weitergeben. Aber ich rate euch, dies schnell zu tun. Der Krieg ist keine leere Drohung. Und wenn es sein muss, wird es keine weiteren Gespräche geben."

Mit diesen Worten drehte der Abgesandte sich um und stieg wieder auf sein Pferd. Kaelen und einige andere Wächterelfen begleiteten ihn aus dem Bereich der Baumhäuser, und der Wald verschlang den letzten Hauch seiner Präsenz, als er in die Dunkelheit verschwand.

Lyria und Riven standen still, der Druck dieser Botschaft lastete schwer auf ihren Schultern. Sie wusste, dass die Zeit knapp wurde.

„Was machen wir jetzt?" fragte Lyria, ihre Stimme fast ein Flüstern.

„Wir müssen uns entscheiden, ob wir weiterhin hoffen,

dass es einen Weg gibt, den Krieg zu vermeiden", antwortete Riven, „oder ob wir uns der Konfrontation stellen müssen."

Lyria nickte, aber ihre Gedanken waren wirr. Sie hatte noch nicht alle Antworten gefunden. Doch eines war ihr klar: Sie will nicht einfach zurückkehren. Sie hatte sich in der Welt der Schattenelfen ein neues Leben aufgebaut, und sie wollte dieses Leben nicht aufgeben. Doch der Kampf um den Frieden, den sie sich erhoffte, schien nun von einem anderen Wesen bestimmt zu werden – einem, das nicht in ihren Händen lag. „Wir müssen eine Lösung finden", sagte Lyria schließlich. „Und zwar schnell."

Doch in ihrem Inneren wusste sie, dass dies keine einfache Lösung sein würde.

Die Sonne war bereits hinter den dichten Baumkronen des Waldes verschwunden, und ein kaltes, silbernes Licht legte sich über das Velmora. Lyria saß in einem der Ecken des Baumhauses und starrte nachdenklich in die Dunkelheit. Der Wind, der durch die Äste der Bäume strich, fühlte sich anders an – kühler und drängender als gewöhnlich. Ihre Gedanken wirbelten, die Worte des Abgesandten hallten in ihrem Kopf. „Lyria muss zurück. Sonst werden wir angreifen." Sie hatte es nicht gewollt, aber in der Stille der Nacht wusste sie, dass es keinen anderen Weg gab. Was würde geschehen, wenn sie sich weigerte? Würde der Krieg wirklich ausbrechen? Und selbst wenn es nicht zu einem Krieg käme, was würde mit den Schattenelfen passieren, wenn sie gegen die Macht der Lichtelfen kämpften?

„Ich kann nicht zulassen, dass dieser Konflikt noch weitergeht", murmelte sie leise, fast als würde sie sich selbst von der Entscheidung überzeugen müssen. Riven, der neben ihr am Fenster stand und ebenfalls in die Dunkelheit starrte, hatte ihr die ganze Zeit über nicht widersprochen. Er wusste, dass sie in ihrem Inneren einen Konflikt austrug. Doch jetzt, wo sie es aussprach, hob er den Blick und trat langsam zu ihr. „Du hast dich also entschieden", sagte er, und seine Stimme klang weich, doch auch besorgt. Er hatte ihre inneren Kämpfe genau beobachtet. Riven kannte sie mittlerweile gut genug, um zu wissen, dass sie nie leichtfertig eine Entscheidung traf.

Lyria seufzte und stand auf. Sie blickte ihm in die Augen und nickte dann. „Ja, aber ich gehe nur zurück, wenn du mit mir kommst."

Riven blickte sie überrascht an, doch das Überraschung verblasste schnell zu einem ernsten Blick. „Du willst also, dass ich bei dir bleibe? Dass ich mich den Lichtelfen stelle?"

Lyria spürte die Schwere ihrer Worte. Sie wusste, dass dies nicht einfach für ihn war. Die Schattenelfen und die Lichtelfen waren seit Jahrhunderten verfeindet. Riven würde nie freiwillig in die Gesellschaft der Lichtelfen einkehren, und es würde ihm in dieser Konfrontation nicht leicht gemacht werden. Doch Lyria wollte nicht alleine zurückkehren. Sie hatte die Schattenelfen und ihre Welt lieben gelernt, und sie wusste, dass ohne Riven an ihrer Seite keine Rückkehr möglich war. Ihre Verbindung war zu stark, um sie zu ignorieren.

„Ich kann nicht zurückkehren, ohne dich", flüsterte sie,

„Ich weiß nicht, wie es ohne dich weitergehen soll. Es fühlt sich nicht richtig an. Du hast mir gezeigt, dass es mehr gibt als das, was ich von den Lichtelfen kannte. Wenn ich zurückgehe, dann nur, wenn du an meiner Seite bist, Riven."

Riven schwieg einen Moment lang, seine Augen studierten ihr Gesicht. Es war, als würde er abwägen, was er tun sollte, und Lyria konnte sehen, dass er in seinem Inneren einen tiefen Kampf austrug. Doch schließlich trat er näher und legte seine Hand auf ihre. „Wenn du das wirklich willst...", begann er dann leise, „...dann werde ich mit dir gehen. Aber sei dir bewusst, dass die Entscheidung, mit dir zu gehen, genauso gefährlich ist wie die Entscheidung, zu bleiben."

Lyria nickte und versuchte ein beruhigendes Lächeln auf ihr Gesicht zu zaubern, auch wenn sie sich selbst nicht sicher war, was sie damit wirklich meinte. „Wir können es nur zusammen schaffen, Riven. Es gibt keinen anderen Weg."

Riven zog sie dann in eine sanfte Umarmung, hielt sie fest, als würde er sie beschützen wollen, und in diesem Moment fühlte sich alles für einen Augenblick richtig an. Die Unsicherheit, der Druck und die drohende Gefahr schienen für einen Augenblick zu verschwinden. In seinen Armen fühlte sich Lyria sicher, als könnte sie alles ertragen – sogar das, was noch vor ihnen lag.

„Dann gehen wir zusammen", sagte er schließlich mit fester Stimme. „Aber wir müssen es bald tun. Wenn wir noch mehr Zeit verstreichen lassen, wird es zu spät sein."

„Ich weiß", flüsterte Lyria. „Ich weiß."

Am nächsten Morgen brachen sie auf, und auch wenn

der Weg voller Unsicherheiten und Gefahren lag, wusste Lyria, dass sie die richtige Entscheidung getroffen hatte. An Riven an ihrer Seite würde sie der Herausforderung entgegenblicken. Sie konnte sich nicht vorstellen, den Schritt ohne ihn zu wagen. In einer Welt, in der die dunklen Schatten so dicht wie der Nebel des Waldes um sie lagen, war er der einzige Lichtblick.

„Wir gehen zurück", sagte sie schließlich mit fester Stimme, als sie den Wald betrat. „Aber nur zusammen."

Lyria atmete tief durch, als sie den Rand des Waldes erreichten. Der Wald der Schattenelfen lag nun hinter ihr, und vor ihr erstreckte sich das Reich der Lichtelfen, das von ihrer Familie regiert wurde. Sie hatte lange gezögert, doch der Entschluss war gefasst: Sie würde zurückkehren. Nicht aus Schwäche, sondern um einen Krieg zu verhindern. Der Frieden zwischen den beiden Völkern war brüchig, und sie konnte nicht zulassen, dass alles, was sie erreicht hatten, in einem Blutvergießen endete.

„Es wird nicht einfach", sagte Riven leise, seine Stimme trüb, als er neben ihr schritt. „Die Lichtelfen werden dich nicht einfach so aufnehmen. Nicht nach allem, was geschehen ist."

„Ich weiß", antwortete Lyria, ihre Hände fest in den Taschen ihres Umhangs verkrampft. „Aber ich kann es nicht riskieren. Ein Krieg... wir beide wissen, dass er verheerend wäre. Ich habe keine Wahl."

Riven sah sie an, seine Augen voller Sorge. „Du bist nicht alleine. Ich werde dich unterstützen, egal was passiert."

Lyria erwiderte seinen Blick mit einem schwachen

Lächeln. „Ich weiß. Aber das hier ist mein Weg, nicht deiner. Du hast dein eigenes Leben. Und es ist nicht fair, dich in diese Situation zu bringen."

„Für mich gibt es keinen anderen Weg", sagte er mit Entschlossenheit, „und ich werde bei dir sein, bis zum letzten Moment."

Sie hatten die Grenze des Waldes überschritten, als plötzlich eine Gruppe von Lichtelfen-Wachen auftauchte, die sie in kürzester Zeit umzingelten. Ihre glänzenden Rüstungen reflektierten das Sonnenlicht, und ihre scharfen Augen musterten die beiden mit einem Hauch von Missbilligung.

„Lyria", sagte einer der Wachen mit steinerner Miene. „Du wirst von deinem Vater zurück verlangt. Kehre sofort in den Thronsaal, oder wir werden dich zu ihm bringen, wie es sich gehört."

Lyria konnte den Blick in ihren Augen sehen – eine Mischung aus Pflichtbewusstsein und dem Wissen, dass ihre Rückkehr nicht nur eine simple Rückkehr war. Ihr Vater hatte ihre Abwesenheit nicht geduldet, und er würde alles tun, um sicherzustellen, dass sie wieder in seinem Machtbereich war.

„Ich gehe freiwillig", sagte sie mit fester Stimme. „Aber nicht ohne Riven."

Ein Raunen ging durch die Wachen, als sie sich plötzlich auf Riven konzentrierten. Zwei der Wächter griffen ihn an, packten ihn grob und hielten ihn fest. Lyria konnte sehen, wie er sich wehrte, doch die Wachen waren zu viele, und sie waren gut trainiert.

„Riven hat mich zurückgebracht", sagte Lyria schnell, ihr Blick flackerte zwischen den Wachen und Riven hin und her. „Wenn ihr mich zurücknehmen wollt, dann nehmt ihn auch. Es ist die einzige Möglichkeit, einen Konflikt zu verhindern. Lasst ihn frei!"

Die Wachen schauten sich untereinander an, doch keiner sagte ein Wort. Schließlich sprach der Anführer der Wachen mit entschlossener Stimme. „Du hast keine Wahl, Lyria. Dein Vater erwartet dich, und wir haben den Befehl, dich und den Schattenelfen zu ihm zu bringen. Er wird nicht entkommen."

Die Wachen packten Riven fester, und Lyria fühlte einen Stich in ihrem Herzen, als sie ihn so sah – gefangen, hilflos, inmitten ihrer eigenen Leute. Sie wollte sich wehren, wollte aufstehen und ihnen sagen, dass es falsch war, was sie taten. Doch sie wusste, dass es keine Chance gab. Sie konnte nicht mehr fliehen.

„Ich werde ihn mitnehmen", sagte Lyria leise, „sonst gehe ich nicht."

Der Wächter, der ihr gegenüberstand, schüttelte nur den Kopf. „Das ist nicht möglich. Du wirst deinem Vater gehorchen. Und du wirst deinen Schattenelfen nicht ohne Fesseln mitnehmen."

„Ihr habt keine Ahnung, was ihr tut", sagte Lyria wütend, aber ihre Stimme zitterte. „Wenn ihr Riven festnehmt, dann wird das auch ein Grund für Krieg sein."

Doch die Wachen ignorierten sie und schleppten sie weiter, gefolgt von Riven, der immer noch mit zwei kräftigen Wachen festgehalten wurde. Lyria kämpfte gegen ihre Tränen an, doch ihre Wut und Enttäuschung über den Verlauf der Ereignisse überwältigten sie.

Der Thronsaal war nur einen kurzen Marsch entfernt, und bald schon betraten sie den großen, lichtdurchfluteten Raum, der Lyria früher so vertraut gewesen war. Der mächtige Thron von König Vaelthoren erhob sich in der Mitte des Raumes, und der König selbst saß darauf, die Hände fest um die Armlehnen des Throns gelegt.

Vaelthoren ließ seinen Blick auf Riven gleiten, der weiterhin gefesselt stand. „Dieser Schattenelf hat mehr Unruhe gestiftet, als du dir je vorstellen könntest", sagte er, seine Stimme drohend. „Und er wird nicht einfach zurück in die Dunkelheit gehen können."

Es herrschte einen Moment lang absolute Stille im Thronsaal, als König Vaelthoren den Schattenelfen ansah. Dann, ohne ein weiteres Wort, wandte er sich ab und gab ein knappen Befehl. „Nehmt ihn fort und sperrt ihn ein. Er wird eine Weile bei uns bleiben. Sie werden ihre Entscheidung noch bereuen."

Die Wachen hielten Riven fest und schleppten ihn fort. Lyria spürte, wie der Boden unter ihren Füßen zu schwanken begann, und in ihrem Inneren breitete sich eine leere, kalte Enttäuschung aus. Sie hatte den Frieden gesucht, doch es schien, als wäre alles nur der Beginn von noch größeren Konflikten.

Vaelthoren sah Lyria mit einem scharfen Blick an, als sie in den Thronsaal geführt wurde. Der Blick des Königs war wie ein Dolch, der ihre Seele durchbohrte. Er hatte sie gefunden, doch nicht in der Art, wie er es sich gewünscht hatte. Sein Zorn war unübersehbar, und als sie ihm begegnete, wusste sie, dass der Moment der Wahrheit gekommen war.

Lyria versuchte, ruhig zu bleiben, doch ihre Gedanken wirbelten durcheinander. Sie wusste, dass ihr Vater nur eines sah: Sie war entführt worden. Und in seinen Augen war das ein unverständlicher Verrat. Ein Verrat, der fast zu einem Krieg führen könnte. „Vater…", begann sie vorsichtig, doch er fiel ihr ins Wort.

„Nein!", rief Vaelthoren, seine Miene noch härter. „Glaubst du wirklich, sie könnten dich einfach so mitnehmen? Sie haben dich entführt, Lyria! Sie haben dich geraubt, und ich… ich werde dafür sorgen, dass sie für diese Frechheit bezahlen!"

Lyria starrte ihren Vater entsetzt an. „Das ist nicht wahr!", rief sie verzweifelt. „Ich bin freiwillig gegangen! Sie… sie haben mich nicht entführt!"

„Sie haben dich in Gefahr gebracht!", schnappte Vaelthoren. „Die Schattenelfen sind keine Freunde des Lichts. Sie suchen nur nach einer Möglichkeit, uns zu schwächen, und sie haben sich mit dir den Weg dazu geebnet. Wir werden dich nicht noch einmal verlieren, Lyria. Du wirst nicht wieder in ihre Fänge geraten."

Lyria spürte die Wut in sich aufsteigen, aber sie versuchte, ruhig zu bleiben. Sie wusste, dass dies der Moment war, in dem sie alles verlieren konnte, wenn sie die falschen Worte sagte. „Ich bin nicht entführt worden", wiederholte sie leise. „Ich bin gegangen, weil ich es für richtig hielt. Die Schattenelfen haben mir nichts angetan. Sie haben mir nur geholfen."

Vaelthoren starrte sie an, und der Ausdruck in seinen Augen wechselte von Zorn zu Misstrauen. „Das ist unmöglich. Du redest wie einer von ihnen. Wie ein Verräter." Seine Augen blitzten, als er sich zu den Wachen drehte. „Nehmt sie zurück in ihr Zimmer. Sie ist nicht mehr zu retten."

Lyria wurde von zwei Wachen gepackt, die sie grob zum Ausgang führten. Sie kämpfte gegen den Griff an, aber ihre Energie war verflogen, als sie Vaelthoren wieder ansah. Ihr Vater glaubte, dass sie entführt worden war. Er hatte nichts von dem verstanden, was wirklich passiert war.

„Vater!", rief sie, doch ihre Stimme klang schwach und verzweifelt in der riesigen Halle. „Du verstehst nicht, was passiert ist! Du wirst einen Krieg auslösen, wenn du das so weitermachst!"

Doch Vaelthoren blickte nur kalt auf sie hinunter. „Du wirst keine weiteren Worte mehr verlieren. Du bist nicht in der Position, hier zu entscheiden, Lyria. Du bist meine Tochter, aber du wirst die Konsequenzen für dein Handeln tragen."

Mit diesen Worten wurde sie ohne weiteres in ihre Zimmer zurückgebracht, wie ein Kind, das nicht in der Lage war, selbst zu entscheiden. Ihre Gedanken wirbelten, als die Türen hinter ihr zuschlugen. Der Plan, der für eine kurze Zeit so vielversprechend erschien, war nun zu Staub zerfallen. Lyria war sich bewusst, dass ihre Rückkehr in den Palast und die Missverständnisse, die Vaelthoren hegte, alles nur noch schlimmer machten.

Und dann war da noch Riven. Was würde er jetzt denken? Was würde er tun? Sie hatte gehofft, dass ihre Reise mit ihm und den Schattenelfen ein Beginn des Friedens war, doch nun war alles nur ein riesiges Durcheinander. Der Konflikt, den sie zu vermeiden versuchte, war nun unausweichlich. Und sie war mitten drin.

Lyria saß auf dem Bett, ihre Hände in den Schoß gefaltet, während die Zeit in ihrem Zimmer zäh wie Kaugummi verstrich. Der Klang der Schritte, die sich dem Raum näherten, ließ ihr Herz für einen Moment schneller schlagen. Ihre Mutter, die stets ihre Ruhe und Gelassenheit bewahrt hatte, trat vorsichtig ein. Es war eine der wenigen Momente, in denen Lyria die unbestimmte Sorge in den Augen ihrer Mutter spüren konnte.

„Lyria", begann sie leise, ihre Stimme wie ein sanfter Hauch. „Ich habe von deinem Gespräch mit deinem Vater gehört." Ihre Mutter trat einen Schritt näher, setzte sich auf einen Stuhl neben dem Fenster und sah Lyria an. „Er ist wütend, ja, aber ich bin mir sicher, dass du eine gute Erklärung für dein Verhalten hast. Du solltest mir alles erzählen, damit wir eine Lösung finden können. Für uns alle."

Lyria blickte auf, ihre Augen voller Tränen. Ihre Mutter war die einzige, die sie noch immer als ihre Tochter sah, die sie nicht für das hielt, was sie getan hatte, sondern nach der Wahrheit fragte. Ihre Mutter war immer auf der Seite der Vernunft, und auch jetzt suchte sie nach einem Grund, zu verstehen.

„Es tut mir leid, Mutter", begann Lyria, ihre Stimme brüchig. „Ich wollte nicht, dass es so endet. Ich wollte nicht, dass du und Vater so enttäuscht von mir seid." Sie hielt inne, sammelte ihre Gedanken und versuchte, sich in Worte zu fassen, die die Wahrheit nicht noch weiter verzerren würden.

„Als ich mit den Schattenelfen zusammen war", fuhr sie fort, „war es nicht so, wie ihr denkt. Sie haben mich nicht entführt. Ich habe mich entschieden, zu ihnen zu gehen, weil ich das Gefühl hatte, dass wir uns gegenseitig verstehen können. Es gibt Dinge in dieser Welt, die ich nicht erklären kann, die uns Lichtelfen und den Schattenelfen trennen – aber es gibt auch Dinge, die uns vereinen. Ich habe in den letzten Wochen viel gelernt, über die Schattenelfen, über ihre Kultur, ihre Verbindung zur Natur. Und vor allem habe ich Riven kennengelernt."

Ihre Mutter sah sie mit einem schmerzlichen Ausdruck in den Augen an. „Riven", wiederholte sie, als ob sie versuchte, sich die Information zu vergegenwärtigen. „Du sprichst von ihm, als ob er mehr wäre als nur ein Schattenelf. Was ist er für dich, Lyria?"

Lyria legte ihre Hände auf den Schoß und versuchte, die Worte zu finden. „Er ist mehr als das, was ihr von den Schattenelfen denkt. Er hat mir geholfen, einen Teil von mir selbst zu entdecken, den ich vorher nicht kannte. Es war nicht nur seine Hilfe, sondern auch seine Geduld, sein Verständnis. Wir... wir sind uns sehr nahe gekommen, und ich wusste, dass das, was wir teilen, mehr ist als nur ein Moment der Flucht. Es fühlt sich an, als ob ich zu ihm gehöre. Ich wollte den Frieden zwischen den Welten schaffen, Mutter. Ich wollte, dass wir alle verstehen, dass wir mehr miteinander verbunden sind, als wir es glauben."

Ihre Mutter nahm die Hände von Lyria, blickte tief in ihre Augen. „Lyria, du bist mein Kind. Und ich liebe dich, unabhängig von den Entscheidungen, die du triffst. Aber du bist auch die Tochter eines Königs, und in dieser Rolle trägst du die Verantwortung, nicht nur für dich, sondern für das ganze Volk." Sie atmete tief ein und fuhr fort: „Du hast dich in Gefahr begeben, nicht nur für dich selbst, sondern auch für das Reich, für deinen Vater. Er versteht nicht, was du siehst, was du fühlst. Du musst verstehen, dass er aus Sorge handelt, aber auch aus Angst."

Lyria schüttelte den Kopf. „Ich weiß, dass er Angst hat. Aber es geht nicht um Angst. Es geht um Vorurteile. Wir haben nie versucht, uns mit den Schattenelfen auseinanderzusetzen, weil wir sie für unsere Feinde gehalten haben. Aber ich habe gesehen, dass sie Frieden wollen. Sie haben nichts Böses im Sinn, wirklich nicht."

„Und was wird aus dem Krieg, den du befürchtest?" Ihre Mutter drückte ihre Hand fester. „Was wird aus deinem Vater, der bereits die Schattenelfen als Feinde sieht? Was wird aus deinem Leben, Lyria, wenn wir uns nicht entscheiden können, welche Seite wir vertreten?"

Lyria dachte an all die Gespräche, die sie mit Riven geführt hatte, an die Blicke, die zwischen ihnen gewechselt hatten, an das, was sie miteinander teilten. Sie wusste, dass es keine einfache Lösung gab. Aber auch das Wissen, dass sie niemanden in Gefahr bringen wollte, ließ sie aufstehen und auf das Fenster zugehen. Sie blickte hinaus in die weite Landschaft.

„Ich weiß, dass ich jetzt zurückgekehrt bin, Mutter. Ich weiß, dass es die einzige Möglichkeit ist, einen Krieg zu verhindern", sagte sie leise. „Aber ich kann nicht einfach so tun, als ob das, was ich erlebt habe, nicht wichtig war. Als ob meine Verbindung zu Riven und den Schattenelfen nichts bedeuten würde. Es bedeutet alles für mich. Ich werde nicht zulassen, dass dieser Frieden mit einem Krieg vergossen wird."

Ihre Mutter stand ebenfalls auf, trat zu ihr und legte ihre Hand auf ihre Schulter. „Lyria, du bist stark. Und du wirst deinen Weg finden. Aber vergiss nie, dass wir alle einen Platz in dieser Welt haben. Dein Vater handelt aus Liebe, aus Fürsorge. Und auch du tust das, in deinem eigenen Weg."

Lyria nickte, und ein Funken Hoffnung glomm in ihren Augen. Sie wusste, dass die Wahrheit schwer zu tragen war. Doch sie wusste auch, dass sie nicht aufgeben konnte – für sich selbst, für die Schattenelfen, und für die Zukunft, die sie sich wünschte.

Lyria blickte aus dem Fenster ihres Zimmers, ihre Gedanken wirbelten wie ein Sturm in ihrem Kopf. Ihre Mutter hatte sie nach den letzten Gesprächen beruhigt, doch es gab immer noch ein Gefühl von Ungewissheit, das sie nicht abschütteln konnte. Ein unbestimmtes Gefühl, das ihre Brust drückte. Sie dachte an Riven, an den letzten Moment, in dem sie sich voneinander verabschiedet hatten, und an die unausgesprochenen Worte, die sie sich nicht mehr mitteilen konnten.

Doch dann, plötzlich, wurde ihre Gedankenwelt von einem anderen Gedanken durchbrochen. Tari. Wo war er?

„Mutter…", begann Lyria leise, und ihre Stimme zitterte leicht. „Hast du Tari gesehen?"

Ihre Mutter, die bis jetzt in ihrem Stuhl gesessen und in Gedanken verweilt hatte, hob den Blick und schüttelte dann den Kopf. „Nein, mein Kind. Er war nicht bei uns, als du und Riven mit den Wachen abgeführt wurdet. Ich dachte, er wäre in einem anderen Teil des Palastes, aber niemand hat ihn gesehen."

Lyria spürte, wie ihre Magengegend sich zusammenzog. Tari war immer an ihrer Seite, ein treuer Begleiter, der ihre Sorgen kannte und ihr half, das Richtige zu tun, auch wenn es oft schwierig war. Die Vorstellung, dass er verschwunden war, ohne ein Wort zu sagen, ließ ihre Brust schwer werden.

„Aber er ist doch nicht einfach weg...?" Lyria konnte es kaum glauben, was sie gerade dachte. Sie hatte ihn nie als jemand gesehen, der einfach davonlaufen würde, ohne einen Grund. „Mutter, er muss irgendwo sein, er kann doch nicht einfach verschwunden sein!"

Ihre Mutter trat vorsichtig zu ihr und legte eine Hand beruhigend auf ihre Schulter. „Es ist möglich, dass er während des Tumults davonlief. Du weißt, wie weitsichtig und geschickt Tari ist. Vielleicht hat er sich zurückgezogen, um herauszufinden, was der beste Weg ist, dir zu helfen. Aber ich gebe zu, dass es beunruhigend ist, dass niemand ihn gesehen hat. Wir sollten die Wachen und Diener befragen, vielleicht ist er irgendwo im Palast oder auf dem Anwesen."

Doch tief in Lyria brodelte ein ungutes Gefühl. Tari war ein geübter Späher, der die Wälder wie seine eigene Tasche kannte. Und wenn er weggelaufen war, dann nicht ohne Grund. Vielleicht hatte er sich auf den Weg gemacht, um Riven zu suchen, um sicherzustellen, dass dieser nicht in Gefahr war, oder vielleicht war er in die Wälder gegangen, um seinen eigenen Weg zu finden. Aber warum, warum hatte er sich nicht verabschiedet? Warum hatte er nicht wenigstens ein Zeichen gegeben, dass er in Sicherheit war?

„Ich muss nach ihm suchen, Mutter. Ich kann nicht

einfach abwarten und nichts tun", sagte Lyria entschlossen und blickte ihrer Mutter tief in die Augen. „Ich muss wissen, was mit ihm geschehen ist. Er ist wie ein Bruder für mich, und ich werde ihn nicht einfach zurücklassen, während ich hier im Palast sitze und warte."

Ihre Mutter seufzte und sah sie besorgt an. „Lyria, ich verstehe deinen Wunsch, nach ihm zu suchen. Aber es ist gefährlich, gerade jetzt, nach allem, was passiert ist. Dein Vater… er würde es nicht gutheißen."

Lyria wusste, dass ihre Mutter recht hatte. Ihr Vater hatte sie bereits in den Palast zurückgebracht, um sie vor weiteren Gefahren zu schützen, und jeder Schritt, den sie jetzt unternahm, würde in seinen Augen als weitere Rebellion gegen das Königshaus gelten. Aber das spielte für sie keine Rolle mehr. Sie wusste, dass Tari ihr Freund war, und sie konnte nicht zulassen, dass er im Stich gelassen wurde.

„Ich werde ihn finden, egal, was passiert", sagte Lyria mit fester Stimme. „Ich werde Tari nicht allein lassen. Und wenn ich dabei alles riskieren muss."

Ihre Mutter nickte schließlich und sah ihre Tochter mit einem Ausdruck voller Sorge und Liebe an. „Sei vorsichtig, mein Kind. Du musst klug handeln. Dein Vater wird nie verstehen, warum du das tust, aber ich werde dich nicht aufhalten. Nur… achte auf dich. Ich liebe dich."

Lyria umarmte ihre Mutter fest und nickte dann entschlossen. Sie würde Tari finden – sie würde ihn nicht verlieren, nicht jetzt. Und sie wusste, dass sie dabei nicht nur nach ihm suchen würde, sondern nach der Antwort auf ihre eigenen Fragen.

Lyria atmete tief ein, als sie durch den Wald streifte, begleitet von der Wache, die ihr folgte. Die Dunkelheit war inzwischen vollständig über den Wald hereingebrochen, und jeder Schatten schien sich zu dehnen, die Bäume standen wie stumme Wächter in der Kälte der Nacht. Ihre Gedanken waren bei Tari – dem Fuchs, der stets an ihrer Seite war und den sie jetzt vermisste.

„Tari!" Ihre Stimme hallte durch die Bäume, aber nur das Rascheln der Blätter antwortete ihr. Sie suchte verzweifelt den Wald ab, ihre Augen flogen über jedes noch so kleine Detail des nächtlichen Waldes. Der Fuchs war immer schnell, immer gut getarnt, aber diesmal... diesmal war es anders.

Die Wache hinter ihr sagte nichts, sondern beobachtete aufmerksam die Umgebung. Sie hatten ihre Suche nicht lange fortgesetzt, als Lyria in der Ferne einen flimmernden Schimmer erblickte, der zwischen den Wurzeln eines großen Baumes hervortrat. Ihre Schritte beschleunigten sich, als ihr Herz einen Sprung machte. „Da!" rief sie, als sie zu dem Baum hin eilte. Der Wächter folgte ihr, seine Augen suchten angespannt die Dunkelheit.

Unter dem Baum, in der Vertiefung der Wurzeln, lag Tari zusammengekauert. Er wirkte klein und zerbrechlich in der Kühle der Nacht, sein Fell, das in den sanften Mondstrahlen schimmerte, war von der Feuchtigkeit der Erde und dem Schlamm des Waldbodens getränkt. Der Fuchs hob schwach den Kopf, als er die Schritte hörte, doch er sagte nichts, konnte nichts sagen. Lyria kniete sich hin und streichelte behutsam über sein Fell.

„Tari…", flüsterte sie, und ihre Stimme zitterte leicht vor Sorge. Der Fuchs bewegte sich kaum, schien nur noch ein Schatten der Energie zu sein, die er einst hatte. Die Wache blieb einige Schritte entfernt, respektvoll, doch Lyria ignorierte ihn, ihre ganze Aufmerksamkeit war auf den Fuchs gerichtet.

Tari hob langsam den Kopf und blickte sie mit seinen großen, weichen Augen an. Er wirkte erschöpft, als hätte er mehr als nur körperliche Erschöpfung erfahren. Der Blick, den er ihr zuwarf, war leer und doch voller unausgesprochener Worte.

Lyria streichelte sanft seinen Kopf, ihre Hand fuhr über das weiche, dichte Fell. „Es tut mir leid, Tari. Du musstest das nicht tun. Ich weiß, dass es viel für dich ist, aber du musst nicht alleine kämpfen."

Der Fuchs seufzte, ein leises, fast nicht hörbares Geräusch, das wie ein tiefer Atemzug klang, und ließ sich von ihr stützen, als sie ihn behutsam hochhob. Die Erleichterung, ihn wiedergefunden zu haben, war wie eine Welle, die über sie hinweg rollte, doch die Sorge blieb in ihrem Herzen, unaufhörlich. Tari hatte sich in die Dunkelheit des Waldes zurückgezogen, und sie wusste, dass es mehr als nur die Sorge um sie war, die ihn dazu getrieben hatte.

„Komm schon", flüsterte sie, als sie ihn langsam hochhob, „wir gehen jetzt zurück. Du brauchst Ruhe." Tari folgte ihr, aber seine Schritte waren langsamer als üblich, seine Bewegungen schwerer. Die Wache machte einen Schritt zur Seite, um sie passieren zu lassen. Lyria fühlte sich allein mit ihren Gedanken, als sie durch die Dunkelheit zurückgingen. Sie war froh, ihn gefunden zu haben, aber tief in ihrem Inneren fragte sie sich, was Tari wirklich durchgemacht hatte. Warum hatte er sich so zurückgezogen? Was hatte ihn belastet, und warum hatte er nicht einfach zu ihr kommen können, um mit ihr zu sprechen?

„Du wirst wieder gesund, Tari", flüsterte sie, als sie den Weg zum Palast zurücktrat. „Ich werde dafür sorgen."

Die Wache begleitete sie schweigend, und obwohl Lyria die Hand an Tari' Fell legte, konnte sie die Kälte nicht ablegen, die sie seit seiner Abwesenheit in ihrem Inneren gespürt hatte. Etwas war nicht in Ordnung. Und sie würde es herausfinden.

Lyria verbrachte die nächsten Stunden damit, sich um Tari zu kümmern. Sie hatte ihn in ihr Zimmer gebracht, ihm etwas Wasser und Futter angeboten und ihn dann in sein kleines, weiches Bett gelegt. Als er sich schließlich zusammenrollte und in einen ruhigen Schlaf fiel, setzte sie sich neben ihn, ihre Hand immer noch sanft auf seinem Fell.

„Es tut mir leid, mein lieber Freund", flüsterte sie, während sie ihm über das weiche Fell strich. „Ich hätte dich nicht so alleine lassen dürfen."

Die Nacht war inzwischen still, und die Sorgen, die sie noch vor wenigen Stunden gequält hatten, verblassten ein wenig. Es war beruhigend, bei Tari zu sein, ihm nahe zu sein, als wäre die Welt ein kleines Stück sicherer. Sie legte sich neben ihn, schloss die Augen und atmete tief durch. Für einen Moment fühlte sie sich einfach nur friedlich.

Doch der Moment der Ruhe wurde durch ein leises Klopfen an der Tür unterbrochen. Lyria seufzte und erhob sich, dabei darauf achtend, Tari nicht zu wecken.

Sie öffnete die Tür und fand sich vor einer Wache wieder, die höflich aber bestimmt verkündete: „Eure Majestät, das Abendessen wird serviert. Der König bittet um Ihre Anwesenheit."

Lyria blickte zurück zu Tari, der immer noch ruhig schlief. „Gut", sagte sie, „ich komme sofort." Sie schloss die Tür hinter sich und folgte der Wache durch die Korridore des Palastes.

Als sie in den Speisesaal trat, war der Tisch bereits gedeckt. Ihr Vater, König Vaelthoren, saß am Kopfende, und auf der anderen Seite nahm auch Faelan Platz. Er schien ihr freundlich entgegenzublicken, doch Lyria konnte die Besorgnis in seinen Augen sehen. Es war, als ob er sie noch immer beobachtete, fast auf eine Weise, die sie beunruhigte.

„Lyria, wie geht es Tari?" fragte Faelan, als sie sich setzte. Es war offensichtlich, dass er mehr über die Situation wusste, als er zugab.

„Er schläft", antwortete Lyria knapp. Sie konnte es nicht ertragen, mehr darüber zu reden, vor allem nicht vor ihrem Vater. „Er wird sich erholen."

König Vaelthoren nickte nur, aber sein Blick ruhte weiterhin auf seiner Tochter. „Du hast viel durchgemacht, Lyria", sagte er in einem Ton, der zwischen mitfühlend und befehlend schwankte. „Es ist gut, dass du endlich wieder hier bist. Wir sollten all das hinter uns lassen und an die Zukunft denken."

Lyria ließ sich nicht von seinen Worten täuschen. Sie wusste, dass ihre Freiheit und ihre Entscheidungen in dieser Familie niemals vollständig respektiert worden waren. Und sie fühlte, dass sie noch immer in einem goldenen Käfig gefangen war. Trotzdem versuchte sie, ihre Emotionen im Zaum zu halten. Heute war nicht der Tag, an dem sie sich auf einen Streit einlassen wollte. „Ich verstehe, Vater", sagte sie schließlich und nahm Platz. Ihr Blick wanderte für einen Moment zu Faelan, der ebenfalls in eine Unterhaltung mit ihrem Vater vertieft war. Doch ihre Gedanken waren bei Tari und der Gewissheit, dass sie etwas unternehmen musste, um sich und ihre Freunde aus der Umklammerung des Palastes zu befreien.

Das Gespräch am Tisch verlief ruhig, aber Lyria konnte sich nicht darauf konzentrieren. Ihre Gedanken waren woanders – bei Riven, bei dem, was sie für sich selbst und Tari tun musste. Doch sie wusste, dass sie noch nicht die richtige Gelegenheit gefunden hatte, um ihre nächsten Schritte zu planen.

Als das Abendessen zu Ende ging und sie sich erhob, bemerkte sie, dass Faelan sie mit einer gewissen Spannung musterte. Vielleicht wusste er mehr, als er zugeben wollte. Oder vielleicht war es einfach die Art und Weise, wie er sie beobachtete. Doch Lyria hatte das Gefühl, dass er noch immer in einer Welt lebte, die sie längst hinter sich gelassen hatte.

Mit einem letzten Blick auf den Raum, der sie wie eine goldene Zelle umgab, verließ Lyria den Speisesaal und kehrte zu ihrem Zimmer zurück. Sie wusste, dass sie nicht für immer hier bleiben konnte.

Lyria hatte den Rest des Abends in ihrem Zimmer verbracht, sich gedanklich in den vielen Gesprächen verloren, die sie mit sich selbst und mit Tari geführt hatte. Sie wusste, dass sie nicht länger passiv bleiben konnte. Die Zeit, in der sie sich von den Entscheidungen ihres Vaters abhängig gemacht hatte, war endgültig vorbei.

Heute würde sie ein letztes Mal versuchen, ihm zu erklären, was wirklich vor sich ging, und ihm die Unschuld der Schattenelfen klarzumachen.
Mit festem Schritt ging sie zu seinem Arbeitszimmer, in dem er sich regelmäßig aufhielt. Als sie eintrat, sah sie ihren Vater, wie er auf dem Thron saß, die Augen auf den Stapel von Dokumenten gerichtet, die er scheinbar noch immer durchging. Sein Blick hob sich, als er ihre Schritte hörte, und ein flüchtiges, aber nüchternes Lächeln huschte über sein Gesicht.
„Lyria", begann er, „was führt dich zu mir?"
Lyria atmete tief durch, sammelte all ihren Mut. „Vater, ich möchte noch einmal mit dir sprechen. Es geht um die Schattenelfen – und vor allem um die vermeintliche Entführung. Du musst mir glauben, dass sie uns nichts getan haben!"
Vaelthoren seufzte und lehnte sich in seinem Stuhl zurück, als ob er schon ahnte, was kommen würde.
„Lyria, du hast den ganzen Tag darüber nachgedacht, aber du verstehst einfach nicht, worum es wirklich geht. Du bist in einem gefährlichen Netz gefangen. Und du bist blind, wenn du denkst, dass die Schattenelfen wirklich keine feindlichen Absichten hegen."
„Aber Vater!", entgegnete Lyria, ihre Stimme fester und dringlicher. „Ich habe mit Riven gesprochen. Sie haben mich nicht entführt. Wir sind zusammengekommen, weil ich einen anderen Weg gesucht habe. Es geht ihnen nicht um Krieg, sondern um Frieden. Sie wollen keinen Konflikt. Sie haben mir alles erzählt."
Der König legte die Hände zusammen und sah sie mit

einem strengen Blick an. „Und du glaubst wirklich, dass das alles so einfach ist? Du verstehst nicht, was auf dem Spiel steht, Lyria. Die Schattenelfen haben das Gleichgewicht der Dinge gestört, und das lässt sich nicht einfach durch Worte lösen."

Lyria schüttelte den Kopf. „Du kannst mir nicht weismachen, dass alle Schattenelfen böse sind. Du kennst nicht Riven, du weißt nicht, was für ein Mensch er ist – oder was für ein Volk die Schattenelfen wirklich sind. Und du hast auch keine Ahnung, wie sehr ich mich mit ihnen verbunden fühle!"

„Du solltest nicht über Dinge sprechen, von denen du keine Ahnung hast", erwiderte Vaelthoren mit einer kühlen Stimme, die Lyria fast wie ein Schlag traf. „Und genau deshalb ist es gut, dass die Hochzeit mit Faelan noch bevorsteht. Wenn wir den Bund schließen, wird dies der erste Schritt sein, um die Allianz zu stärken und ein mögliches Unheil zu verhindern."

Lyria fühlte sich plötzlich von einem kalten Hauch umgeben. Ihr Herz schlug schneller, ihre Wut stieg, als ihr klar wurde, was ihr Vater damit meinte.

„Das bedeutet, du wirst mich einfach zwingen, Faelan zu heiraten, ohne meine Meinung zu hören?", fragte sie, ihre Stimme zitterte vor unterdrückter Wut. „Und du erwartest wirklich, dass ich einfach zustimme, obwohl ich weiß, dass es nicht das ist, was ich will?"

Vaelthoren blickte sie mit einem ernsten, beinahe enttäuschten Ausdruck an. „Es geht nicht um deinen Willen, Lyria. Es geht um das Wohl des Reiches. Du musst verstehen, dass wir nicht in einer Welt leben, in der persönliche Wünsche über das Wohl des Volkes gestellt werden können. Und wir können es uns nicht leisten, dass die Familie von Faelan sich gegen uns stellt. Sie wissen noch nichts von der Entführung, und die Hochzeit ist der Schlüssel zu einem stabilen Bündnis. Glaub mir, es ist die einzige Möglichkeit, Frieden zu wahren."

Lyria fühlte sich, als würde ihr der Boden unter den Füßen weggezogen. Sie versuchte, ihre Tränen zurückzuhalten, doch es fiel ihr schwer. „Und was ist mit dem Frieden, den ich mit den Schattenelfen finden wollte? Was ist mit der Freiheit, die ich mir erkämpft habe? Wirst du mir wirklich den Frieden mit mir selbst und mit den Menschen, die mir wichtig sind, einfach wegnehmen?"

„Du bist noch jung, Lyria", sagte Vaelthoren, und seine Stimme war jetzt fast sanft. „Du wirst irgendwann verstehen, warum ich das tue. Du wirst sehen, dass dies der richtige Weg ist."

„Ich verstehe schon", sagte sie scharf und stand abrupt auf. „Du wirst immer nur deinen Weg sehen. Und du wirst nie verstehen, dass es auch andere Wege gibt, die viel besser wären. Ich werde dich nicht weiter überzeugen können, also höre auf, mir diese Entscheidungen aufzuzwingen. Du kannst mich nicht zwingen, das zu tun."

Der König sah ihr nur nach, als sie das Zimmer verließ. Doch Lyria wusste, dass sie nicht einfach resignieren konnte. Es war eine Entscheidung, die sie alleine treffen musste. Sie hatte keine Zeit mehr zu verlieren, und sie wusste, dass sie gegen ihren Vater und all die Regeln kämpfen musste, um den Frieden zu finden, den sie sich erhoffte. Aber sie würde kämpfen. Sie musste es tun.

Im Verlies

Die Kälte im Kerker war allgegenwärtig. Ein feuchter Modergeruch hing in der Luft, und das leise Tropfen von Wasser hallte zwischen den steinernen Wänden wider. Lyria zog ihren Umhang enger um die Schultern, während sie sich vorsichtig durch den engen Korridor bewegte. Die Fackeln, die in unregelmäßigen Abständen an den Wänden brannten, warfen flackernde Schatten, die die düstere Atmosphäre nur verstärkten.

Ihr Herz schlug schneller, je näher sie der Zelle kam. Zwei Wachen standen davor, ihre Rüstungen schimmerten matt im spärlichen Licht. Als sie Lyria bemerkten, richteten sie sich sofort auf.

„Prinzessin, ihr solltet nicht hier sein." Die tiefen Stimmen der Soldaten klangen respektvoll, aber bestimmt.

„Ich will mit dem Gefangenen sprechen," erklärte Lyria, so ruhig wie möglich. „Bitte lasst mich durch."

Die Männer wechselten einen zögernden Blick. „König Vaelthoren hat befohlen, dass niemand—"

„Ich bin seine Tochter." Ihre Stimme klang fester, als sie sich fühlte. „Wird er mich etwa bestrafen, weil ich ein paar Worte mit ihm wechsle?"

Nach einem Moment des Schweigens traten die Wachen schließlich zur Seite. Eine von ihnen schloss das massive Eisengitter auf und öffnete die Tür gerade so weit, dass Lyria hindurch schlüpfen konnte.

Kaum war sie im Inneren, fiel die Tür mit einem dumpfen Knall wieder ins Schloss.

Riven saß mit dem Rücken gegen die Wand gelehnt auf dem kalten Steinboden. Seine Handgelenke waren von Fesseln umschlossen, die ihn daran hinderten, seine Magie zu nutzen. Trotzdem wirkte er nicht gebrochen. Seine goldenen Augen blitzten im Halbdunkel auf, als er Lyria sah.

„Du hättest nicht kommen sollen." Seine Stimme war rau, aber nicht kalt.

Lyria trat vorsichtig näher, ihr Blick suchte den seinen. „Ich musste dich sehen."

Riven musterte sie schweigend, als wolle er herausfinden, ob sie tatsächlich hier war oder ob seine Gedanken ihm einen Streich spielten. Schließlich schnaubte er leise. „Und? Bist du gekommen, um mir Lebewohl zu sagen?"

Lyria schüttelte den Kopf. „Ich habe meinem Vater gesagt, dass die Schattenelfen keinen Krieg wollen. Aber er hört mir nicht zu. Er glaubt, dass du mich entführt hast. Dass du mich... verzaubert hast."

Ein bitteres Lächeln huschte über Rivens Gesicht. „Natürlich glaubt er das. Es ist leichter, mich als Monster zu sehen, als sich einzugestehen, dass seine eigene Tochter eine Wahl getroffen hat."

Seine Worte trafen sie tief. Sie wusste, dass er recht hatte. Ihr Vater war nicht bereit, seine Sicht auf die Welt zu ändern.

„Ich werde nicht heiraten." Lyria kniete sich vor ihn, ihre Finger berührten vorsichtig seine. „Ich liebe dich."

Riven sog scharf die Luft ein. Sein Blick wurde weicher, und für einen Moment schien er zu vergessen, wo sie waren. Seine Finger umschlossen ihre, trotz der Fesseln, die sein Handgelenk einschnürten.

„Lyria..." Ein lautes Geräusch ließ sie beide aufschrecken. Die Wachen bewegten sich unruhig, als ob jemand im oberen Bereich des Palastes Alarm geschlagen hätte.

Lyria wusste, dass ihre Zeit knapp war. Sie drückte Rivens Hände fester. „Ich werde dich hier rausholen." Riven betrachtete sie mit einer Mischung aus Hoffnung und Zweifel. „Und dann? Werden wir für immer fliehen?"

„Nein." Lyria hob das Kinn. „Ich werde nicht mehr davonlaufen. Ich werde kämpfen – für uns. Für den Frieden."

Er sah sie lange an, dann nickte er langsam. „Dann werde ich an deiner Seite stehen, wenn es soweit ist." Ein letzter Blick, eine stumme Übereinkunft. Dann stand Lyria auf und trat zurück zur Tür. Sie klopfte einmal gegen das Metall, und die Wachen öffneten ihr. Mit einem letzten Blick über die Schulter verließ sie den Kerker – mit einem Plan im Herzen, der alles verändern könnte.

Lyria konnte den kalten Schauer auf ihrer Haut spüren, als sie die Kerker verließ und sich wieder in die Korridore des Palastes begab. Ihr Kopf pochte vor lauter Gedanken, während ihre Schritte sie fast automatisch zurück in ihre Gemächer führten. Sie hatte Riven versprochen, ihn zu befreien – aber wie? Ihre Mutter war die Einzige, die ihr vielleicht zuhören würde. Doch selbst sie würde es nicht wagen, offen gegen König Vaelthoren zu handeln. Nein, sie musste vorsichtig sein. Vielleicht gab es einen anderen Weg, Riven zu befreien, ohne direkt gegen ihren Vater aufzubegehren.

Als sie ihre Zimmertür öffnete, fand sie Elaia dort wartend vor. Ihre Zofe und Vertraute musterte sie mit einem ernsten Blick.

„Du warst bei ihm, nicht wahr?"

Lyria zögerte, aber dann nickte sie. „Er hat nichts getan, Elaia. Er ist unschuldig."

Elaia seufzte leise. „Ich weiß, dass du das glaubst. Aber dein Vater… er wird seine Meinung nicht ändern. Du musst vorsichtig sein, Lyria. Er hat Wachen vor deinem Zimmer aufgestellt. Du bist eine Gefangene in deinem eigenen Zuhause."

Lyria ballte die Hände zu Fäusten. „Dann muss ich hier raus."

Elaia schüttelte den Kopf. „Und wohin willst du gehen? Wenn du jetzt fliehst, dann beweist du ihm nur, dass er recht hat."

Lyria sah ihre Freundin flehend an. „Dann hilf mir. Bitte. Ich kann Riven nicht einfach hier unten verrotten lassen."

Elaia presste die Lippen zusammen, ihr Blick wurde nachdenklich. Nach einem Moment trat sie näher und senkte die Stimme. „Es gibt einen Weg in die Verliese, den nicht viele kennen. Ich kann dich hinführen… aber wenn du erwischt wirst, wird es schlimmer als nur eine Gefangenschaft."

„Ich weiß." Lyrias Herz schlug schneller. „Aber ich kann ihn nicht einfach aufgeben."

Elaia seufzte, dann nickte sie langsam. „Dann sei bereit. Heute Nacht."

Die Stunden zogen sich quälend langsam dahin, bis die

Dunkelheit den Palast umhüllte. Lyria konnte kaum stillsitzen, während sie darauf wartete, dass der Moment gekommen war.

Schließlich kam Elaia zu ihr, leise wie ein Schatten. „Jetzt. Die Wachen wechseln ihre Posten. Wir haben nicht viel Zeit."

Lyria warf sich einen dunklen Umhang über und folgte Elaia durch die engen Gänge des Palastes. Ihre Herzen schlugen im gleichen schnellen Rhythmus, während sie durch geheime Pfade schlichen, die Lyria selbst nie zuvor bemerkt hatte.

Schließlich standen sie vor einer versteckten Tür, die in die unteren Gewölbe führte. Elaia drehte sich zu ihr um. „Von hier an bist du auf dich allein gestellt."

Lyria nickte entschlossen. „Danke, Elaia. Ich werde dich nicht vergessen."

Dann trat sie durch die Tür und verschwand in der Dunkelheit – bereit, Riven zu retten, koste es, was es wolle.

Lyria bewegte sich vorsichtig durch die feuchten Gänge der Verliese. Der schwache Lichtschein der Fackeln warf flackernde Schatten an die kalten Steinwände, und das leise Tropfen von Wasser hallte durch die Gänge. Ihr Herz raste – nicht nur aus Angst, entdeckt zu werden, sondern auch wegen der Sorge um Riven. Endlich erreichte sie seine Zelle. Die dicken Eisenstäbe trennten sie voneinander, aber als Riven ihren Schatten erkannte, hob er sofort den Kopf. Seine dunklen Augen funkelten im dämmrigen Licht, und ein kaum wahrnehmbares Lächeln spielte um seine Lippen. „Du bist wirklich gekommen." Seine Stimme war heiser, aber warm.

Lyria legte ihre Hände um die kalten Gitterstäbe. „Natürlich bin ich gekommen. Ich lasse dich nicht hier verrotten."

Riven trat näher, sein Blick wanderte über ihr Gesicht, als wolle er sich jedes Detail einprägen. „Das ist gefährlich, Lyria. Wenn sie dich hier erwischen…"

„Ich weiß." Sie schluckte. „Aber ich musste dich sehen. Ich… ich kann das nicht einfach akzeptieren. Mein Vater wird dich nicht gehen lassen, und wenn er den Krieg verhindern will, dann wird er dich als Zeichen seiner Macht opfern."

Rivens Miene verhärtete sich. „Das dürfen wir nicht zulassen."

Lyria nickte, dann sah sie sich um. „Ich werde dich hier rausholen. Elaia hat mir geholfen, hierherzukommen, aber wir brauchen einen Plan."

Riven musterte sie nachdenklich. „Wir könnten warten, bis sie mich vor den König bringen. Dann haben wir vielleicht eine Chance zu fliehen."

Lyria biss sich auf die Lippe. „Und wenn es dann zu spät ist?"

Riven trat näher, sodass nur noch die Gitterstäbe zwischen ihnen waren. „Dann musst du dich in Sicherheit bringen. Du darfst nicht für mich sterben."

Lyria schüttelte heftig den Kopf. „Denk nicht mal daran! Ich werde dich nicht aufgeben."

Für einen Moment schwiegen sie, während ihre Blicke sich ineinander verfingen. Dann, ganz vorsichtig, schob Lyria eine Hand durch die Gitter, und Riven nahm sie sanft in seine.

„Ich habe dich nicht gerettet, damit du dein Leben für

mich opferst," murmelte er.

„Und ich habe mich nicht in dich verliebt, um dich sterben zu sehen," flüsterte sie zurück.

Ein leises Geräusch aus dem Gang ließ sie beide erstarren. Lyria zog hastig ihre Hand zurück. Schritte näherten sich.

„Geh," drängte Riven leise. „Komm nicht zurück, wenn es zu gefährlich wird."

Lyria zwang sich, einen letzten Blick auf ihn zu werfen, bevor sie in die Schatten zurückwich. Ihre Entscheidung stand fest: Sie würde ihn befreien – egal, was es kostete.

Lyria lag in ihrem Bett, die Decke bis zum Kinn hochgezogen, aber der Schlaf wollte nicht kommen. Der Mond warf silbrige Streifen durch die Fensterscheiben, während Tari eingerollt neben ihr lag, seine sanften Atemzüge ein beruhigender Rhythmus in der stillen Nacht. Doch in ihrem Kopf kreisten die Gedanken unaufhörlich.

Mearas Worte hallten in ihr nach. "Dunkle und Lichtmagie sind Gegensätze, ja. Aber in ihrer Reinheit können sie sich verbinden, sich ergänzen. Zusammen sind sie stärker, als man glaubt."

Lyria sog zitternd die Luft ein. Seit sie klein war, hatte man ihr beigebracht, dass Dunkelheit und Licht niemals harmonieren konnten – dass die Schattenelfen und ihre Magie etwas Bedrohliches waren. Doch jetzt wusste sie es besser. Riven war kein Monster. Seine Magie fühlte sich nicht kalt oder böse an, sondern lebendig, kraftvoll – wie ein Nachtwind, der Geheimnisse flüsterte.

Was, wenn Meara recht hatte? Was, wenn sie ihre

Magie mit Rivens vereinen konnte?

Ein Schauer lief ihr über den Rücken. Sie wusste, dass ihre magischen Fähigkeiten nicht besonders stark waren. Ihre Mutter war die Heilerin der Familie, und ihr Vater hatte seine Kraft in der Kampfmagie gefunden. Lyria hingegen hatte sich nie wirklich mit ihren Fähigkeiten auseinandergesetzt – bis jetzt.

Ihr Blick glitt zu ihren Händen. Konnte sie es wagen? Ganz vorsichtig hob sie eine Hand, konzentrierte sich und rief das sanfte, goldene Licht herbei, das sie von klein auf gekannt hatte. Es flackerte in ihrer Handfläche, eine kleine, beruhigende Flamme aus purer Lichtmagie.

Doch nun tat sie etwas, das sie noch nie zuvor versucht hatte. Sie erinnerte sich an das Gefühl, das sie hatte, wenn sie mit Riven zusammen war – an seine dunkle Aura, die nicht furchteinflößend, sondern geheimnisvoll und vertraut war. Sie schloss die Augen und stellte sich seine Magie vor, wie sie sich um ihre eigene legte, sie nicht verdrängte, sondern umarmte. Einen Moment lang geschah nichts. Dann – ein leises Knistern. Als sie die Augen wieder öffnete, war das Licht in ihrer Hand nicht mehr golden, sondern durchzogen von feinen dunklen Adern. Nicht bedrohlich, sondern wunderschön – wie die Sterne in der Nacht.

Lyrias Herz schlug heftig. Wenn sie es schaffte, Licht und Dunkelheit zu vereinen … dann konnte sie vielleicht auch einen Weg finden, Riven zu retten.

Lyrias Herz raste, während sie das Licht in ihrer Hand betrachtete. Es war nicht mehr nur ihre Magie – es war etwas Neues. Etwas, das es eigentlich nicht geben durfte. Licht und Dunkelheit sollten sich abstoßen, nicht verschmelzen. Und doch … hier war es, lebendig und wunderschön.

Sie schluckte schwer. Was, wenn ihr Vater oder einer der Magier des Hofes davon erfuhr? Würden sie sie für eine Verräterin halten? Würden sie denken, dass Riven sie mit dunkler Magie verdorben hatte?

Sie atmete tief durch.

"Das hier bin ich."

Diese Erkenntnis gab ihr Kraft. Sie durfte sich nicht länger verstecken, nicht vor ihrem Vater, nicht vor sich selbst. Sie musste handeln.

Tari zuckte leicht im Schlaf, als Lyria langsam aus dem Bett stieg. Sie konnte jetzt nicht untätig bleiben. Sie musste verstehen, was diese Verbindung bedeutete – und sie musste Riven sehen.

Langsam öffnete sie die Tür ihres Zimmers. Die Wachen standen sicherlich noch an den Ausgängen des Palastes, aber sie kannte die Geheimgänge. Sie war als Kind oft durch sie geschlichen, um sich vor den strengen Etikette-Stunden zu drücken.

Mit leisen Schritten huschte sie durch den Flur, dann in einen Nebenraum und schließlich durch eine verborgene Tür hinter einer alten Wandteppich. Die Luft war kühl in dem schmalen Gang, der zum Kerker führte.

Nach einer Weile erreichte sie eine verborgene Nische hinter einer Holzverkleidung. Sie presste sich dagegen und spähte durch einen Riss in der Wand. Zwei Wachen standen vor der Zelle, in der Riven gefangen war.

Er saß mit verschränkten Armen auf der kargen Pritsche, sein Blick dunkel und ausdruckslos. Doch als wäre er sich plötzlich ihrer Anwesenheit bewusst, hob er den Kopf und sah direkt in ihre Richtung.

Ein leises Lächeln huschte über sein Gesicht.

Lyria sog scharf die Luft ein.

"Warte auf mich, Riven."

Sie musste einen Weg finden, ihn hier rauszuholen.

Und sie hatte schon eine Idee.

Lyria presste sich in den Schatten der verborgenen Nische, ihr Herz schlug wild. Riven hielt ihrem Blick stand, und obwohl sie nicht miteinander sprechen konnten, wusste sie, dass er verstand: Sie würde ihn nicht hierlassen.

Aber sie durfte nicht unüberlegt handeln. Wenn sie Riven einfach befreite und mit ihm floh, würde ihr Vater das als Hochverrat ansehen. Es würde den Krieg nur noch wahrscheinlicher machen.

Nein, sie musste klüger sein.

Plötzlich kam ihr ein Gedanke. Ihr Vater war ein Mann der Politik, der Ehre – und der Magie. Es war immer sein Glaube gewesen, dass Lichtmagie über alles erhaben sei. Wenn sie ihm beweisen konnte, dass Licht und Dunkelheit zusammen existieren konnten, dass die Schattenelfen keine Bedrohung waren, sondern eine Bereicherung … dann hatte sie vielleicht eine Chance.

Ihr Blick fiel auf ihre Hände. Die neue Magie, die sich in ihr regte – sie war der Schlüssel.

Aber sie brauchte eine Gelegenheit, sie zu zeigen. Und es gab nur einen Moment, an dem alle versammelt sein würden: Die Hochzeit.

Der Plan war riskant, vielleicht sogar wahnsinnig. Aber es war die einzige Möglichkeit.

Sie musste es bis zur Hochzeit durchhalten. Sie würde sich fügen, den Schein wahren – und dann, vor aller Augen, ihre wahre Kraft entfesseln.

Lyria richtete sich auf. Sie konnte Riven nicht direkt helfen, aber sie konnte ihm Hoffnung geben. Sie formte mit den Lippen lautlos die Worte: "Vertrau mir."

Riven musterte sie lange, dann nickte er kaum merklich.

Lyria zwang sich, sich loszureißen. Sie konnte nicht riskieren, erwischt zu werden. Also huschte sie den Gang zurück, so leise wie sie gekommen war.

Morgen würde sie sich ihrem Vater stellen – aber nicht als gehorsame Tochter. Sondern als die Elfe, die sie wirklich war.

Lyria lag noch lange wach, ihr Plan nahm immer konkretere Formen an. Doch sie wusste, dass sie vorsichtig sein musste. Ihr Vater ließ sie keinen Moment aus den Augen, Faelan war wachsam, und irgendwo in den Kerkern saß Riven und wartete auf das, was als Nächstes geschehen würde.

Sie durfte sich nichts anmerken lassen.

Am nächsten Morgen erschien sie beim Frühstück mit einem ruhigen Lächeln, obwohl ihr Inneres tobte. König Vaelthoren betrachtete sie misstrauisch, als er sich setzte. Faelan hingegen musterte sie mit einem prüfenden Blick, als würde er nach einem Anzeichen suchen, dass sie noch immer an Flucht dachte.

„Ich hoffe, du hast gut geschlafen", sagte ihr Vater, während er sein Brot brach.

Lyria nickte. „Ja, Vater. Ich habe viel nachgedacht …
und du hast recht."

Die Worte kamen ihr schwer über die Lippen, aber sie
wusste, dass sie diesen Schritt gehen musste.

Faelan hob überrascht die Augenbrauen. „Womit genau
hat er recht?"

Lyria seufzte und senkte den Blick, als wäre sie voller
Reue. „Dass es meine Pflicht ist, unsere Völker zu
vereinen. Ich habe versucht, mich dagegen zu wehren,
aber ich sehe jetzt ein, dass diese Hochzeit das Beste
für alle ist."

Sie spürte, wie die Anspannung im Raum nachließ. Ihr
Vater nickte zufrieden, während Faelan sie weiterhin
argwöhnisch musterte.

„Das freut mich zu hören", sagte König Vaelthoren.
„Dann werden wir alles wie geplant fortführen. Morgen
wird dein großer Tag sein, meine Tochter."

Lyria zwang sich zu einem Lächeln. Morgen. Das
bedeutete, dass sie nur noch eine einzige Nacht hatte,
um alles vorzubereiten.

Faelan beugte sich zu ihr. „Und du meinst das wirklich
ernst?"

Sie erwiderte seinen Blick mit gespielter
Entschlossenheit. „Ja."

Doch tief in ihrem Inneren wusste sie: Dies war nur der
erste Zug in ihrem Spiel.

In Wahrheit würde sie diesen Tag nicht als Braut
beenden – sondern als Befreierin.

Lyria verbrachte den restlichen Tag damit, ihre Rolle
perfekt zu spielen. Sie ließ sich ohne Widerstand das
Kleid für die Hochzeit noch einmal anpassen, sprach
höflich mit den Hofdamen und lächelte aufgesetzt,

wenn ihr Vater oder Faelan in der Nähe waren. Niemand sollte auch nur einen Verdacht schöpfen. Doch innerlich zählte sie die Stunden, bis die Nacht hereinbrechen würde.

Als sich der Himmel dunkel färbte, zog sie sich in ihr Gemach zurück. Elaia half ihr beim Entkleiden und wünschte ihr eine gute Nacht, bevor sie die Kerzen löschte und das Zimmer verließ. Lyria wartete, bis die Geräusche auf dem Flur verklangen, dann setzte sie sich auf die Bettkante und holte tief Luft.

Sie musste Riven befreien – und sie wusste, wie. Behutsam streckte sie die Hand aus, rief die Magie in sich hervor und konzentrierte sich auf das, was Meara ihr gesagt hatte: Die Verbindung zwischen Licht- und Dunkelmagie war nicht nur eine Legende, sie war real. Wenn sie es richtig anstellte, konnte sie damit das Schloss des Kerkers öffnen.

Doch zuerst musste sie dorthin gelangen.

Mit einem Mantel über den Schultern schlich sie zur Tür, öffnete sie vorsichtig einen Spalt und lauschte. Nichts. Die Wachen standen sicher weiter vorne am Gang, sie musste sich beeilen. Leise huschte sie hinaus und bewegte sich mit schnellen Schritten durch den Palast.

Ihr Herz schlug wild, als sie die Treppe hinunterging. Der Kerker lag im tiefsten Teil des Palastes, dort, wo kalte Steine und feuchte Luft die Gefangenen erwarteten.

Endlich erreichte sie die schwere Tür, hinter der Riven gefangen gehalten wurde. Zwei Wachen standen davor, die Lanzen in den Händen.

Lyria richtete sich auf und trat mit selbstbewusster

Miene näher. „Mein Vater wünscht, dass ich mit dem Gefangenen spreche", sagte sie kühl. „Ich soll ihm klarmachen, dass er sich dem König unterwerfen muss, wenn er je freikommen will."

Die Wachen tauschten Blicke aus. Einer von ihnen zögerte. „Die Befehle lauteten, dass niemand zu ihm darf."

Lyria verschränkte die Arme. „Mein Vater wird nicht erfreut sein, wenn er hört, dass ihr mich aufgehalten habt."

Der Wachmann presste die Lippen aufeinander, überlegte – und trat dann widerwillig zur Seite. „Ihr habt zehn Minuten."

Lyria nickte dankend und betrat den Kerker.

Riven saß auf dem Boden, die Hände in Ketten gelegt. Als er sie sah, hob er den Kopf, seine goldenen Augen funkelten im spärlichen Licht. „Du bist gekommen", murmelte er leise.

Lyria kniete sich vor ihn, ihre Finger streiften seine. „Ich werde dich hier rausholen."

Er lächelte schief. „Wie?" „Ich sagte doch schon, vertrau mir."

Sie schloss die Augen, rief ihre Magie – Licht und Schatten zugleich – und spürte, wie die Fesseln warm wurden. Ein leises Klicken ertönte.

Die Ketten fielen zu Boden. Riven starrte sie überrascht an. „Wie hast du das—?"

„Später", flüsterte sie. „Wir müssen verschwinden, bevor jemand merkt, was passiert ist."

Sie half ihm auf die Beine, und gemeinsam machten sie sich bereit, dem Palast zu entkommen – oder zu kämpfen, wenn es sein musste.

Riven musterte sie mit einem Blick, der sowohl Stolz als auch Sorge in sich trug. Seine Hände ruhten noch auf ihren Armen, als wollte er sicherstellen, dass sie nicht gleich wieder verschwinden würde.

„Du willst, dass ich gehe?" Seine Stimme klang ruhig, aber in seinen dunklen Augen loderte ein unruhiges Feuer.

Lyria nickte entschlossen. „Wenn du hierbleibst, wird mein Vater dich wieder festnehmen oder Schlimmeres tun. Aber wenn ich ihm zeige, was ich kann – was meine Magie wirklich bedeutet –, dann kann ich ihn vielleicht überzeugen, diesen Krieg zu verhindern. Ich muss das allein tun."

Riven atmete tief durch. „Lyria, du weißt, dass er dich niemals einfach gewähren lassen wird. Vaelthoren sieht die Schattenelfen als Feinde, als Bedrohung. Magie allein wird seine Meinung nicht ändern."

Lyria hob das Kinn. „Vielleicht nicht. Aber ich muss es versuchen. Wenn ich scheitere … dann gibt es keinen Weg zurück. Dann wird es Krieg geben. Und dann …" Sie schluckte. „Dann brauche ich dich mehr denn je."

Einen Moment lang sagte er nichts. Dann strich er ihr sanft eine Haarsträhne hinters Ohr, seine Finger verweilten an ihrer Wange. „Du bist mutiger, als du selbst glaubst."

Ein trauriges Lächeln huschte über ihre Lippen. „Dann geh. Bitte."

Riven sah sie noch einen Moment lang an, als wollte er sich jedes Detail ihres Gesichts einprägen. Schließlich nickte er knapp.

„Ich werde nicht weit sein. Sollte etwas schiefgehen …

werde ich zurückkommen."

Lyria spürte, wie ihre Kehle sich zusammenzog, doch sie zwang sich, stark zu bleiben. Als Riven sich in den Schatten des Kerkers zurückzog, wurde ihr Herz schwerer mit jedem Schritt, den er tat.

Er war fort, noch bevor die Wachen etwas bemerkten. Sie stand allein da, das Echo seiner letzten Worte hallte in ihrem Kopf nach.

Jetzt blieb nur noch eine Aufgabe: ihrem Vater zu zeigen, dass die Welt nicht so einfach in Licht und Dunkel geteilt werden konnte.

Lyria blieb noch eine Weile in der Dunkelheit des Kerkers stehen. Die Luft war feucht und kalt, doch ihr Entschluss brannte in ihr wie eine Flamme. Sie durfte jetzt nicht zögern.

Als sie sich schließlich umwandte und den Kerker verließ, schlug ihr das Licht der Fackeln auf den Gängen entgegen. Die Wachen beachteten sie kaum, hielten sie doch für eine Prinzessin, die lediglich aus Neugier den Gefangenen aufgesucht hatte. Doch in ihr tobte der Sturm.

Als sie ihr Zimmer erreichte, saß Tari auf ihrem Bett und hob den Kopf, als sie eintrat. Seine silberfarbenen Augen spiegelten ihre Unruhe wider.

„Morgen früh werde ich es tun, Tari", flüsterte sie und setzte sich zu ihm. Der kleine Fuchs schmiegte sich an sie, als wollte er ihr Mut zusprechen.

Sie zog die Decke um sich und versuchte zu schlafen, doch ihre Gedanken ließen sie nicht los. Was, wenn ihr Vater sie als Verräterin sah? Was, wenn er ihre Magie nicht akzeptierte? Was, wenn ihre eigenen Leute sich gegen sie wandten?

Irgendwann, als der Himmel bereits in einem sanften Blau zu leuchten begann, fiel sie doch in einen unruhigen Schlaf.

Ein energisches Klopfen riss sie aus ihren Träumen. Elaia steckte den Kopf ins Zimmer.

„Lyria, dein Vater will dich sehen. Sofort."

Lyria richtete sich auf, noch immer erschöpft, doch ihr Herz schlug schneller. War das ihre Gelegenheit?

Sie zog sich schnell an und folgte Elaia durch die Gänge des Palastes. Draußen war der Himmel klar, die Morgensonne tauchte die weißen Mauern in goldenes Licht. Doch Lyria fühlte sich, als stünde sie vor einem Sturm.

Im Thronsaal wartete ihr Vater bereits. Sein Blick war streng, doch nicht wütend. An seiner Seite stand Faelan, der sie aufmerksam musterte.

„Lyria", begann Vaelthoren mit ernster Stimme. „Ich habe darüber nachgedacht, wie wir weiter verfahren. Der Angriff auf das Velmora steht unmittelbar bevor."

Sie erstarrte.

„Es sei denn, du überzeugst mich, dass es eine andere Lösung gibt." Seine Augen bohrten sich in ihre. „Also, sprich. Zeige mir, was du vorhast." Das war es. Ihre Chance.

Lyria holte tief Luft und trat vor.

„Ich werde dir beweisen, dass Licht und Dunkel keine Feinde sein müssen."

Dann hob sie die Hände – und begann, ihre Magie zu wirken.

Lyria schloss die Augen und ließ ihre Magie durch sich fließen. Sie spürte das vertraute Strahlen der Lichtmagie in ihren Fingerspitzen, warm und sanft wie das erste Licht des Morgens. Doch diesmal war da noch etwas anderes – eine kühle, pulsierende Kraft, die sie in den vergangenen Tagen immer stärker in sich gespürt hatte. Die Schattenmagie, die sich mit ihrer eigenen verband.

Langsam öffnete sie die Augen wieder und hob die Hände. Vor ihr begann sich ein Leuchten zu formen – nicht nur golden, sondern auch dunkel, fast violett. Die beiden Energien tanzten umeinander, berührten sich, verschmolzen.

Im Thronsaal wurde es still.

Ihr Vater hatte sich aufgerichtet, sein Blick war scharf, voller Skepsis und Unverständnis. Faelan starrte sie mit geweiteten Augen an, und selbst die Wachen hielten den Atem an.

„Was… tust du da?", fragte Vaelthoren leise, aber sein Tonfall verriet eine tiefe Erschütterung.

Lyria ließ das Licht und den Schatten weiter kreisen, bis sie langsam die Hände senkte und die Magie verblassen ließ.

„Ich beweise dir, dass Licht und Dunkelheit nicht Feinde sein müssen", sagte sie ruhig. „Ich bin beides, Vater. Ich habe mich nicht verändert – aber ich habe verstanden, dass unsere Völker nicht so verschieden sind, wie wir glauben."

Sein Gesicht blieb unbewegt. Dann erhob er sich von seinem Thron und trat langsam auf sie zu.

„Das ist Schattenmagie", sagte er mit gefährlich ruhiger Stimme. „Du hast dich von ihnen beeinflussen lassen.

Sie haben dich… verändert."

Lyria schüttelte den Kopf. „Nein", widersprach sie fest. „Ich war es, die es zugelassen hat. Es ist ein Teil von mir. Genauso wie meine Lichtmagie. Und genauso wie Frieden ein Teil unserer Zukunft sein kann – wenn wir ihn zulassen."

Vaelthoren blieb stehen, nur eine Armlänge von ihr entfernt. Sein Blick war undurchdringlich, doch in seinen Augen lag mehr als nur Zorn. Da war etwas Tieferes – Zweifel, vielleicht sogar Angst. Vaelthoren ließ ihre Worte in der Stille verhallen, dann schüttelte er langsam den Kopf.

„Nein, Lyria." Seine Stimme war fest, aber nicht laut. „Das, was du da gezeigt hast, ist nicht natürlich. Es mag sein, dass du dich verändert hast – aber das bedeutet nicht, dass es richtig ist."

Lyria spürte, wie sich ihr Herz zusammenzog. „Vater, du hast es doch gesehen. Licht und Schatten können zusammen existieren! Ich bin der Beweis dafür!"

Doch Vaelthoren wandte sich bereits an zwei Wachen. „Bringt sie zurück in ihr Gemach. Ich will nicht, dass sie sich weiter in Dinge einmischt, die sie nicht versteht."

„Was?!" Lyria riss die Augen auf. „Du kannst mich nicht einfach einsperren! Ich bin deine Tochter, nicht eine Gefangene!"

„Und genau deshalb tue ich das", erwiderte er scharf. „Weil du meine Tochter bist. Weil ich nicht zulassen werde, dass du dich weiter von dieser Dunkelheit beeinflussen lässt."

Sie wollte noch etwas sagen, doch da packten die Wachen sie bereits sanft, aber bestimmt an den Armen.

Lyria kämpfte nicht gegen sie an – es hätte nichts gebracht. Stattdessen warf sie ihrem Vater einen Blick zu, in dem sich Wut, Schmerz und Enttäuschung mischten.

„Du machst einen Fehler", sagte sie mit bebender Stimme. „Du siehst nur, was du sehen willst. Aber irgendwann wirst du erkennen, dass du Unrecht hast." Vaelthoren sagte nichts.

Faelan, der das Ganze schweigend verfolgt hatte, blickte ihr mit einem Ausdruck nach, den sie nicht deuten konnte.

Dann wurde sie hinausgeführt.

Zurück in ihrem Zimmer ließ Lyria sich schwer auf ihr Bett fallen. Ihr Atem ging flach, ihr Herz pochte vor Zorn und Frustration.

Tari sprang sofort zu ihr und stupste sie mit seiner feuchten Nase an, als wollte er sie trösten.

„Was soll ich jetzt tun, Tari?", flüsterte sie und vergrub die Hände in seinem Fell.

Sie hatte alles versucht. Hatte ihre Magie offenbart, hatte um Frieden gebeten – und ihr Vater hatte sie einfach weggeschickt, als wäre sie ein unvernünftiges Kind.

Aber sie war nicht mehr das naive Mädchen, das blind tat, was von ihr verlangt wurde.

Vaelthoren mochte ihre Worte nicht hören wollen. Aber das bedeutete nicht, dass sie sich geschlagen gab. Noch nicht.

Magische Lösung

Lyria saß auf ihrem Bett, die Knie angezogen, während das Mondlicht durch das Fenster fiel. Ihre Gedanken rasten. Ihr Vater glaubte ihr nicht. Er hatte ihre Magie gesehen und sie dennoch abgelehnt. Er wollte nichts hören, nichts verstehen. Die Schattenelfen waren für ihn Feinde – und Riven war in seinen Augen nichts weiter als ein gefährlicher Verbrecher.

Sie presste die Lippen zusammen, während Tari sich eng an sie schmiegte. Sie musste einen Weg finden, ihn umzustimmen. Doch wie?

Plötzlich klopfte es leise an der Tür. Lyria hob den Kopf. „Ja?"

Die Tür öffnete sich, und ihre Mutter trat ein. Königin Seloriae war eine Erscheinung von unaufdringlicher Schönheit – ihr silberblondes Haar fiel in sanften Wellen über ihre Schultern, und ihre hellen Augen ruhten voller Besorgnis auf Lyria.

„Ich habe mit deinem Vater gesprochen", begann sie leise, während sie die Tür hinter sich schloss.

Lyria richtete sich auf. „Und?"

Ihre Mutter seufzte und setzte sich neben sie aufs Bett. „Er ist ein sturer Mann, das weißt du. Aber er liebt dich, auch wenn du es gerade nicht siehst."

Lyria lachte bitter. „Liebe? Wenn er mich wirklich lieben würde, würde er mich nicht in dieses Gefängnis sperren. Er würde mir zuhören. Er würde verstehen, dass ich diese Hochzeit nicht will und dass Riven keine Bedrohung ist."

Seloriae betrachtete ihre Tochter nachdenklich. „Er

sieht nur das, was er sehen will – das, was er seit Jahrzehnten als Wahrheit kennt. Der Frieden mit den Schattenelfen scheint ihm unmöglich. Für ihn ist es einfacher, in alten Feindbildern zu denken, als sich etwas Neues vorzustellen."

Lyria ballte die Hände zu Fäusten. „Aber es ist nicht unmöglich! Ich habe Riven gesehen, ich habe sein Volk kennengelernt. Sie sind nicht so, wie Vater denkt. Ich bin selbst der Beweis, dass Licht- und Schattenmagie zusammen existieren können!"

Die Königin musterte sie sanft. „Ich glaube dir, meine Tochter. Aber dein Vater braucht mehr als Worte. Er braucht einen Grund, seine Sichtweise zu ändern."

Lyria schüttelte den Kopf. „Und was könnte das sein? Wie kann ich ihm beweisen, dass er sich irrt?"

Seloriae legte eine Hand auf ihre Schulter. „Indem du ihm zeigst, dass die Schattenelfen ihm nicht feindlich gesinnt sind. Indem du einen Weg findest, ihm zu beweisen, dass Riven mehr ist als ein Gefangener – dass er ein Verbündeter sein könnte."

Lyria sah ihre Mutter nachdenklich an. „Du glaubst also, dass es Hoffnung gibt?"

Seloriae lächelte schwach. „Es gibt immer Hoffnung, mein Kind. Doch die Frage ist: Bist du bereit, dafür zu kämpfen?"

Lyria spürte, wie sich etwas in ihr verhärtete – eine Entschlossenheit, die mit jedem Schlag ihres Herzens wuchs. Sie würde nicht einfach aufgeben. Sie würde nicht tatenlos zusehen, wie ihr Leben für eine Lüge geopfert wurde.

„Ja", sagte sie leise. „Ich bin bereit."

Lyria saß noch lange mit ihrer Mutter zusammen. Seloriae sprach leise, wog ihre Worte sorgsam ab, doch ihre Augen verrieten, dass auch sie in einem inneren Zwiespalt steckte. Sie glaubte an ihre Tochter, aber sie kannte ihren Gemahl – König Vaelthoren war nicht leicht umzustimmen.

„Du hast also wirklich die Verbindung zwischen Licht- und Schattenmagie gespürt?" fragte Seloriae schließlich.

Lyria nickte. „Ja. Und nicht nur gespürt. Ich habe sie genutzt, als ich Riven befreit habe. Ich weiß, dass es funktioniert, Mutter. Und ich weiß, dass die Schattenelfen nicht unsere Feinde sein müssen."

Seloriae seufzte und stand auf. Sie trat ans Fenster, ihre Finger glitten über den Fenstersims. „Vaelthoren wird dich nicht einfach freilassen. Und er wird Riven nicht einfach so gehen lassen."

Lyria biss sich auf die Lippe. „Dann muss ich ihn dazu bringen."

Ihre Mutter drehte sich um und sah sie mit ernster Miene an. „Und wie willst du das tun?"

Lyria überlegte. Ihr Vater ließ sich nicht durch Worte überzeugen – er brauchte Beweise. Eindeutige Beweise. Etwas, das er nicht leugnen konnte.

„Ich werde ihm meine Magie zeigen", sagte sie entschlossen. „Aber nicht nur ihm. Allen. Ich werde sie im Thronsaal wirken, vor den Beratern, vor den Wachen – vor Faelans Familie. Wenn sie sehen, dass Licht- und Schattenmagie gemeinsam existieren können, dann können sie nicht mehr behaupten, dass es gegen die Natur ist."

Seloriae musterte sie lange. Dann nickte sie langsam.

„Das könnte funktionieren. Aber es ist riskant. Dein Vater könnte es als Bedrohung ansehen."

„Dann werde ich vorsichtig sein", erwiderte Lyria. „Ich werde niemanden angreifen. Nur beweisen, dass diese Verbindung real ist – dass ich nicht einfach eine naive Träumerin bin."

Seloriae trat wieder zu ihr und legte eine Hand auf ihre Wange. „Du bist weit mehr als das, mein Kind. Ich wünschte, dein Vater würde es auch sehen."

Lyria legte ihre Hand über die ihrer Mutter. „Dann helfen wir ihm, es zu erkennen."

Ein leises Lächeln huschte über das Gesicht der Königin. „Dann werde ich tun, was ich kann, um dich zu unterstützen. Aber sei vorsichtig, Lyria. Du spielst ein gefährliches Spiel."

Lyria wusste das. Aber sie hatte keine Wahl. Sie würde kämpfen – für Riven, für sich selbst und für eine Zukunft, in der sie nicht in Ketten gelegt wurde. Morgen würde alles anders sein.

Es war der Tag der Hochzeit. Der Tag, der alles entscheiden würde. Der Tag, an dem Lyria sich entweder für das Leben in einem goldenen Käfig oder für die Freiheit entscheiden musste.

In ihrem Zimmer stand sie vor dem Spiegel und betrachtete sich, während die Zofe die letzten Falten des prächtigen Kleides glattstrich. Das Kleid war aus einem schimmernden, elfenbeinfarbenen Stoff gefertigt, der in den Sonnenstrahlen fast silbrig zu leuchten schien. Der Stoff war weich und fließend, und die weiten Ärmel waren mit filigranen Mustern aus goldenen Fäden bestickt. An den Rändern des Kleides glitzerten kleine Kristalle, die im Licht wie winzige Sterne funkelten. Die Taille war mit einer feinen Goldkordel betont, die ihre Figur umschmeichelte, und der Rock fiel in eleganten Wellen bis zum Boden. Der hohe Kragen war mit winzigen Perlen verziert, die an zarte Eiskristalle erinnerten.

Ihre Haare waren zu einem komplizierten Zopf geflochten, der über ihre Schulter fiel und mit einer goldenen Tiara geschmückt wurde, die den Glanz des Kleides perfekt ergänzte. Es war ein wunderschönes Kleid, das jeder Prinzessin zur Ehre gereichen würde – und dennoch fühlte sich Lyria in diesem Moment wie eine Gefangene in ihrem eigenen Leben.

„Du siehst wunderschön aus, Lyria", sagte Elaia leise und trat zu ihr, während sie die letzten Handgriffe an ihrem Outfit erledigte.

Lyria sah sie an, doch es war kein Lächeln auf ihrem Gesicht. „Danke", sagte sie schwach und strich über den Stoff des Kleides. Es war das Kleid einer Braut. Es war das Kleid einer Frau, die sich verheiraten würde – ohne Wahl, ohne Freiheit.

Elaia spürte die Traurigkeit, die von Lyria ausging, und seufzte. „Ich weiß, dass es schwer für dich ist, aber du musst wissen, dass es der einzige Weg ist, den Krieg zu verhindern. Dein Vater wird es nie erlauben, dass du die Hochzeit absagst."

Lyria nickte, aber ihre Gedanken waren weit entfernt. Sie dachte an Riven, an die Schattenelfen, an all das, was sie verloren hatte und immer noch verlieren könnte. Ihre Hand legte sich auf ihre Brust, dort, wo das Herz schlug.

„Es tut mir leid, dass ich dich in diese Situation

gebracht habe, Elaia", flüsterte sie.

Elaia legte ihre Hand beruhigend auf Lyrias Arm. „Du hast nichts falsch gemacht, Lyria. Du hast nur versucht, das Richtige zu tun. Und manchmal ist das Richtige nicht das, was wir wollen."

Lyria nickte erneut, doch tief in ihrem Inneren spürte sie, dass sie nicht einfach aufgeben konnte. Nicht heute. Nicht jetzt.

Der Klang von Schritten kam näher, und die Tür öffnete sich. „Lyria", sagte die Stimme ihres Vaters, „Es ist Zeit."

Vaelthoren stand im Türrahmen, mit ernster Miene. Als er sie sah, stockte er kurz, als würde er die Eleganz und Schönheit seiner Tochter zum ersten Mal wirklich wahrnehmen. Doch der Moment war flüchtig, und er trat vor, sein Gesicht wieder von den schweren Masken des Königshofs bedeckt.

„Kommen wir", sagte er und wandte sich ab. „Faelan wartet."

Lyria sah ihm nach, und als sie die Tür hinter sich schloss, drehte sie sich nochmals zu Elaia um. „Ich werde es durchziehen, Elaia. Aber ich werde nicht aufhören zu kämpfen. Ich werde nicht aufhören, das zu suchen, was richtig ist."

Elaia nickte, ihre Augen glänzten. „Ich glaube an dich, Lyria. Du hast die Stärke, die niemand erwartet."

Lyria trat in die großen, prächtigen Hallen des Palastes und folgte ihrem Vater. Jedes Geräusch hallte in den weiten Gängen, als sie den Gang entlanggingen, und die Wände schienen zu flüstern – ein dumpfes Echo ihrer eigenen Gedanken.

Sie wusste, dass sie auf diesem Weg nicht allein war.

Doch die Entscheidung, was sie tun würde, lag bei ihr. Die Flügel der schweren Holztüren des Thronsaals öffneten sich mit einem leisen Quietschen, und Lyria trat ein, um den Raum zu betreten. Ihre Schritte hallten in der stillen, feierlichen Atmosphäre wider, die nur vom gedämpften Murmeln der Gäste unterbrochen wurde. Alle Augen waren auf sie gerichtet – die edlen Lords und Ladies, die sich in den hohen Hallen des Palastes versammelt hatten, um der Hochzeit beizuwohnen. Es war der Moment, den ihr Vater, König Vaelthoren, seit Monaten vorbereitet hatte. Und es war der Moment, den sie in ihrem Inneren verachtete.

Lyria fühlte sich wie eine Marionette, die auf den Höhepunkt eines Stücks zusteuerte, das sie nie gewählt hatte. Doch heute war etwas anders. Heute wollte sie sich nicht mehr in dieser Rolle fügen. Sie hatte einen Plan, und sie würde es tun – sie würde ihren Vater überzeugen, dass es noch einen anderen Weg gab.

Faelan stand bereits am Altar, in voller Rüstung, wie es bei der Hochzeit eines Prinzen üblich war. Seine Augen waren auf sie gerichtet, und ein sanftes Lächeln zierte sein Gesicht. In seinen Augen lag die Liebe, die er für sie empfand – Liebe, die so rein war wie das strahlende Weiß seines Hosenrocks. Lyria konnte es sehen, konnte es fühlen. Doch sie wusste, dass sie ihn nicht so lieben konnte. Sie konnte nicht diejenige sein, die seine Träume von einer vereinten Zukunft erfüllte, wenn ihr Herz anderweitig geschlagen hatte. Es war nicht gerecht, und es war nicht ehrlich.

„Du siehst wunderschön aus, Lyria", sagte er, als sie sich dem Altar näherte. Es war ein Flüstern, und seine

Stimme hatte diesen zarten Ton, der sie berührte, aber nicht mehr als ein flimmernder Hauch von Erinnerung an eine Zeit, die sie hinter sich lassen musste.

„Danke, Faelan", murmelte sie, aber es war kaum mehr als ein Hauch, der sich von ihren Lippen löste. Ihre Hand, die er ergriff, fühlte sich kalt an – nicht aus der Angst, sondern weil sie wusste, was sie nun tun musste.

Der Priester, der vor ihnen stand, begann die Zeremonie, doch Lyria hörte seine Worte nur wie durch einen Schleier. Sie fühlte den Ring, den er ihr reichen würde, wie ein schweres Band, das sich um ihre Hand schlang – die Hand, die zu jemand anderem gehörte, zu jemandem, der sie nicht hielt, weil er sie liebte, sondern weil er sie brauchte. Der Moment der Wahrheit war gekommen.

Als der Priester sie fragte: „Nimmst du Faelan als deinen Ehemann?", spürte Lyria, wie ihr Herz in ihrer Brust raste. Ihre Kehle war trocken, und für einen Augenblick schien es, als würde die ganze Welt stillstehen. Doch dann nahm sie all ihren Mut zusammen. Sie wusste, dass dies der einzige Moment war, in dem sie es noch ändern konnte, bevor sie sich selbst ein für alle Mal in diesem goldenen Käfig aus Tradition und Pflicht einsperrte.

„Nein", sagte sie schließlich, und ihre Stimme zitterte nur leicht, aber der Klang hallte klar und bestimmt durch den Raum.

Ein erschrockenes Murmeln ging durch die versammelte Menge, und alle Augen richteten sich auf sie. Ihr Vater stand steif und erschüttert da, der

Ausdruck auf seinem Gesicht von Wut und Enttäuschung geprägt. Faelan starrte sie an, als hätte er nicht verstanden, was gerade geschehen war.

„Was bedeutet das?", fragte er, seine Stimme bebend vor Enttäuschung, die tief in ihm schürte. „Lyria, du kannst nicht einfach…"

„Ich kann, Faelan", unterbrach sie ihn, „denn ich habe keine Wahl mehr. Ich werde nicht als eine Marionette in diesem Spiel leben. Und ich werde die Entscheidung meines Lebens nicht von Traditionen oder der Pflicht eines Königshauses bestimmen lassen."

Faelan trat einen Schritt zurück, und Lyria konnte den Schmerz in seinen Augen sehen. Es war nicht die Reaktion, die sie sich erhofft hatte, aber sie wusste, dass er es verstehen musste. Die Hochzeit war nicht nur ein Bündnis von zwei Menschen. Es war der Versuch ihres Vaters, eine unaufhaltsame Macht zu sichern – und sie war nicht bereit, sich diesem Bild zu fügen.

„Ich werde meinen Vater überzeugen", fuhr Lyria fort, ihre Stimme jetzt stärker. „Ich werde ihm die Wahrheit zeigen. Ich werde allen meine Magie zeigen und ihm beweisen, dass wir einen anderen Weg finden können – einen, der keinen Krieg fordert. Einen, der auf Verständnis und Frieden basiert, nicht auf Macht."

Der Raum war still, als alle darauf warteten, was als Nächstes kommen würde. Sie konnte das Stirnrunzeln ihres Vaters sehen, das sich immer mehr vertiefte, während der Zorn in seinen Augen wuchs.

„Lyria, du weißt nicht, was du tust", sagte er mit grimmiger Miene. „Du gefährdest alles, was du je gekannt hast. Du bringst alles in Gefahr."

„Ich tue es für das, was richtig ist, Vater", entgegnete sie ruhig. „Und ich werde es dir beweisen. Ich will keine weiteres Blutvergießen. Ich will Frieden."

„Hör auf mit dieser Albernheit!", rief er, und sein Ton schallte wie ein scharfes Kommando durch den Raum. Doch Lyria hielt stand, ihr Herz schlug ruhig und stark. Sie hatte entschieden.

„Wenn du mir nicht glaubst, dann werde ich dir die Magie zeigen. Ich werde die Magie der Lichtelfen und der Schattenelfen vereinen – ich werde ihnen zeigen, dass es noch Hoffnung gibt, bevor es zu spät ist", sagte sie.

Sie trat einen Schritt zurück und wandte sich an Faelan. „Es tut mir leid, Faelan. Aber dies ist der einzige Weg, den ich sehen kann. Ich kann und werde nicht mehr Teil dieser Hochzeit sein, solange der Frieden nicht erreicht ist."

Mit diesen Worten drehte sie sich um und verließ den Altar, den Blick fest auf ihren Vater gerichtet. Doch der Knoten in ihrem Magen zog sich zusammen, als sie sich bewusst wurde, was auf dem Spiel stand – nicht nur ihre eigene Zukunft, sondern das Schicksal aller, die sie liebte.

Es war der Beginn eines Kampfes, den sie nicht verlieren konnte, nicht wenn sie den Frieden wollte. Und sie wusste, dass dieser Kampf noch lange nicht vorbei war.

Lyria stand mit erhobenem Kopf, das Adrenalin raste durch ihren Körper, während sich der gesamte Raum in gespannter Stille verfing. Ihr Herz pochte in ihrer Brust, und doch fühlte sie sich ruhig – wie der Moment vor einem Sturm, der in ihrer Brust zu brodeln begann. Sie wusste, dass alles, was sie heute tat, alles verändern würde.

Die Augen ihrer Familie, der Gäste, der Wachen – alle waren auf sie gerichtet. Ihr Vater, König Vaelthoren, stand mit verschränkten Armen und einem finsteren Blick, während er ihre Entscheidung mit wachsender Sorge betrachtete. Faelan war still und unsicher, als ob er nicht wusste, wie er auf das reagieren sollte, was er gerade hörtc.

Lyria atmete tief ein und konzentrierte sich auf das, was sie tun musste. Ihr Blick wanderte zu dem goldenen Ring, den sie immer noch trug, der nun wie ein Fremdkörper an ihrem Finger wirkte. Ihr Vater, der für sie immer das Maß aller Dinge gewesen war, würde sie nicht leicht verstehen, das wusste sie. Doch sie musste ihn mit einer Wahrheit konfrontieren, die größer war als alles, was er je gefürchtet hatte.

„Ich werde euch jetzt etwas zeigen", sagte Lyria, und ihre Stimme klang fest, obwohl sie wusste, dass die Entscheidung, die sie traf, schwerwiegende Folgen haben würde. Sie hatte keine andere Wahl, als ihr Vater zu zeigen, was sie in sich trug, was die Magie der Lichtelfen und der Schattenelfen bedeutete. Und was für eine Gefahr es war, sie zu unterschätzen.

Ihre Finger zuckten, und mit einer ruhigen Bewegung ließ sie ihre Magie fließen. Zuerst war es nur ein kleiner Funken, der sich wie ein zarter Lichtstrahl aus ihren Händen erhob. Doch dann, mit jeder Welle ihrer Gedanken und ihrer Entschlossenheit, begann sich der Funken zu vergrößern. Die Luft um sie herum begann zu flimmern, und mit einem leisen, unheimlichen

Rauschen setzte die Magie ein. Die Lichter um sie tanzten wie Sterne, und sie fühlte, wie sich die Energie der beiden Welten in ihr vereinigte.

Der Raum schien zu beben, als sich ihre Magie durch die Adern der Welt zog. Ihre Augen begannen zu leuchten – ein blauer Glanz, der sich mit tiefem, schimmerndem Gold vermischte, als die Energie der Lichtelfen und der Schattenelfen in ihr verschmolz. Die Luft roch plötzlich süß, wie nach feuchtem Gras und frischen Blumen, während zugleich die tiefe Dunkelheit der Nacht sie umhüllte. Es war eine seltsame, aber atemberaubende Mischung aus zwei Welten, die sie in diesem Moment kontrollierte.

„Das… das ist unmöglich", flüsterte Faelan, seine Augen weit vor Erstaunen und Bewunderung. „Das ist… das vereint alles. Du… du bist nicht nur eine Lichtelfe."

Die Wände des Thronsaals begannen zu leuchten, als Lyria sich immer tiefer mit der Magie verband. Ihre Haare wehten wie vom Wind getragen, und ihre Haut schimmerte in einem geheimen, fast unmerklichen Glanz. Es war die pure Energie der beiden magischen Reiche, die sie verband – als ob sie die Brücke zwischen Licht und Dunkelheit bildete. Sie fühlte, wie sich ihre Kraft verstärkte, als die zwei Energien in ihr aufeinandertrafen, sich vereinten und sie zu einer Quelle der Macht machten, die in diesem Moment noch nie zuvor von einem Einzelnen kanalisiert worden war.

„Sie ist ein Teil von beiden", sagte eine der Wachen, die den Raum betreten hatten, um die Zeremonie zu überwachen. „Das, was sie zeigt, ist das, was der König fürchtet. Aber auch das, was er begreifen muss."

Der Raum füllte sich mit den flimmernden Lichtstrahlen, die sich sanft über die Wände zogen, während Lyria ihre Hände weiter ausstreckte. „Vater", rief sie, „sieh, was wir sein können. Was wir gemeinsam schaffen können. Diese Magie ist unsere einzige Chance, den Frieden zu bewahren. Aber wenn wir uns weiterhin bekämpfen, wenn du dich gegen diese Macht sträubst, wird sie uns zerstören. Wir können nicht länger ignorieren, was wir gemeinsam erreichen könnten."

Ihr Vater stand wie erstarrt da. Ein Ausdruck von Verwirrung und Unsicherheit machte sich auf seinem Gesicht breit, als er den leuchtenden Glanz in ihren Augen sah. Der König war ein pragmatischer Mann, stark in seiner Überzeugung, dass er das richtige tat. Doch jetzt, als er Lyria in dieser neuen Form sah, begann sich eine zaghafte Unruhe in ihm zu regen.

„Lyria, du verstehst nicht, was du tust", murmelte er schließlich. „Das ist eine Waffe. Eine Waffe, die du nicht beherrschen kannst."

Lyria blieb ruhig, auch wenn die Magie in ihr pulsierte, heiß und stark. „Diese Magie ist keine Waffe, Vater. Sie ist der Schlüssel zu einem neuen Weg. Wir müssen zusammenarbeiten, nicht weiter kämpfen. Wenn wir uns öffnen, können wir einen neuen Frieden schaffen. Aber wenn wir uns weiterhin von Angst und Misstrauen leiten lassen, dann wird dies unser Untergang sein."

Die Spannung im Raum war unerträglich. Jeder wusste, dass der Moment gekommen war. Ihre Magie, ihre Offenbarung, war der Wendepunkt. Sie hatte keine andere Wahl, als zu zeigen, was sie konnte, was sie war – und der einzige Weg, ihren Vater zu überzeugen, war, ihm die wahre Kraft dieser Verbindung zu offenbaren.

Langsam ließ Lyria die Magie wieder abebben, doch der Raum behielt ihren Glanz. Ein sanftes, leises Knistern lag noch in der Luft, als der Wandel langsam wieder nachließ.

Lyria atmete tief ein, ihr Herz pochte im Rhythmus der gewaltigen Magie, die in ihr lag. „Ich hoffe, du verstehst es, Vater", sagte sie leise. „Dies ist unsere Chance."

Doch König Vaelthoren sagte nichts. Er starrte einfach auf seine Tochter, auf das Wesen, das er in letzter Zeit nicht wirklich verstanden hatte. Doch vielleicht, nur vielleicht, war der Moment gekommen, in dem er es verstehen würde.

Die Stille, die den Raum erfüllte, wurde plötzlich durch das Geräusch der Tür unterbrochen. Alle Augen wanderten auf die Tür, die sich knarrend öffnete.

Als Riven den Raum betrat, war die Atmosphäre sofort anders. Alle, selbst der König, hielten für einen Moment den Atem an. Riven, der Schattenelf, von dem so viele gehört hatten, aber niemand wirklich kannte. Sein Auftreten war eindrucksvoll, fast bedrohlich, und der Blick, den er über den Raum warf, ließ niemanden unberührt. Es war ein Blick, der Macht und Entschlossenheit ausstrahlte, und gleichzeitig eine Spur von Gefahr.

Lyria hatte sich sofort zu ihm umgedreht, als sie das leise Knarren der Tür hörte, und sah ihm tief in die Augen. Sie wusste, dass dies der Moment war, auf den sie gewartet hatte. Die Luft um sie herum war jetzt noch schwerer, und sie konnte die Anspannung fast körperlich spüren.

Der König und alle Anwesenden starrten Riven an, einige von ihnen ängstlich, andere neugierig, aber niemand wagte es, einen Schritt zu tun. Der Schattenelf stand einfach da, ruhig, aber unverkennbar präsent. Er war sich der Wirkung, die er auf die anderen hatte, vollkommen bewusst, doch seine Augen waren auf Lyria gerichtet, und sie konnte die Entschlossenheit in seinem Blick lesen.

„Lyria", sagte er schließlich, seine Stimme tief und ruhig, aber dennoch durchdringend. „Ich wollte sicherstellen, dass du weißt, dass ich immer noch bei dir bin. Egal, was passiert."

Lyria fühlte sich durch seine Worte gestärkt, aber gleichzeitig spürte sie, wie der Raum um sie herum kälter wurde. Der König warf ihm einen langen Blick zu, und Lyria konnte die leichte Zornesflamme in seinem Blick erkennen. Er war ein mächtiger Mann, und die Tatsache, dass ein Schattenelf wie Riven einfach so in sein Reich kam, um mit seiner Tochter zu sprechen, war eine Provokation.

„Was ist das hier?", fragte Vaelthoren mit schneidender Stimme, seine Augen fest auf Riven gerichtet. „Ein Schattenelf wagt es, in mein Schloss zu kommen und vor meinen Augen mit meiner Tochter zu sprechen, als sei dies seine Heimat?"

Riven blieb ruhig, ohne auf die Wut in der Stimme des Königs zu reagieren. „Ich bin hier, weil Lyria es mir erlaubt hat. Ich bin hier, weil sie meine Hilfe braucht. Es gibt keinen Krieg, wenn wir gemeinsam handeln. Aber wenn ihr uns als Feinde betrachtet, dann wird es unweigerlich zu einem kommen."

Lyria konnte die Spannung spüren, die in der Luft hing.

Sie wusste, dass die anderen Anwesenden, vor allem die Wachen und der Hofstaat, sich unwohl fühlten. Ihre Blicke schweiften ständig zwischen ihr, Riven und ihrem Vater hin und her, als ob sie auf eine Reaktion warteten.

„Du hast hier keinen Platz", fuhr der König fort, seine Stimme jetzt hart und entschlossen. „Lyria, was hast du ihm versprochen? Was hast du ihm zugestanden, dass du diesen Fremden hierher lässt, nach all dem, was er ist?"

Lyria trat einen Schritt vor, ihre Augen fest auf ihren Vater gerichtet. Sie konnte spüren, wie der Druck in ihrer Brust wuchs, doch sie ließ sich nicht einschüchtern. „Ich habe ihm nichts versprochen, Vater. Aber ich habe ihm die Wahrheit gesagt, und er hat mir geholfen, sie zu verstehen. Es gibt mehr, als du siehst. Riven ist nicht unser Feind, er ist nicht der, den wir bekämpfen sollten. Wir sollten zusammenarbeiten, um diesen Krieg zu verhindern."

Der König zog eine Augenbraue hoch, seine Wut schien in Zorn umzuschlagen. „Zusammenarbeiten?" Er schüttelte den Kopf, als ob die Worte von Lyria unvorstellbar wären. „Du bist meine Tochter, Lyria. Und du solltest wissen, dass in diesem Reich wir nur einen Weg kennen, wie Probleme gelöst werden – mit Macht und Stärke. Ein Bündnis mit den Schattenelfen wird uns nur Schwäche bringen."

Lyria fühlte sich, als würde der Boden unter ihren Füßen wegbrechen. Sie hatte sich so viele Jahre in der Hoffnung auf ein besseres Verständnis und Frieden gehalten, doch sie wusste, dass der König nicht einfach von seiner Haltung abweichen würde. Und trotzdem, inmitten all dieser Feindseligkeit, sah sie die Entschlossenheit in Rivens Augen. Auch wenn es für ihn gefährlich war, blieb er bei ihr, und das war mehr, als sie je erwartet hatte.

„Ich möchte, dass du mir zuhörst, Vater", sagte Lyria, ihre Stimme fest und voller Überzeugung. „Riven ist nicht der Feind. Er ist ein Teil der Lösung. Wenn wir uns weiterhin von Angst und Misstrauen leiten lassen, dann werden wir nie einen Frieden finden. Ich will nicht Teil eines Krieges sein, den wir nicht gewinnen können."

Der König blickte sie lange an, die Züge seines Gesichts verhärtet. Die Stille, die folgte, war quälend lang. Doch dann brüllte Vaelthoren plötzlich: „Genug!" Er wandte sich ab, seine Haltung starr und seine Schritte so hart wie der Boden unter seinen Füßen. „Ich werde deine Entscheidung nicht akzeptieren, Lyria. Du kannst von mir verlangen, was du willst, aber dieser Mann wird nicht unser Land betreten."

Der Raum war erfüllt von der Schwere seiner Worte. Lyria fühlte sich, als ob sie einen Teil von sich selbst aufgab, als sie die Enttäuschung in den Augen ihres Vaters sah. Doch sie wusste, dass es der einzige Weg war, den Frieden zu bewahren – auch wenn es bedeutete, dass sie ihre eigene Familie gegen sich hatte.

„Ich werde für das kämpfen, was richtig ist", sagte Lyria leise, und Riven trat an ihre Seite, als hätten sie sich mit der gleichen Entschlossenheit verbunden.

Die Blicke der anderen verließen nicht von ihnen, als der König sich wieder setzte, tief in Gedanken.

Lyria atmete tief ein und trat einen Schritt vor, näher zu

ihrem Vater, dessen Gesicht nun von Enttäuschung und Wut gezeichnet war. Ihre Hand ballte sich zu einer Faust, doch sie zwang sich, ruhig zu bleiben. Der Raum schien plötzlich zu klein zu werden, die Luft dick und schwer, als ob jeder Atemzug die Anspannung nur verstärkte.

„Vater", begann sie mit fester Stimme, „ich kann nicht mehr lügen. Ich kann nicht mehr tun, als zu tun, was von mir erwartet wird. Aber es gibt etwas, das du wissen musst."

Die Augen ihres Vaters verengten sich, als er sie ansah, als ob er schon erahnte, was sie zu sagen hatte. „Lyria, wenn du mich noch mehr enttäuschen willst, dann sage es mir jetzt", sagte er, die Worte wie scharfe Messer, die in die Stille schnitten.

„Ich liebe ihn", sagte Lyria, und in diesem Moment schien die Welt stillzustehen. „Ich liebe Riven. Und ich werde nicht zulassen, dass dieser Krieg zwischen den Völkern mehr Opfer fordert. Ich werde mit ihm gehen, ins Velmora. Ich werde mit ihm zusammen sein." Die Worte hingen wie eine unsichtbare Last in der Luft. Ihr Vater starrte sie an, seine Augen weiteten sich, und für einen Moment war es, als ob er nicht wusste, was er sagen sollte. Es war der Moment, in dem alle Hoffnung, alle Erwartungen, die er in sie gesetzt hatte, zusammenbrachen, und eine Kluft zwischen ihnen entstand, die nicht mehr überbrückbar war.

Faelan, der bisher ruhig neben ihnen gestanden hatte, drehte sich plötzlich wortlos um. Er sah sie mit einem Blick an, der eine Mischung aus Schmerz und Enttäuschung verriet. Ohne ein weiteres Wort verließ er den Raum, sein Schritt hallte in der Stille wider, als er den Palast verließ – ohne noch ein einziges Wort zu sagen. Lyria spürte, wie ein stechender Schmerz in ihr aufstieg, als sie sah, wie er die Tür hinter sich schloss, doch sie wusste, dass sie nichts anderes tun konnte, als zu tun, was sie für richtig hielt.

Ihr Herz klopfte wild, als sie sich wieder ihrem Vater zuwandte. „Du hast deine Entscheidung getroffen", sagte Vaelthoren, seine Stimme rau und verhärtet. „Du hast dich für ihn entschieden und gegen alles, was ich für unser Land getan habe."

„Ich habe mich für das Leben entschieden, Vater", antwortete sie ruhig. „Und für die Liebe. Du kannst uns nicht immer kontrollieren. Nicht mehr."

Ein schwerer, bitterer Ausdruck trat in das Gesicht des Königs. „Dann gehe. Aber wisse, dass du das Leben, das du hier gekannt hast, hinter dir lässt. Und alles, was du für richtig hältst, wird dir nichts nützen, wenn du das Königreich verlässt."

Lyria hob den Kopf, ihre Augen fest und entschlossen. „Ich werde kämpfen für das, was richtig ist – auch wenn es bedeutet, dass ich den Palast verlasse. Ich werde mit Riven gehen. Wir können den Frieden bringen. Aber nicht, wenn wir uns weiterhin voneinander abwenden."

Rivens Blick war fest auf Lyria gerichtet, bis er zu König Vaelthoren hinüber sah. Die Spannung zwischen ihm und dem König war fast greifbar. Doch er sagte kein Wort, sondern stand einfach an ihrer Seite. Lyria blickte zu ihm, und ein beruhigendes Gefühl erfüllte sie, als er ihre Hand nahm.

„Es ist Zeit", sagte sie, ihre Stimme fest und voller Entschlossenheit.

Lyria drehte sich noch einmal zu ihrem Vater um. „Ich werde tun, was ich tun muss, um den Frieden zu finden, und ich werde bei ihm bleiben – bei Riven. Für immer."

Mit diesen Worten drehte sie sich ab und trat zur Tür. Der Blick des Königs verfolgte sie, aber Lyria spürte, dass sie sich endgültig von allem lösen musste, was sie jemals gekannt hatte. Riven war an ihrer Seite. Ihr Seelentier Tari in ihrer Nähe. Die Schattenelfen. All das war nun ihre Zukunft.

Die Tür hinter ihr schloss sich laut, und der Raum war still. Nur die Frage hallte in ihren Ohren, als sie sich dem Ungewissen entgegenstellte: Wird es Frieden geben, oder wird alles im Chaos versinken?